August Petermann

Inhaltsverzeichniss von Petermann's "Geographischen Mitteilungen"

Anatiposi

August Petermann

Inhaltsverzeichniss von Petermann's "Geographischen Mitteilungen"

Unveränderter Nachdruck der Originalausgabe von 1865.

1. Auflage 2023 | ISBN: 978-3-38201-570-1

Anatiposi Verlag ist ein Imprint der Outlook Verlagsgesellschaft mbH.

Verlag: Outlook Verlag GmbH, Zeilweg 44, 60439 Frankfurt, Deutschland
Vertretungsberechtigt: E. Roepke, Zeilweg 44, 60439 Frankfurt, Deutschland
Druck: Books on Demand GmbH, In de Tarpen 42, 22848 Norderstedt, Deutschland

INHALTSVERZEICHNISS

VON

PETERMANN'S „GEOGRAPHISCHEN MITTHEILUNGEN"

1855—1864.

(10 JAHRESBÄNDE UND 3 ERGÄNZUNGSBÄNDE.)

NEBST ÜBERSICHTSKARTE DER IN DENSELBEN ENTHALTENEN 350 EINZELNEN KARTEN UND PLÄNE.

GOTHA: JUSTUS PERTHES.

1865.

Index zum Inhaltsverzeichniss.

Bemerkungen.

Wenn sich ein Artikel auf zwei oder mehrere Länder bezieht, ist er bei jedem derselben angeführt.

Die unter „Allgemeines" (Klimatologie, Erdmagnetismus, Zoologisches, Botanisches und Geologisches) aufgeführten Aufsätze, Notizen und Besprechungen sind, wenn sie sich zugleich auf einen bestimmten Erdtheil oder ein spezielles Land beziehen, unter diesen wiederholt.

Schleswig-Holstein und Lauenburg sind zu Deutschland gezogen, für statistische Angaben über sie ist indess auch der Abschnitt über Dänemark nachzusehen.

Helgoland ist unter Deutschland, Malta unter Italien, Savoyen mit dem Montblanc unter Italien, die Azoren und Madeira unter Portugal zu suchen.

Über die unter Türkischer und Russischer Herrschaft stehenden Theile von Asien sind ausser den betreffenden Abschnitten unter „Asien" auch die Abschnitte 25, 26 und 30 unter „Europa" nachzusehen.

Neu-Guinea und Aru-Inseln sind unter „Australien und Polynesien" zu suchen.

Inseln, die ihrer Lage nach nicht wohl einem Kontinent oder einer grösseren Gruppe beigezählt werden können, wie St. Helena, Tristan da Cunha, Aurora-Inseln, Kerguelen, St. Paul, Neu-Amsterdam, Natchendall, Antipoden-Insel u. s. w., sind der Abtheilung über die Oceane eingereiht.

Karten.

	Seite
I. Europa	1
II. Asien	2
III. Afrika	3
IV. Australien	4
V. Amerika	4
VI. Polar-Regionen	5
VII. Oceane, Einzelne Inseln	5
VIII. Allgemeines (Erdkarten, Meteorologisches, Erdmagnetismus, Erdbeben, Gradmessungen, Karten-Projektionen, der Mond)	6

Aufsätze, Notizen und Literatur.

I. Europa.

	Seite
1. Ganz Europa oder grössere Theile	6
2. Ganz Deutschland oder mehrere Deutsche Länder	7
3. Österreichischer Kaiserstaat	7
4. Preussen und die übrigen Deutschen Staaten	8
5. Preussen	8
6. Schleswig-Holstein, Mecklenburg, Hamburg, Lübeck	9
7. Nordwest-Deutschland	9
8. Sachsen und Thüringen	10
9. Hessen, Nassau, Frankfurt	10
10. Bayern, Württemberg, Baden	10
11. Schweiz	11
12. Dänemark, Schweden und Norwegen	11
13. Niederlande und Belgien	12
14. Grossbritannien und Irland	13
15. Frankreich	13
16. Spanien und Portugal	14
17. Italien	14
18. Venetien	15
19. Sardinien	15
20. Lombardei	15
21. Emilia und Toscana	15
22. Neapel	15
23. Insel Sicilien	16
24. Kirchenstaat	16
25. Griechenland, Türkisches Reich in Europa und Asien	16
26. Griechenland	16
27. Europäische Türkei und Nebenländer, Cypern	16
28. Russisches Reich in Europa und Asien	17
29. Europäisches Russland nebst Polen und Finnland	17
30. Kaukasus-Länder	18

II. Asien.

	Seite
1. Ganz Asien oder mehrere Länder	18
2. Klein-Asien, Armenien, Kurdistan	19
3. Syrien, Mesopotamien, Palästina, Sinai-Halbinsel	19
4. Sibirien, Kirgisensteppe, Amur-Land, Kamtschatka	20
5. Iran und Turan	21
6. Arabien	21
7. Vorder-Indien, Himalaya, Tibet	21
8. Hinter-Indien, die Andamanen und Nikobaren	22
9. Das Chinesische Reich	22
10. Japan und die Lutschu-Inseln	23
11. Der Indische Archipel	23

III. Afrika.

	Seite
1. Ganz Afrika oder grössere Theile	24
2. Isthmus von Sues	24
3. Nilländer und Gebiet des Rothen Meeres	24
4. Tripoli, Tunis, Algerien, Marokko	26
5. Sahara und Sudan	26
6. Senegambien und Guinea	27
7. Äquatoriale Ostküste (Harrar, Somali-Land, Zanzibar-Küste, Region der grossen See'n und der Schneeberge)	28
8. Süd-Afrika	28
9. Afrikanische Inseln	29

IV. Australien und Polynesien.

	Seite
1. Australien und Polynesien im Ganzen	29
2. Das Australische Festland, Reisen durchs Innere	29
3. Queensland	30
4. Neu-Süd-Wales	30
5. Victoria	30
6. Süd-Australien	30
7. West-Australien	30
8. Nordküste von Australien	31
9. Tasmania	31
10. Neu-Seeland	31
11. Neu-Guinea und Aru-Inseln	31
12. Die kleineren Inselgruppen Polynesiens	31

V. Amerika.

	Seite
1. Nord- und Süd-Amerika	32
2. Nord-Amerika	32
3. Russisches Nord-Amerika	32
4. Britisches Nord-Amerika und Bermudas-Inseln	32
5. Vereinigte Staaten	33
6. Mittel-Amerika (Mexiko, Central-Amerika, Westindische Inseln)	34
7. Mexiko	34
8. Central-Amerika	34
9. West-Indische Inseln	35
10. Süd-Amerika	35
11. Westliche Küstenstaaten, Anden	35
12. La Plata-Staaten, Patagonien, Feuerland, Falkland-Inseln	36
13. Brasilien	36
14. Guiana und Venezuela	37

VI. Polar-Regionen.

	Seite
1. Nord-Polar-Region; Polarfahrten	37
2. Grönland	37
3. Island	37
4. Spitzbergen	37
5. Süd-Polar-Region	38

VII. Oceane, zerstreute Inseln, Nautik.

	Seite
1. Mehrere Oceane	38
2. Atlantischer Ocean und Kaspisches Meer	38
3. Inseln des Atlantischen Oceans	39
4. Indischer Ocean	39
5. Inseln des Indischen Oceans	39
6. Grosser Ocean	39
7. Inseln des Grossen Oceans	39
8. Polar-Meere	39
9. Nautik	39

VIII. Allgemeines.

	Seite
1. Geogr. Gesellschaften, Versammlungen, Stiftungen, Personalien	39
2. Mathematische und physikalische Geographie	40
3. Mathematische Geographie, Gradmessungen	40
4. Kartenzeichnen, Kartensammlungen, Atlanten, Weltkarten	40
5. Klimatologie, Meteorologie	41
6. Erdmagnetismus	42
7. Zoologisches, Geographische Verbreitung der Thiere	43
8. Botanisches, Geographische Verbreitung der Pflanzen	43
9. Geologisches, Vulkanismus, Erdbeben	44
10. Statistisches, Geographische Lehr- und Handbücher	45
11. Reisen in mehreren Erdtheilen und um die Welt	45
12. Verschiedenes, Sammelwerke, Zeitschriften	45

KARTEN.

Abkürzungen: Ergbd. Ergänzungsband, S. Seite, T. Tafel.
Die erste Zahl nach dem Titel bezeichnet den Maassstab der Karte, die zweite den Jahrgang der Zeitschrift.

I. EUROPA.

1. Central - Europa.

Petermann, Central-Europa Stand der Landes-
  Aufnahmen . . . . 9.500,000. 1857 T. 4
Volger, Habituelle Stossgebiete in C.-Europa. 2.700,000. 1856 „ 6
Volger, Ausdehnung des Erdbebens von Visp. 2.800,000. 1856 „ 7

2. Österreichischer Kaiserstaat.

Petermann, Physikal. und statist. Kartenskizzen von Öster-
  reich : 1. Hydrogr. Skizze, 2. Orograph. Skizze, 3. Geolog.
  Skizze, 4. Klimatograph. Skizze, 5. Hyetograph. Skizze,
  6. Volksdichtigkeit, 7. Ethnographie, 8. Religion, 9. Kultur
  und Industrie . . . . 15- u. 12,000,000. 1864 T. 5
Dichtigkeit der Bevölkerung des Kaiserstaats 1857. 6,000,000. 1860 „ 7
Foetterle, Geol. Aufnahmen d. Kaiserstaats bis 1858. 3,000,000. 1858 S. 313
Geologische Übersichtskarte des Kaiserstaats. 5.250,000. 1863 T. 14
Keil, Orogr.-physikal. Karte des Gr.-Glockner. 100,000. 1860 „ 4
Skizzen zu Payer's Besteigung des Gross-Glockner . 1864 „ 11
Ausdehnung der Aussicht vom Gross-Glockner . 1864 „ 11
Petermann u. Ficker, Physikalisch-statistische
  Karte von Ungarn, Galizien, Siebenbürgen . 3.700,000. 1862 „ 1
Koristka, Terrain - und Höhenkarte der
  Hohen Tatra . . . . . 100.000. Ergbd. III, Nr. 12
Ansichten aus der Hohen Tatra . . . . . III, „ 12
Petermann, Siebenbürgen . . . . . 1.850,000. 1857 T. 25
Petermann, Bevölkerung Siebenbürgens . 3.400,000. 1857 „ 25
Die Wälder Siebenbürgens, nach Mersich . 3.400,000. 1857 „ 25
Häfen des Adriatischen Meeres Triest (25,000), Pola
  (50,000), Fiume (25,000), Zara (25,000), Spalato (25,000),
  Ragusa und Gravosa (50,000), Golf von Cattaro (150,000),
  Cattaro (50,000) . . . . . 1859 „ 13
Lorenz, Ansicht und Profil der Insel Sansego. 1859 S. 89 u. 92

3. Preussen und die übrigen Deutschen Länder.

Weiss, Mittel-Deutschlands orthodrome Er-
  hebungs-Systeme . . . . . . 950,000. 1856 T. 16
Prestel, Verbreitung d. Moorrauchs im Mai 1857. 10.500,000. 1858 S. 106
Fils, Herzogthum Coburg . . . . . 300,000. 1855 T. 16
Fils, Profil des Thüringer Waldgebirges . 300,000. 1856 „ 8
Fils, Centralgruppe des Thüringer Waldes . 60,000. 1859 „ 10
Der Dieksand oder Friedericho - Koog, nach
  Wiechers und Krohnke . . . . 100.000. 1857 „ 22
Die neue Grenze zwischen Dänemark u. Schleswig. 450,000. 1864 „ 15
Schleswig- Holstein und Lauenburg . . 1.500,000. 1864 „ 15

4. Schweiz.

Übersichtskarte mit den meteorolog. Stationen. 1.850,000. 1864 T. 12
Mayr, Karte eines Theils der Alpen . . 450,000. 1858 „ 12
Der Kanton Graubünden zur Übersicht der
  Pass-Linien . . . . 800.000. 1862 „ 2
Graubündner Gebirgs-Pässe, nach Coaz . 200,000. 1862 „ 2
Exkursionskarte des Alpenclub für 1864 . 100.000. 1864 „ 13
Petermann, Stackelberg und Umgebung . 250,000. 1864 „ 12
Burnier und Plantamour, Nivellement vom Genfer
  See nach dem Grossen St. Bernhard . 800.000. 1858 S. 110

5. Dänemark, Schweden und Norwegen.

Übersicht der Dänischen Kolonien. 70- bis 140,000.000. 1862 T. 9
Die Färöer . . . . 1.500,000. 1862 „ 9
Plan von Kopenhagen . . . . . 100.000. 1862 „ 9

Die neue Grenze zwischen Dänemark u. Schleswig. 450,000. 1864 T. 15
Übersicht der bis 1859 ausgeführten Arbeiten
  des Königl. Schwedischen Topographen-Corps 5,000,000. 1860 „ 19
Skizze des Lyse-Fjords, nach Schm. . 280,000. Ergbd. 1, Nr. 1
Die Lichterscheinung im Lyse-Fjord . . Ergbd. I, Nr. 1, S. 5
Zwei Ansichten der Klippe Torghatten (Lofoten) . Ergbd. 1, Frontispice
Gradmessung zwischen der Donau und dem
  Nord - Kap . . . . 11.600,000. 1857 T. 14

6. Niederlande.

Kuijper, Geograph. - statistische Darstellung
  der Niederlande . . . . . . 5.600,000. 1857 T. 12

7. Grossbritannien.

Die Orkney- und Shetland-Inseln . . 1.000,000. 1855 T. 6
Die Veränderungen d. Mersey-Mündung 1689/1847. 300,000. 1860 S. 273
Petermann, Die Westküste von Schottland . 1.500,000. 1862 T. 13

8. Spanien und Portugal.

Petermann, Städte - Bevölkerung der Pyrenä-
  ischen Halbinsel . . . . . . 9.500,000. 1856 S. 393

9. Italien.

Petermann, Ethnogr. - statist. Karte von Italien. 5.500,000. 1859 T. 14
Kultur-Gebiete v. Nord-Italien (Wein-u. Reisbau). 6.300,000. 1859 „ 14
Mayr, Karte eines Theils der Alpen . . 450,000. 1858 „ 12
Forbes, Mer de Glace of Chamouni . . 50,000. 1855 „ 17
Häfen des Adriatischen Meeres Venedig und
  Chioggia (100,000), Ancona (25,000) . 1859 „ 13
Der Ätna, nach Sartorius v. Waltershausen . 500.000. 1864 „ 4

10. Europäische Türkei.

Lejean, Carte ethnographique de la Turquie
  d'Europe et des États vassaux autonomes. 2.500,000. Ergbd. 1, Nr. 4
v. Stülpnagel, Russisch-Türkische Grenze 1856. 1.250,000. 1856 T. 9
Petermann, Russisch-Türkische Grenze 1857. 1.250,000. 1857 S. 129
Ansicht von Larnaka, an Kotschy's Reise nach Cypern . 1862 „ 290

11. Europäisches Russland.

v. Blaramberg, Topographische Aufnahmen im
  Europäischen Russland bis 1858 . 16.000,000. 1858 T. 8
v. Blaramberg, Trigonometrische u. astronom.
  Arbeiten im Europäischen Russland bis 1858. 16.000,000. 1858 „ 9
Höhenschichten-Karte von Finnland, nach Gyldén. 2.700,000. 1859 „ 5
Gradmessung zwischen der Donau und dem
  Nord - Kap . . . . 11.600,000. 1857 „ 14
Petermann, Physikal.-geogr. Skizze der Krim. 3.500,000. 1856 S. 41
v. Stülpnagel, Russisch-Türkische Grenze 1856. 1.250,000. 1856 T. 9
Petermann, Russisch-Türkische Grenze 1857. 1.250,000. 1857 S. 129
Milewanoff, Gouvernement Astrachan . 1.500,000. 1858 T. 5
Nasaroff, Wolga-Delta und Distrikt der Bogor. 530,000. 1858 „ 5
v. Tiesenhausen, Niveau-Veränderungen der Wolga . 1858 „ 5
Bergsträsser, Kuma-Manitsch-Niederung . 1.000,000. 1859 „ 16
Übersicht der Ponto-Kaspischen Niederung. 4.000.000. 1859 „ 16
Popiel, Don- und Manitsch-Niederung . 400.000. 1859 „ 16
Nasaroff, Bifurkation des Manitsch . 400.000. 1859 „ 16
Iwaschinzoff, Das Kaspische Meer . 5.000,000. 1863 „ 3

12. Kaukasus - Länder.

v. Chodzko, Profil-Ansicht des Kaukasus . 560.000. 1859 T. 12

1

II. ASIEN.

1. Central - Asien und Kaspisches Meer.

v. Schlagintweit, Inner-Asien nördl. des 35° N.Br. 6.000.000. 1861 T. 10
de Venukoff, Das Bolor-Gebirge und die Quellen
des Amu-Darja . . . . 6.000.000. 1861 „ 10
Iwaschinzoff, Das Kaspische Meer . . . 5.000.000. 1863 „ 3

2. Klein - Asien, Armenien und Kurdistan.

v. Tschihatscheff's Reiserouten u. Übersicht seiner
Höhenbestimmungen in Klein-Asien, 1848/58. 5.500.000. 1860 T. 14
Physikalische Skizze von Klein - Asien zur
Übersicht der Oberflächen-Gestaltung . 12.000.000. 1860 „ 14
Barth's Reise durch Klein-Asien, 1858 . 1.000.000. Ergbd.1, Nr.3
Übersicht von Barth's Reisen in Klein-Asien,
1847 u. 1858 . . . . 8.000.000. Ergbd. 1, Nr. 3
Plan von Kyr-Schehr . . . . . 100.000. „ I, „ 3
Plan von Kara - Hissar . . . . 100.000. „ I, „ 3
Plan von Amasia . . . . . 100.000. „ I, „ 3
Plan von Tokat . . . . . . 100.000. „ I, „ 3
Ansichten aus Klein-Asien, zu Barth's Reise . „ I, „ 3
S. 5—96
Blau's Reise vom Urumia-See nach dem Van-See. 1.400.000. 1863 T. 7
Strecker, Das Zab-sia-Gebiet in Kurdistan . 1.700.000. 1863 „ 9
Ansicht des Grossen Ararat . . . . 1859 S. 350
Ansicht des Djebel Nur, zu Kotschy's Reise nach Cilicien . 1862 „ 374

3. Palästina, Mesopotamien, Sinai-Halbinsel.

Tobler, Plan der Königsgräber in Jerusalem . . . 1857 S. 25
Tobler, Plan der St. Anna-Kirche in Jerusalem . . 1857 „ 26
Euphrat-Thal und ein Theil des alten Babylonien. 585.000. 1862 T. 16
Petermann, Isthmus von Suez nebst Übersicht der
hypsometrisch gemessenen Punkte in Palästina. 2.700.000. 1855 „ 23
v. Heuglin, Die Moses-Quellen (Ain Musa) . 10.000. 1861 „ 14

4. Sibirien, Kirgisen - Steppe, Amur - Land.

Petermann, West-Sibirien: Bevölkerung . 15.000.000. 1856 T. 12
Petermann, West-Sibirien: Kultur . . 15.000.000. 1856 „ 13
Iwaschtschinzoff, Sir Darja . . . . 1.470.000. 1856 „ 15
Die Kirgisen-Steppe . . . . . 25.000.000. 1856 „ 15
v. Semenow, Russ.-Chinesisches Grenzgebiet am
Balkhasch-See und Issyk - kul . . 2.870.000. 1858 „ 16
v. Semenow, Orographische Grundzüge des
Alatau u. Thianschan, mit geologischen Profilen. 3.400.000. 1858 „ 16
Kenntniss der Länder um den Issyk - kul im
Jahre 1858 . . . . 5.000.000. 1858 „ 16
Central-Sibirien, nach der Karte von Schwarz. 5.000.000. 1864 „ 14
Der Ulus Shigansk, nach Chitrov . . 7.500.000. 1857 „ 5
Radde, Die südlichen Grenzgebiete von Ost-
Sibirien . . . . 7.500.000. 1861 „ 16
Petermann, Trans-Baikalien . . . 2.450.000. 1857 „ 6
Das Kossogol-Becken und ein Theil von Trans-
Baikalien, nach Permikin . . . 1.800.000. 1860 „ 5
Petermann, Skizze vom unteren Amur-Land. 4.500.000. 1856 „ 10
Petermann, Skizze des Amur-Stromes nach
Peschtschuroff und die Russisch-Chinesische
Grenze von 1659 u. 1856 . . . 6.600.000. 1856 „ 36
Petermann, Physik. Karte des Amur-Stromes. 6.000.000. 1857 „ 13
Aufnahmen an der Südküste der Mandschurei
1852 — 55 . . . . 930.000. 1858 „ 6

5. Persien.

Lemm's Positionen in Persien . . . 7.500.000. 1856 S. 137
Kotschy's Ansichten nebst Grundriss des Vulkans Demavend 1859 T. 4

6. Arabien.

Plan von Moka . . . . . . 100.000. 1860 T. 15
Die Insel Perim. 700.000 und 150.000. 1858, S. 163; 1860 „ 15

7. Vorder - Indien und Himalaya.

Greenough, Geolog. Karte von Vorder-Indien. 14.000.000. 1855 T. 3
Karte von Indien . . . . . . 9.750.000. 1857 „ 15
Petermann, Sprachen und Völker Indiens . 43.000.000. 1857 „ 15
Petermann, Dichtigkeit der Bevölkerung . 43.000.000. 1857 „ 15
Petermann, Militär-Stationen . . . 43.000.000. 1857 „ 15
Militär - Stationen in den Nordwest - Provinzen
und Heerd der Revolution seit Mai 1857. 6.500.000. 1857 „ 15
Petermann, Religionen und Missionen . 43.000.000. 1857 „ 15
Petermann, Kulturkarte von Indien . 15.450.000. 1859 „ 1
Berghaus, Skizze vom Pandschab . . 3.000.000. 1855 „ 4
Sykes, Distrikt von Kohat . . . . 550.000. 1855 „ 9
Bustar und umliegende Gebiete der Central-
Provinzen Indiens . . . . . 2.500.000. 1864 „ 9
Berghaus, Das Oberkommissariat der Central-
Provinzen . . . . 10.000.000. 1864 „ 9
v. Sydow, Das Thal von Katmandu . 500.000. 1855 „ 22
Plan von Delhi . . . . . . 30.000. 1857 „ 15
Petermann, Höchste Gipfel des Himalaya . 5.000.000. 1856 S. 379
Höchste Himalaya-Gipfel von Nipal und Sikkim. 2.000.000. 1858 „ 491
Kaschmir und der zweithöchste Berg der Erde. 4.000.000. 1861 „ 1
Siklim und Ost - Nipal, nach Hooker . 680.000. 1861 T. 2
Skizze des Sikkim-Himalaya . . . 5.000.000. 1861 „ 2
v. Schlagintweit's Reiserouten in Indien . 32.000.000. 1856 S. 104
v. Schlagintweit's Routen in Indien und
Hoch - Asien . . . . 40— bis 50.000.000. 1861 T. 10
v. Schlagintweit, Isogonische, isoclinische u. isodynamische
Linien in Indien und Hoch-Asien. 40— bis 50.000.000. 1861 „ 10

8. Hinter - Indien.

Malaka und Naning, nach Valberg . 550.000. 1857 T. 21
Die Teka-Wälder am Thoungyien und Attaran. 6.600.000. 1859 „ 1

9. Chinesisches Reich.

Das Kossogol-Becken, nach Permikin . 1.800.000. 1860 T. 5
Peking und nördl. Theil der Provinz Petschili. 1.350.000. 1860 „ 17
Peking und der Pei-ho, nach Macartney . 1.600.000. 1858 S. 117
Aufnahmen der Engländer, Franzosen u. Russen
in Hinter-Asien bis 1858 . . . 8.000.000. 1858 T. 6
Petermann, Die eröffneten Handelshäfen in
China, Japan und den Philippinen . 32.000.000. 1860 „ 11
Petermann, Der Canton-Strom von Canton bis Macao. 450.000. 1858 „ 2
Petermann, Der Canton-Strom von Canton bis
zur Boca - Tigris . . . . . 200.000. 1858 „ 2
Der Takiang oder Jangtsekiang, nach Ward. 3.000.000. 1861 „ 5
Der Sikiang oder West - Flus, nach Bullock,
Robinson und Webster . . . . 800.000. 1861 „ 6
Plan von Canton . . . . . 60.000. 1858 „ 2
Plan von Schanghai und Umgegend . 60.000. 1860 „ 11
Der Hafen von Taiwan auf Formosa . 100.000. 1860 „ 11
Der Hafen von Khiungtschou auf Hainan. 1.000.000. 1860 „ 11

10. Japan.

Die Bai von Jedo nach den Aufnahmen von
1854 und 1858 . . . . . . 500.000. 1860 T. 11

11. Indischer Archipel.

Skizze vom Indischen Archipel oder Malesien. 50.000.000. 1858 T. 8
Durchschnitt des Tengger-Gebirges, nach Zollinger. 1858 „ 8
Durchschnitt des Hiator-Gebirges, nach Zollinger. 1858 „ 8
Durchschnitt des Rindjani - Gebirges, nach Zollinger. 1858 „ 8
Orogr.-physikal. Karte von Java, nach Zollinger. 2.600.000. 1860 „ 9
Häfen von Iloilo (100.000), Sual (1.000.000)
und Zamboanga auf den Philippinen . 1860 „ 11
Nordwest - Borneo, nach Holländischen und
Englischen Aufnahmen . . . 850.000. 1861 „ 7
Umgebung von Sambas in Nordwest-Borneo. 425.000. 1861 „ 7

III. AFRIKA.

1. Grössere Theile von Afrika.

Übersicht der Reisen Barth's u. Livingstone's. 43.000.000. 1857 T. 3
Petermann und Hassenstein, Karte von Inner-Afrika nach
dem Stande der geogr. Kenntniss in den Jahren 1861
bis 1863. 10 Bl. 1. Fessan, 2. Ägypten, 3. Tebu-Land,
4. Nubien, 5. Wadai u. Bagirmi, 6. Dar-Fur und Kordofan,
7. Dar-Banda, 8. Gondokoro, 9. Kongo, 10. Unyamwesi
2.000.000. Ergbd. II
Petermann, Übersicht der Reisen von Over-
weg, Vogel, v. Beurmann und Steudner. 14.000.000. 1864 T. 2

2. Isthmus von Sues.

Petermann, Isthmus von Sues nebst Übersicht der hypso-
metrisch gemessenen Punkte in Palästina. 2.700.000. 1855 T. 23
Petermann, Nil-Delta und Isthmus von Sues. 1.500.000. 1861 „ 8
Cazeau, Der Süsswasser-Kanal. 750.000. 1864 „ 8
Lecocq de la Fromendière, Plan von Ismailia. 20.000. 1864 „ 8
Die Bai von Sues, nach Mansell 140.000. 1861 „ 15

3. Nordost-Afrika (Nil-Länder und Gebiet des Rothen Meeres).

Die Nil-Länder vom Ukerewe-See bis Ägypten. 2.000.000.
Ergbd. II, Bl. 2, 4. 6, 8, 10
v. Beurmann's und Steudner's Reisen in den Nil-Ländern.
14.000.000. 1864 T. 2
Petermann, Nil-Delta und Isthmus von Sues. 1.500.000. 1861 „ 8
v. Henglin's Reise durch die Bajuda, 1850 . 1.900.000. 1859 „ 17
Petermann, Entwurf einer Karte von Ost-Afrika
zwischen Chartum und dem Rothen Meere
bis Suakin und Massaua 1.500.000. Ergbd. I, Nr. 6
v. Heuglin's Reise nach Abessinien, 1852—53. 2.000.000. 1857 T. 23
Ansichten aus Abessinien 1857 S. 470
v. Heuglin, Skizze der Habab-Länder . 5.000.000. 1858 „ 370
Petermann, Der nördlichste Theil von Abessinien
und die Landschaften der Bogos und Habab. 900.000. 1861 T. 11
Nord-Abessinien und die Länder am Mareb, Barka und
Anseba, ein Ergebniss der Deutschen Expedition 1861
und 1862. Mit 2 Profilen. Mit kolorirten Reiserouten.
1.000.000. Ergbd. III, Nr. 13, T. 3ᵃ
Dieselbe Karte mit politischem Kolorit „ III, „ 13, „ 3ᵇ
Nord-Abessinische Grenzlande, nach den Aufnahmen der
Deutschen Expedition 1861 . 500.000. Ergbd. III, Nr. 13, T. 1
Hamasen, Saraë, Adiabo u. s. w. in Nord-Abessinien, nach
v. Heuglin, Munzinger, d'Abbadie . 500.000. Ergbd. III, Nr. 13, T. 2
Ansicht von Keren und der Hochebene von Moqârah . Ergbd. III, Nr. 13
Rundansicht vom Sewan bei Keren . Ergbd. III, Nr. 13
Hassenstein, Der westliche Theil des oberen Nil-Gebietes,
nach v. Heuglin u. A. . 2.000.000. Ergbd. III, Nr. 15
Ethnographische Gegenstände aus den Neger-Ländern west-
lich vom Bahr el Abiad . Ergbd. II, Frontispice
Petermann, Das Rothe Meer und die wichtigsten
Häfen seiner Westhälfte, mit v. Heuglin's Reise-
route 1857 . 5.000.000. 1860 T. 15
Polit. u. kommerz. Verhältnisse am Rothen Meer. 15.000.000. 1860 „ 15
Pläne vom Scherm Schaab (150.000), Sauakin (150.000),
Aqiq (400.000), Massaua (150.000), Nokeri (10.000),
Adulis (1.000.000), Qosseïr (150.000) u. Mocha (100.000)
am Rothen Meer 1860 „ 15
Die Insel Ferim und die Eingänge in das Rothe
Meer . 700.000 und 150.000. 1858, S. 163; 1860 „ 15

4. Tripoli mit Fessan.

Vivien de St.-Martin, Die Tripolitanische Küste, Versuch
einer Wiederherstellung der alten Itinerarien. 1.500.000. 1862 T. 3
Baschalik Fessan 2.000.000. Ergbd. II, Bl. 1
Das Ghurian-Gebirge, nach Barth . 500.000. 1857 T. 9
v. Beurmann's Reise v. Bengasi nach Wau 1862. 3.500.000. Ergbd. II
v. Beurmann, Plan von Mursuk 6.656. „ II
Umgegend von Bengasi 2.000.000. „ II

5. Sahara und Sudan.

Petermann, Part of Northern Africa, showing the routes
of the expedition under Messrs Richardson, Barth, Over-
weg and Vogel, 1850—53 . 2.100.000. 1855 T. 19
Petermann, Übersicht d. Reiserouten Dr. Barth's. 32.000.000. 1855 S. 307
Barth's Karte von Central-Afrika . 6.000.000. 1858 T. 19
Air oder Asben, nach Barth . 1.000.000. 1857 „ 11
Land der Imosharh oder Tuareg . 30.000.000. 1857 „ 11
Abbildungen aus den Tuareg-Ländern . 1857 S. 239—257
Barth's Reisen südlich zum Tsad-See . 5.000.000. 1857 T. 7
Barth, Umgebungen von Sókoto und Wurno. 250.000. 1855 „ 1
Barth, Die Provinzen Kebbi und Zanfara . 3.300.000. 1855 „ 1
Barth's Route von Sókoto nach Timbuktu . 10.000.000. 1855 „ 2
Barth's Route von Sarajemo nach Timbuktu . 500.000. 1855 „ 2
Barth, Plan von Timbuktu . 32.000. 1855 „ 2
Abbildungen aus Bornu, Musgu u. s. w. . 1858 S. 444—464
Prohl von Vogel's Reiseweg von Tripoli zum Tsad-See . 1855 S. 259
Vogel's Reise nach Musgo und Tuburi . 5.000.000. 1857 T. 7
Overweg's, Vogel's u. v. Beurmann's Reiserouten. 14.000.000. 1864 „ 2
Duveyrier's Reise von Ghardaja nach El Golea. 1.000.000. 1860 „ 3
Duveyrier, Die Sahara von Ghardaja bis Tuat. 4.000.000. 1860 „ 3
Duveyrier, Die Sahara nördlich von Ghadames. 2.500.000. 1861 „ 13
Central-Sahara, das nördliche Tuareg-Land,
nach Duveyrier u. A. . 7.500.000. 1863 „ 12
Libysche Wüste und Tebu-Länder . 2.000.000. Ergbd. II, Bl. 1—4
Der Sudan zwischen Tsad-See u. Nil 2.000.000. „ II. „ 5—8
Plan von Wara . 20.000. „ II. „ 3
Die Umgegend von Wara . 500.000. „ II. „ 3
Petermann, Westlicher Theil der Grossen Wüste
mit Panet's Reiseroute . 6.000.000. 1859 T. 6
Baikie, Karte des Kowara und Binue . 2.500.000. 1855 „ 18
Hassenstein, Flussgebiete des Binue, Alt-
Calabar und Camerun . 2.500.000. 1863 „ 6

6. Senegambien und Guinea.

Lejean, Länder am unteren Senegal . 925.000. 1858 T. 17
Baikie, Karte des Kowara und Binue . 2.500.000. 1855 „ 18
Hassenstein, Flussgebiete des Binue, Alt-
Calabar und Camerun . 2.500.000. 1863 „ 6
Die Gabun-Länder, nach Du Chaillu u. A. . 2.000.000. 1862 „ 8
Der Gabun u. seine Zuflüsse, nach Floix, Braoue-
zec u. s. w. . 500.000. 1862 „ 8
Karten der Gabun-Länder von Bowdich, Cooley,
Kiepert, Du Chaillu, Barth und Petermann. 8.000.000. 1862 „ 8
Die Gabun-Länder mit Serval's Aufnahme des Ogowai. 2.000.000. 1863 „ 15
Der Ogowai, nach Serval's Aufnahme 1862 . 1.000.000. 1863 „ 15
Hassenstein, Kongo und Angola . 3.000.000. 1862 „ 17

7. Äquatoriale Ostküste, Ost-Afrikanische See'n.

Erhardt und Rebmann, Ost- und Central-
Afrika mit dem See von Uniamesi . 5.000.000. 1856 T. 1
Geogr. Verbreitung der Völker Ost-Afrika's. 35.000.000. 1858 „ 18
Die Völker Ost-Afrika's, 25 ethnogr. Typen nach Guillain. 1858 „ 18
Burton's u. Speke's Entdeckungen 1857 u. 1858. 7.000.000. 1859 „ 15
Burton's und Speke's Route nach Fuga, 1857. 1.000.000. 1859 „ 15
Speke's Reisen in Inner-Afrika, 1858 . 1.500.000. 1859 „ 20
Das Nil-Quellgebiet, nach Speke und Grant. 5.000.000. 1863 „ 10
Unyamwesi mit dem Tanganyika- und Ukerewe-
See . 2.000.000. Ergbd. II, Bl. 8 u. 10
v. der Decken, Der Schneeberg Kilima-ndjaro. 500.000. 1864 T. 4
Hassenstein, Gebiet der Schneeberge Kilima-
ndjaro und Kenia . 1.400.000. 1864 „ 16
Umgegend von Mombas . 750.000. 1864 „ 16
Usambara . 750.000. 1864 „ 16
Petermann, Karte der Somali-Küste, mit
v. Heuglin's Reiseroute 1857 . 2.500.000. 1860 „ 18
Plan von Berbera und Umgegend . 500.000. 1860 „ 18
Abbildung einiger von Th. v. Heuglin im Somali-Lande
entdeckter Säugethiere und Vögel . 1860 „ 18

IV. AUSTRALIEN.

V. AMERIKA.

Geologische Skizze der Black Hills, nach Hayden. 6.500.000.   1860 S. 53
Sandos, Physik. Karte des Alleghany-Systems. 6.000.000.   1860 T. 12
Die White Mountains, Höhenmessungen v. Guyot. 600.000.   1860 „ 12
Die Black Mountains, Höhenmessungen v. Guyot. 600.000.   1860 „ 12

4. Mexiko.

Skizze des Staates Tabasco, nach Heller und
   Masters . . . . 2.800.000.   1856 S. 399
Heller, Die Cordillere des Orizaba und Perote. 1.000.000.   1857 T. 16
Heller, Plan und Ansichten des Pic von Orizaba. 216.000.   1857 „ 16

5. Central - Amerika.

Berghaus, Central - Amerika, mit den Reiserouten von Scherzer und Wagner . 8.000.000.   1856 T. 14
Der See Yojoa oder Taulebé in Honduras. 1.000.000.   1859 S. 169
v. Frantzius, Der nördliche Theil von Costarica. 1.000.000.   1861 T. 12

6. West - Indische Inseln.

Petermann, Das Dänische West-Indien . 1.500.000.   1862 T. 9

7. Ganz Süd - Amerika.

Foetterle, Geolog. Karte von Süd-Amerika . 25.000.000.   1856 T. 11

8. Westliche Küstenstaaten von Süd-Amerika, Andes.

Wagner, Der Isthmus von San Blas. Mit Profil. 750.000.   1862 T. 7
Wagner, Departement Chiriqui im Staat Panama. 1.000.000.   1863 „ 2
Wagner, Der Isthmus von Panama . 200.000. Ergbd. I, Nr.5
Petermann , Physikalische Skizze der Andes
   zwischen 15° und 27¼° S. Br. . . 8.200.000.   1856 T. 5

Frühere Vorstellung der Andes . . . 8.200.000.   1856 T. 4
Physikalische Skizze der Andes zwischen 22° und
   31° S. Br. . . . . . 10.000.000.   Ergbd. I, Nr. 2
Central-Regionen Süd-Amerika's, nach Castelnau. 4.000.000.   1857 T. 10
v. Tschudi's Reise durch die Andes zwischen
   Cordova und Cobija, 1858. Mit Profil. 4.000.000.   Ergbd. I, Nr. 2
Ansichten aus den Andes, zu v. Tschudi's Reise. Ergbd. I, Nr.2,8.4—34
Burmeister's Reiseroute durch die Cordilleren zwischen
   Catamarca und Copiapó, 1860. Mit Profil. 1.000.000.   1860 T. 16
Volksdichtigkeit von Chile, 1854 . . 11.000.000.   1860 S. 185
Philippi's Erforschung der Wüste Atacama. 2.250.000.   1856 T. 3
Philippi, Provinz Valdivia in Chile . 2.000.000.   1860 „ 6
Philippi, Der Nevado de Chillan. Mit Profil. 170.000.   1863 „ 8
Ansichten vom Nevado de Chillan in Chile . . 1863 „ 8
Frick, Die Laguna de Riaihhe in Valdivia . 200.000.   1864 „ 3
Die See'n von Valdivia nach der bisherigen
   Vorstellung . . . . 2.000.000.   1864 „ 3
Die See'n von Valdivia, nach Frick 1862. 2.000.000.   1864 „ 3

9. La Plata - Staaten.

Der Rio Negro, nach Decealzi . . . 2.000.000.   1856 S. 32
Übersicht von Page's Aufnahmen . . 30.000.000.   1857 T. 18
Der Paraguay von Asuncion bis Corrientes,
   nach Day . . . . 1.000.000.   1857 „ 18
Der Uruguay von Paysandu bis Martin Garcia,
   nach Sulivan und Sidney . . 1.000.000.   1857 „ 19
Petermann, Die Republik Uruguay . . 3.200.000.   1857 „ 20

10. Brasilien.

Central-Regionen Süd-Amerika's, nach Castelnau. 4.000.000   1857 T. 10
Halfeld u. Wagner, Die Provinz Minas geraes. 2.000.000   Ergbd. III, Nr. 9

VI. POLAR-REGIONEN.

1. Nordpolar - Reisen.

Petermann, Archipel der Parry-Inseln . 2.500.000.   1855 T. 8
Skizze der Entdeckungen von Kane's Expedition. 32.000.000.   1855 S. 291
Kane's Entdeckungen nördlich vom Smith-Sund. 4.250.000.   1856 T. 2
Franklin's wahrscheinliche Route, 1845—48. 12.000.000.   1859 „ 16
Schauplatz des Untergangs von Franklin's
   Expedition, nach McClintock . . 4.000.000.   1859 „ 16
Erebus - Bai , nach Pullen. . . 250.000.   1855 „ 8

2. Island.

Übersichtskarte von Island . . . 6.000.000.   1862 T. 9
Island, physikalisch und administrativ . 6.000.000.   1862 „ 9

3. Spitzbergen.

Nordöstlicher Theil von Spitzbergen , nach
   Nordenskjöld. Mit Profilen und einer geologischen Übersichtskarte . . . . 1.000.000.   1864 T. 6

4. Grönland.

Petermann, Das Dänische Grönland . . 15.000.000.   1862 T. 9

VII. OCEANE, EINZELNE INSELN.

1. Atlantischer Ocean.

Skizze des Adriatischen Meeres . . 5.000.000.   1859 T. 13
Skizze eines Theils des Süd-Atlant. Oceans. 120.000.000.   1855 „ 7
Tiefen - Messungen im Atlantischen Ocean zur
   Anlage eines submarinen Telegraphen zwi-
   schen Europa und Amerika. Mit Profil. 24.000.000.   1856 S. 377
Maury, Das Telegraphen - Plateau des Nord-
   Atlantischen Oceans. Mit 4 Profilen . 24.000.000.   1857 T. 24
Profil von Dayman's Tiefen-Messungen im Nord-
   Atlantischen Ocean, 1857 . . . . . 1858 S.151
Englischer Sondirungs-Apparat . . . . . 1858 „ 151
Probe des Nord - Atlantischen Ocean - Bodens,
   vergrössert. . . . . 1858 „ 155
Andrau, Sturmkarten des Atlantischen Oceans,
   im Äquator . . . . . 140.000.000.   1862 „ 15
Denham , Die Insel Tristan da Cunha, mit
   Ansicht . . . . . . 112.500.   1855 „ 7
Plan von der Ansiedelung auf Tristan da
   Cunha . . . . . . 56.250.   1855 „ 7

2. Grosser Ocean.

Petermann, Der Grosse Ocean . 50- bis 30.000.000.   1857 T. 1
Petermann, Politische Übersicht von Polynesien und dem
   Litoral des Grossen Oceans. 110.000 000 im Äquator. 1859 „ 9
Petermann, Central-Gruppen von Polynesien. 15.500.000.   1857 „ 2
Petermann, Amerikanisches Polynesien . 18.000.000.   1859 „ 6
Das Korallen - Meer . . . 30.000.000.   1861 „ 3

3. Indischer Ocean.

Die Inseln des südlichen Indischen Oceans. 23.000.000.   1858 T. 1
Kerguelens-Insel, nach Cook, Rhodes und Ross. 1.600.000.   1858 „ 1
Insel St. Paul, nach Blackwood und Denham,
   mit Ansichten . . . . . 100.000.   1858 „ 1
Die Macdonald- oder König Max-Inseln . 23.000.000.   1858 „ 1
Petermann, Das Rothe Meer und die wichtig-
   sten Häfen seiner Westhälfte . . 5.000.000.   1860 „ 15
Die Bai von Suez, nach Mansell . . 140.000.   1861 „ 15
Die Insel Perim u. die Eingänge in das Rothe Meer. 700.000.   1858 S. 163
Petermann, Die Somali-Küste u. d. Golf von Aden. 2.500.000.   1860 T. 18

VIII. ALLGEMEINES.

1. Erdkarten
(In Mercator's Projektion, 130.000.000).

Dichtigkeit der Bevölkerung in den verschiedenen Theilen
der Erde . . . . 1859 S. 1
Mühry, Regenkarte der Erde . . . . . . 1860 „ 1
Kluge, Übersicht der Vulkan-Ausbrüche und Erdbeben in
den Jahren 1855 und 1856 . . . . . . 1858 „ 236
Schiffskurs der Novara um die Erde . . . 1859 „ 403

2. Meteorologisches, Erdmagnetismus.

Mühry, Regenkarte der Erde. 230.000.000 im Äquator. 1860 S. 1
Petermann, Der Grosse Ocean, mit Temperatur-Zonen und
magnetischen Linien . . . 50- bis 80.000.000. 1857 T. 1
Andrau, Sturmkarten des Atlantischen Oceans,
im Äquator . . . . 140.000.000. 1862 „ 15
Diagramm zu Andrau's Theorie der Wirbelstürme . 1862 S. 401
Prestel, Verbreitung des Moorranchs im
Mai 1857 . . . . 10.500.000. 1858 „ 106
Petermann, Klimatographische und hyetogra-
phische Skizze von Österreich . . . 12.000.000. 1864 T. 5
Meteorologische Stationen der Schweiz . . 1.850.000. 1864 „ 12
v. Schlagintweit, Isogonische, isoklinische und isodynamische
Linien in Indien und Hoch-Asien. 40- bis 50.000.000. 1861 „ 10
Petermann, Tafel der thermischen Beobachtungen bei den
Englischen Luft-Schifffahrten im Jahre 1852 . 1856 „ 18
Ausdehnung der Englischen Luft-Schifffahrten 1852 . 1856 S. 333

3. Erdbeben.

Volger, Habituelle Stossgebiete in Central-Europa. 2.700.000. 1856 T. 6
Volger, Ausdehnung des Erdbebens von Visp. 2.800.000. 1856 „ 7
Ringförmige Bahn der Erdbeben, nach Clement . 1857 „ 8
Kluge, Übersicht der Vulkan-Ausbrüche und Erdbeben,
1855 und 1856 . . . 230.000 im Äquator. 1858 S. 236

4. Gradmessungen.

Gradmessung zwischen Donau und Nord-Kap. 11.600.000
und 10.000.000 . . . . 1857 T. 14; 1859 T. 5

5. Karten - Projektionen.

James' Geometrische Horizontal-Projektion . . 1856 T. 4
Babinet's Homalographische Projektion . . . 1858 „ 4
Stereographische Äquatorial - Projektion ; Orthographische
Äquatorial-Projektion ; Äquatorial-Projektion nach Flam-
steed und nach Lambert . . . . . . 1858 „ 4

6. Der Mond.

Smyth, Das Mare crisium der Mond-Oberfläche bei Neu-
mond, bei Vollmond u. bei abnehmendem Mond. 1.397.000 1858 T. 15

AUFSÄTZE, NOTIZEN UND LITERATUR.

Abkürzungen: A.: Aufsätze, N.: Notizen, L.: Literatur, S.: Seite.

I. EUROPA.

1. Ganz Europa oder grössere Theile.

A. v. Sydow, Der kartogr. Standpunkt Europa's, 1856—64; 1857 S.1 u. 57;
1858 S. 134; 1859 S. 209; 1860 S. 409 u. 449; 1861 S. 458;
1862 S. 451; 1863 S. 458; 1864 S. 466.
Petermann, Bemerkungen zur Karte von Central-Europa
zur Übersicht des Standpunktes der Landesaufnahmen 1857 S. 108
Zur neuesten Kartographie der Alpenländer (Mayr's Atlas) 1858 „ 307
v. Blaramberg, Die Vermessung des Parallelbogens
vom 52° N. Br. . . . . . . 1861 „ 209
Die Mittel-Europäische Gradmessung . . 1863 „ 86
Volger, Das jüngste grosse Erdbeben in Central-Europa . 1856 „ 85
(vergl. 1855 S. 232).
Mühry, Wetter-Bewegung des Januar 1864 in Europa 1864 „ 138
N. Das Telegraphennetz von Europa, 1855 . . 1855 „ 27
Die Europäischen Eismeere . . . . . 1855 „ 54
Geographische Verbreitung des Irischen Riesenhirsches. 1855 „ 89
Ananas in Berlin, Brunnenkresse in Paris . . 1855 „ 267
Die Amerikanische Agave in Europa . . . 1855 „ 330
Verbreitung der Cerealien in den Alpen, nach Stur 1856 „ 388
Mühry, Die Wetterwende in Europa, Mitte Januar 1861 1861 „ 71
Mühry, Die meteorolog. Verhältnisse der Hoch-Alpen . 1863 „ 354
Friedmann, Die Witterungs-Verhältnisse Europa's im
Juli 1864 . . . . 1864 „ 306
Statistik der Taubstummen in Europa . . . 1856 „ 116
Wagner, Aufforderung zur Herstellung eines Karten-
werks über die Anthropologie Mittel - Europa's . 1864 „ 311
Die Pfahlbauten in den Europäischen See'n . 1862 S. 158 ;
1864 S. 276 (Angelucci) S. 394 (Maurer).
L. Bibliographie. 1857 S. 237, 360, 365, 489, 494. — 1858 S. 82,
87, 259, 265, 386, 393, 530, 536, 591, 595. — 1859 S. 316,
351, 395, 400, 525, 531. — 1860 S. 119, 123, 284, 322, 324,
446, 448. — 1861 S. 86, 68, 161, 203, 238, 288, 442. — 1862
S. 113, 157, 279, 313, 352. — 1863 S. 74, 393. — 1864 S. 38,
272, 314, 394, 447.

L. Compendio di statistica militare d'Europa . . 1859 S. 199
Block, Die Machtstellung der Europäischen Staaten 1862 S. 39, 471
Houzeau, Histoire du Sol de l'Europe . . 1857 S. 428
Lamont, Untersuchungen über den Erdmagnetismus . 1860 „ 200
Kreil, Magnetische und geographische Ortsbestimmungen
im südöstlichen Europa . . . . . 1863 „ 74
Nyman, Sylloge Florae Europaeae . . . . 1856 „ 38
v. Heußler, Asplenii species Europaeae . . 1857 „ 216
Boué, Über die geologischen Karten Europa's . 1857 „ 111
Zerrenner, Die Braunstein - Bergbaue in Deutschland,
Frankreich und Spanien . . . . . 1861 „ 239
Kastner, Lexikon der Eisenbahn - und Dampfschiffahrten
in Europa . . . . 1860 „ 480
Baedeker's Reisehandbücher . . . . . 1860 „ 488
Gemmingen v. Massenbach, Deutschland und seine Nach-
barstaaten . . . . 1861 „ 238
Okmann, Das Alpen-Gebiet . . . . . 1858 „ 541
Berlepsch, Die Alpen in Natur- und Lebensbildern . 1860 „ 488
Witte, Alpinisches und Transalpinisches . . 1858 „ 516
Ladner, Languard-Rundschau . . . . 1859 „ 439
Bessell, Über Pytheas von Massilien und die Kenntniss
der Alten vom Norden Europa's . . . 1859 „ 490
v. Bennigsen-Förder, Das Nord-Europ. Schwemmland 1864 „ 38
Hamm, Südöstliche Steppen und Städte . . 1862 „ 352
Lanza, Viaggio in Inghilterra per la Germania etc. 1862 „ 279
Branden, Duero und Niddu . . . . . 1864 „ 447
Fuchs, Die epidemischen Krankheiten in Europa . 1860 „ 488
Wagner, Die Gesetzmässigkeit in den menschlichen
Handlungen . . . . 1864 „ 447
Scheda, Generalkarte von Europa, 25 Bl. . . 1860 „ 474
v. Stülpnagel u. Bär, Karte von Europa, 4 Bl. 1855 S.236; 1861 „ 157
Kuijper, Kaart van Europa, 4 Bl. . . . 1862 „ 157
v. Sydow, Wandkarte von Europa . . . 1855 „ 296
Ewald, Wandkarte der Europäischen Staaten . 1858 „ 541

L. Dewald, Wandkarte von Europa . . . . 1858 S. 541
Vogel und Delitsch, Höhenschichten-Wandkarte . 1862 „ 157
Johnston, Physical Map of Europe . . . 1857 „ 268
Murchison and James, Geol. Map of Europe . . 1856 „ 199
Andriveau-Goujon, L'Europe en 1860. 1:7.800.000 . 1859 „ 164
Hérisson, L'arte matricule de l'Europe . . . 1858 „ 433
Preuss, Generalstab, Karte von Central-Europa, 30 Bl. 1857 „ 83
v. Witzleben, Karte von West-Deutschland, Nordost-
Frankreich, Süd-Holland und Belgien, 16 Bl. . 1857 „ 79
Papen, Höhenschichten-Karte von Central-Europa 1858 S.145; 1859
S.46, 249; 1860 S. 161, 472.
Boella, Carta militare statistica dell'Europa centrale, 4 Bl. 1862 S. 471
Mayr, Atlas der Alpenländer 1858 S. 307; 1859 S. 250; 1860
S. 463; 1861 S. 161; 1862 S. 468.
Berghaus, Strassenkarte der Alpen und des Apennin . 1860 S. 461
Hauchecorne, Carte des chemins de fer de l'Europe . 1863 „ 393
Reisekarten für Mittel-Europa 1856 S. 124; 1857 S. 84, 150
Handtke, Spezialkarte d. Eisenbahnen Mittel-Europa's, 4 Bl. 1858 S. 516
Raab, Spezialkarte der Eisenbahnen Mittel-Europa's, 4 Bl. 1861 „ 203
v. Dechen, Geognostische Übersichtskarte von Deutsch-
land, Frankreich, England . . . . 1857 „ 83
Prestel, Verbreitung der Gewitter in Mittel-Europa . 1858 „ 539
Die Publikationen der Engl. Admiralität 1860—61 . 1861 „ 429

2. Ganz Deutschland oder mehrere Deutsche Länder.

A. Weiss, Zur Orographie von Mittel-Deutschland . 1856 S.286
v. Babo, Charakteristik der in Deutschland erzogenen Weine 1862 „ 321
N. Baddoe, Eigenschaften der alten u. der modernen Deutschen 1857 „ 893
L. Bibliographie 1857 S. 53, 111, 149, 216, 282, 237, 268, 323,
360, 365, 428, 489, 494, 531. — 1858 S. 46, 82, 87, 171, 259,
265, 298, 387, 393, 433, 480, 516, 531, 536, 539, 591, 596. —
1859 S. 316, 521, 395, 401, 526, 531. — 1860 S. 119, 123,
282, 284, 322, 324, 446, 448. — 1861 S. 86, 88, 161, 203, 239,
288, 321, 362, 442. — 1862 S. 113, 157, 279, 313, 352. —
1863 S. 74, 114, 893. — 1864 S. 38, 73, 75, 272, 275, 314,
358, 394, 447.
Rudolph, Vollständiges Ortslexikon von Deutschland 1859 S.271;
1862 S. 158.
Berghaus, Deutschland seit 100 Jahren 1859 S. 46; 1860 „ 488
Bruchelli, Der Deutsche Bund . 1860 S. 200; 1861 „ 121
Kutzen, Das Deutsche Land . . . . 1855 „ 235
Das Vaterlandsbuch, geogr. Bilder aus der Heimath . 1858 „ 834
Vogel, Wenzig und Körner, Das Vaterlandsbuch . 1858 „ 460
Cotta, Deutschlands Boden . . 1855 S. 235; 1856 „ 539
Völter, Orographisch-geognost. Skizze von Deutschland 1857 „ 428
Meidinger, Deutschlands Eisen- u. Steinkohlen-Produktion 1857 „ 149
v. Meyer, Reptilien aus der Steinkohlen-Formation in
Deutschland . . . . . . 1858 „ 589
Speyer, Geographische Verbreitung der Schmetterlinge
Deutschlands und der Schweiz . . . 1858 „ 539
Baedeker, Deutschland und das Österreich. Ober-Italien 1858 „ 539
Unser Vaterland, herausgegeben von Pröhle . . 1861 „ 203
Müller, Ansichten aus den Deutschen Alpen . . 1858 „ 539
Reymann, Spezialkarte von Deutschland 1857 S. 3, 65, 81, 324;
1858 S. 145; 1859 S. 164, 249; 1860 S. 472; 1862 S. 471;
1863 S. 479, 1864 S. 483, 485.
Stieler's Atlas von Deutschland, 25 Bl. . . 1857 S. 82
v. Stülpnagel, Schulwandkarte von Deutschland . 1855 „ 120
Holle's Spezialkarte . . . 1857 S. 83; 1858 „ 145
Weiland, Generalkarte von Deutschland, 5 Bl. . 1857 „ 83
v. Sydow und Berghaus, Reise-Atlas von H. Lange 1857 „ 83
Ravenstein, Neueste Karte von Deutschland, der Schweiz
u. s. w., 4 Bl. . . . . 1864 „ 485
Bach, Geogn. Übersichtskarte von Deutschland 1856 S.84; 1857 „ 83
Hermann, Karte der Verbreitung der Stein- u. Braunkohlen 1857 „ 150
Brockhaus' Reise-Atlas, von H. Lange . 1857 S. 268; 1859 „ 164
Haeberlin, Spezialkarte der Eisenbahnen Deutschlands . 1858 „ 516
Platt, Stromkarte der Elbe und Moldau . . 1863 „ 480
Lautensach, Karte des Rheins, 4 Bl. . . . 1863 „ 480

3. Österreichischer Kaiserstaat.

A. Ficker, Die Volkszählung des Österreichischen Kaiserstaats 1857 . . . . 1860 S.144

A. Ficker, Flächeninhalt der Österreichischen Länder . 1862 S. 7
Geschichte und Organisation der Österreichischen Landes-
vermessung, nach v. Fligely . . . 1859 „ 230
Die Geologische Reichsanstalt in Wien . . 1863 „ 428
Physikalische und statistische Skizze von Österreich . 1864 „ 107
Schmidt, Neue physikalische Untersuchungen in Mähren
und Schlesien . . . . . 1856 „ 454
Schmidt, Die Seehöhe von Olmütz . . . 1857 „ 497
Keil, Der Gross-Glockner und seine Umgebung . 1860 „ 85
Payer, Besteigung des Gross-Glockner . . 1864 „ 321
v. Sonklar, Die Hohen Tauern . . . 1862 „ 121
Koristka, Die Hohe Tatra . . . Ergbd. III, Nr. 12
Physikalisch-geographisch-statistische Skizze von
Siebenbürgen . . . . . 1857 S. 508
Zeithammer, Zur physikalischen Geographie Kroatiens
und Slavoniens . . . . . 1859 „ 97
Zeithammer, Gliederung Österr.-Kroatiens 1861 S. 95; vgl. 1860 „ 154
Lorenz, Skizzen aus der Boduler . . . 1859 „ 89
Das Adriatische Meer und seine Häfen . . 1859 „ 323
N. Bevölkerung des Österreichischen Kaiserstaats 1854 . 1855 „ 328
Charakteristik der Völkerschaften des Kaiserstaats . 1859 „ 112
Neue Berechnung des Flächen-Inhalts der Österreichi-
schen Monarchie . . . . . 1858 „ 469
Arbeiten des Militär-geographischen Instituts 1859 . 1860 „ 462
Arbeiten des Militär-geographischen Instituts 1860 . 1861 „ 464
Arbeiten des Militär-geographischen Instituts 1861 . 1862 „ 462
Arbeiten des Militär-geographischen Instituts 1862 . 1863 „ 471
Arbeiten des Militär-geographischen Instituts 1863 . 1864 „ 478
Geologische Aufnahmen bis 1858 . . . 1858 „ 313
Die Österreichische Handels-Marine, 1854 . . 1855 „ 328
Die Universitäten der Österreichischen Monarchie . 1855 „ 323
Gründung einer Geographischen Gesellschaft in Wien . 1855 „ 375
Sitzungen der Geograph. Gesellschaft in Wien, 1856 . 1856 „ 96,
71, 113, 192 und 481.
Die K. K. Geographische Gesellschaft in Wien . 1857 „ 530
Ein Österreichischer Alpenverein . . 1862 S. 270; 1864 „ 432
v. Ruthner, Über das Österreichische Alpensystem . 1856 „ 71
Keil's geoplastische Karte vom Gross-Glockner . 1860 „ 77
v. Sonklar, Über das Vorrücken des Suldner Gletschers
in Tirol . . . . 1858 S. 547, Nr. 45
Hypsometrische und physikalische Arbeiten von Schmidt 1857 S. 477
Schmidt's Höhenmessungen in den Sudeten . . 1859 „ 195
Wolf's Höhenmessungen im Mars-Gebirge in Mähren . 1856 „ 157
Religionsstatistik von Ungarn und Nebenlanden . 1855 „ 324
Die Schulen Ungarns und die Unterrichtsanstalten . 1855 „ 324
Höhe der Sattelpunkte in der Wasserscheide der Kar-
pathen . . . 1860 S. 162, Nr. 4
Schubert's Höhenmessungen bei Oberschützen in Ungarn 1857 S. 535
Kerner, Über die pflanzengeographischen Verhältnisse
des Vértes-Piliser-Gebirges in Ungarn . 1857 „ 535
Die intermittirenden Quellen bei Bikis in Galizien . 1862 „ 31
Bielz, Über Vegetationszonen in Siebenbürgen . 1857 „ 217
Österreichische Herrschaft über Dalmatien . . 1860 „ 41
Lorenz, Der Vrana-See auf Cherso . 1859 S. 510; 1860 „ 154
Lorenz, Ausflug auf den Monte maggiore in Istrien . 1861 „ 230
L. Jaroch, Topogr. Lexikon des Österreich. Kaiserstaats 1859 „ 164
Becker, Österreichische Vaterlandskunde . . 1855 „ 271
v. Heufler, Österreich und seine Kronländer . 1856 „ 391
Schmidl und Warbanek, Das Kaiserthum Österreich . 1857 „ 428
Steinhard, Österreich und sein Volk . . 1861 „ 121
Wenzig und Körner, Geograph. Bilder aus Österreich . 1855 „ 334
Ficker, Bevölkerung der Österreichischen Monarchie . 1860 „ 488
v. Czörnig, Ethnographie der Österr. Monarchie 1858 S.143, 298
v. Czörnig, Österreichs Neugestaltung 1848—1858 . 1858 S. 539
v. Czörnig, Statistisches Handbüchlein für Österreich . 1861 „ 442
Geograph.-statistische Tabellen des Österr. Kaiserstaats 1857 „ 149
Mittheilungen aus dem Gebiete der Statistik 1857 S. 323; 1861
S. 362; 1863 S. 75.
Industrie . . . . 1. Heft . . 1858 S. 432
Annuario marittimo dal Lloyd Austriaco . . 1856 „ 306
v. Fligely, Die militärisch-kartogr. Arbeiten in Österreich 1859 „ 80
v. Reden, Der Boden und seine Benutzung in Österreich 1857 „ 323
Jahrbücher und Abhandlungen der K. K. Geologischen
Reichsanstalt 1855 S. 377; 1856 S. 492; 1857 S. 216, 530;
1858 S. 46; 1862 S. 157; 1864 S. 273, 358, 448.

L. Wolf, Die barometrischen Höhenbestimmungen der Geologischen Reichsanstalt . . . . 1864 S. 40
v. Hauer, Ein geologischer Durchschnitt der Alpen von Passau bis Duino . . . . 1858 „ 540
Huyssen, Ergebnisse des Österreichischen Bergbaues . 1861 „ 121
v. Hauer, Braun- und Steinkohlen der Österr. Monarchie 1863 „ 74
Mittheilungen des Österreichischen Alpenvereins . . 1864 „ 39
v. Ruthner, Aus dem Österr. Hochgebirge 1861 S. 239, 321, 362
v. Ruthner, Berg- und Gletscher-Reisen . . . 1864 S. 73
v. Sonklar, Grundzüge einer Hyetographie des Kaiserstaats 1861 „ 443
Kreil, Jahrbücher der Central-Anstalt für Meteorologie 1857 „ 110; 1858 S. 539; 1861 S. 288.
Übersicht der Witterung in Österreich 1862 . . . 1864 „ 358
Fritsch, Phänomenologische Übersichten von Österreich 1858 „ 298
Kastner, Führer für Reisende . . . . . . 1858 „ 480
Wurzbach v. Tannenberg, Literatur Österreichs 1854 . 1856 „ 122
Produktionszweige in Österreich unter der Enns . 1856 „ 199
Snees, Der Boden der Stadt Wien . . . . 1863 „ 75
Bericht über die Versorgung Wien's mit Trinkwasser . 1864 „ 234
Becker, Der Ötscher und sein Gebiet . . . . 1860 „ 488
Schmidl, Die Höhlen des Ötscher . . . . 1858 „ 540
Böhmen, Land und Volk . . . . . . 1863 „ 74
v. Callot, Beiträge zur Höhenkunde von Böhmen . 1864 „ 38
Kořistka, Methode u. Benutzung hypsometrischer Arbeiten Nr. 4; 1859 S. 233. . . . . . . 1858 „ 517,
Böhm, Über die Seehöhe von Prag . . . . 1857 „ 149
Böhm, Über die geographische Breite von Prag . . 1857 „ 323
Merklas, Gemälde von Prag . . . . . . 1858 „ 539
Wenzig und Krejci, Die Umgebungen Prag's . . 1858 „ 298
Kořistka, Die Markgrafschaft Mähren . . . 1861 „ 362
Kořistka, Hypsometrie von Mähren und Österr.-Schlesien 1864 „ 39
Kořistka, Höhenmessungen im Niederen Gesenke . . 1863 „ 74
Schmidt, Über die erloschenen Vulkane Mährens . 1858 „ 540
Tchermak, Das Trachyt-Gebirge bei Banow in Mähren 1858 „ 540
v. Hauer, Der Salinenbetrieb im Salzkammergute 1864 S. 233, 358
Egger, Geschichte der Glockner-Fahrten . . . 1861 S. 442
Keil, Physikal. geogr. Skizze der Kreuzkofel-Gruppe . 1860 „ 161
v. Sonklar, Die Ötzthaler Gebirgsgruppe 1861 S. 321; 1862 „ 464
Simony, Über die Alluvial-Gebilde des Nordrand's . 1857 „ 530
Beiträge zur Kenntniss des Adamello-Stockes in Tirol 1864 „ 446
Streffleur, Der Terglou in Ober-Krain . . . 1861 „ 162
Streffleur, Strassenbeschreibung des Herzogthums Kärnten 1858 „ 46
v. Düringsfeld, Aus Kärnten . . . . . 1857 „ 428
Hornyánszky, Geogr. Lexikon von Ungarn u. s. w. . 1859 „ 164
Hunfalvy, Physikalische Geographie Ungarns . . 1863 „ 393
Schmidl, Das Bihar-Gebirge . . . . . 1863 „ 394
Warhanek, Die Hohe Tatra . . . . . . 1857 „ 530
v. Hauer, Höhenmessungen im nordöstlichen Ungarn . 1860 „ 161
Leist, Ungarische Heilquellen . . . . . . 1864 „ 73
Schmidl, Die Baradla- und die Lednica-Höhle . . 1857 „ 111
Jeitteles, Bericht über das Erdbeben am 15. Jänner 1858 1859 „ 486
Kornhuber, Klimatische Verhältnisse Presburg's . . 1861 „ 121
Kornhuber, Meteorologische Beobachtungen an Presburg 1861 „ 121
v. Berg, Aus dem Osten der Österreich. Monarchie . 1861 „ 121
Biasi, Handbuch der Landeskunde Siebenbürgens . 1857 „ 216
Söllner, Statistik des Grossfürstenthums Siebenbürgen 1857 „ 530
v. Hauer, Höhenmessungen in Siebenbürgen 1861 S. 443; 1862 „ 157
Bericht der Handels- u. Gewerbekammer in Kronstadt 1859 „ 439
Zeithammer, Beiträge zur Landeskunde Kroatiens . 1857 „ 428
Zeithammer, Meteorologische Beobachtungen an der Agramer Station . . . . 1859 „ 486
Canedella, Acqua termale di Monfalcone . . . 1863 „ 114
v. Düringsfeld, Aus Dalmatien . . . . . 1857 „ 428
Petter, Dalmatien . . . . 1857 „ 149
Wingfield, A tour in Dalmatia etc. . . . . 1859 „ 149
Lorenz, Physikal. Verhältnisse im Quarnerischen Golf 1864 „ 39
Grube, Die Insel Lussin und ihre Meeresfauna . . 1864 „ 447
Kartographischer Standpunkt . 1857 S. 57; 1858 S. 142; 1859 S. 230; 1860 S. 462; 1861 S. 464, 1862 S. 462; 1863 S. 471; 1864 S. 478.
Scheda, Generalkarte des Österr. Kaiserstaats in 20 Bl. 1856 S. 345; 1858 S. 142; 1860 S. 463; 1862 S. 463; 1863 S. 472; 1864 S. 479.
Fallon, Generalkarte vom Kaiserthum Österreich, 9 Bl. 1857 S. 58
Mahlmann, Polit.-statistische Karte vom Österr. Staate 1858 „ 541

L. Berghaus, Schul-Atlas der Österreich. Monarchie, 2. Aufl. 1855 S. 236
Berghaus, Karte vom südöstlichen Deutschland . 1857 „ 61
Berghaus, v. Stülpnagel und Petermann, Karte des Österreichischen Kaiserstaats, 2 Bl. . . . 1863 „ 472
Höhenschichtenkarten von Österreich . . . 1863 „ 393
Gobriely und Doležal, Finanz- und Handelskarte von Österreich, 4 Bl. . . . . . 1859 „ 233
General-Strassenkarte der Österreich. Monarchie, 9 Bl. 1857 „ 58
General-Strassen- und Ortskarte des Kaiserstaats, 4 Bl. 1862 „ 463
Schusser, Marsch- und Reisekarte des Kaiserstaats . 1862 „ 463
Foetterle, Geologischer Atlas des Kaiserstaats . . 1861 „ 287
Sanitätskarte der Österreichischen Monarchie, 9 Bl. . 1861 „ 465
Gräf, Mähren, Böhmen, Österreich u. s. w., 6 Bl. . 1864 „ 479
Simony, Physiognom. Atlas der Österr. Alpen, 6 Bl. 1862 S. 280 u. 464
Generalstabskarten der einzelnen Kronländer bis 1857 . 1857 S. 59
Keil, Reliefkarten der Deutschen Alpen 1860 S. 481; 1861 S. 444; 1864 S. 393.
Schulz, Spezialkarte von Österreich unter der Enns . 1862 S. 463
Generalstabskarte der Umgebung von Gloggnitz, 4 Bl. 1864 „ 479
Berghaus, Karte von Böhmen, 4 Bl. . . . 1857 „ 61
v. Kummersberg, Karte von Böhmen, 4 Bl. . . 1857 „ 61
Kořistka u. Sommer, Generalkarte v. Böhmen 1862 S. 463; 1864 „ 479
Militär-geogr. Institut, Generalkarte von Böhmen, 4 Bl. 1864 „ 479
Hickmann, Industrial-Atlas von Böhmen 1862 S. 463; 1864 „ 479
Brantl, Prag-Dresdner Panorama für Touristen . . 1857 „ 531
Morstadt, Panorama der Adersbacher Felsen . . 1857 „ 531
Sommer und Kořistka, Generalkarte von Mähren . 1861 „ 465
Kořistka, Höhenschichtenkarte von Mähren . . . 1863 „ 472
Hohengger, Geognostische Karte der Nord-Karpathen 1861 „ 287
v. Zollikofer, Hypsometrische Karte von Steiermark 1864 S. 359, 480
Lieaganig, Regna Galliciae et Lodomeriae, 33 Bl. . 1857 S. 61
v. Kummersberg, Administrativ-karte von Galizien, 1857 S. 61; 1859 S. 271; 1863 S. 395.
v. Lipszky, Mappa regni Hungariae, 12 Bl. . 1857 „ 62
Administrativ- und Generalkarte von Ungarn, 16 Bl. 1859 S. 164, 232
v. Schedius und Blaschnek, General-Post- und Strassenkarte von Ungarn, 9 Bl. . . . 1857 S. 62
Skrzeszewski, Karte von Ungarn u. s. w. (Ungarisch) . 1864 „ 480
Thot, Schul-Wandkarte von Ungarn u. s. w., 4 Bl. . 1858 „ 171
Thot, Karte von Ungarn (Ungarisch) . . . 1864 „ 480
Comitats-Karten vom königreich Ungarn 1856 S. 482; 1857 „ 62
Kořistka, Terrain- und Höhenkarte der Hohen Tatra . 1864 „ 480
Generalkarte des Grossfürstenthums Siebenbürgen, 4 Bl. 1863 „ 471
Steinhausen's Karte von Siebenbürgen . . . 1861 „ 465
Mersich, Karte des Grossfürstenthums Siebenbürgen, 2 Bl. 1858 „ 142
v. Hauer, Geolog. Übersichtskarte von Siebenbürgen . 1862 „ 158
Generalstabskarte von Dalmatien, 21 Bl. . . . 1864 „ 478
Atlas des Adriatischen Meeres, 29 Bl. . . . 1857 „ 22

4. Preussen und die übrigen Deutschen Staaten.

N. Volkszählung im Zollverein 1861 . . . . 1862 S. 479
Krause, Geograph. niederdeutsche Namen 1861 S. 146; 1862 „ 391
L. Zeitschrift der Deutschen Geolog. Gesellschaft 1857 S. 111, 428, 530
Übersicht der Bevölkerung des Deutschen Zollvereins . 1859 S. 80
Girard, Die Nord-Deutsche Ebene . . . . 1855 „ 305
Baedeker, Die Rheinlande . . . . . . 1858 „ 539
Beyrich, Über den Zusammenhang der Nord-Deutschen Tertiärbildungen . . . . . . 1856 „ 423
Kartographischer Standpunkt . 1857 S. 62; 1858 S. 143; 1859 S. 234; 1860 S. 464; 1861 S. 465; 1862 S. 465; 1863 S 472; 1864 S. 481.

5. Preussen.

A. Die Landesvermessung von Preussen . 1857 S. 62; 1858 S. 113
N. Arbeiten des Preussischen Generalstabs 1858 S. 156 u. 726
Arbeiten des Preussischen Generalstabs im Jahre 1859 . 1860 S. 462
Arbeiten des Preussischen Generalstabs im Jahre 1860 . 1861 „ 465
Arbeiten des Preussischen Generalstabs im Jahre 1861 . 1862 „ 465
Arbeiten des Preussischen Generalstabs im Jahre 1862 . 1863 „ 472
Arbeiten des Preussischen Generalstabs im Jahre 1863 . 1864 „ 481
Städte des Preussischen Staats mit über 15.000 Einw. 1862 „ 479
Areal der Wasserflächen im Preussischen Staat . . 1858 „ 48

N. Der Bergbau Preussens, 1848—54 . . . . 1855 S. 323
Engel über den Weinbau im Preussischen Staate . 1861 „ 442
Berghaus, Bevölkerung des Regierungs-Bezirks Posen . 1859 „ 480
Die wandernden Dünen auf der Kurischen Nehrung . 1859 „ 196
Girschner, Der tönende Sand bei Kolberg . . . 1859 „ 119
Der Längenunterschied zwischen Königsberg u. Berlin 1858 S.547,Nr.36
Wirtgen, Die Schneifel, ein Vegetationsbild . . 1864 S. 108
L. Kraatz, Topogr.-statist. Handbuch des Preuss. Staats . 1856 „ 123
Eiselen, Der Preussische Staat . . . . . 1862 „ 355
Engel, Land und Leute des Preussischen Staats . 1863 „ 393
Dieterici, Handbuch der Statistik des Preussischen Staats 1859 „ 46,
    164; 1861 S. 362
Mittheilungen des Statistischen Bureau's in Berlin, 1857 1857 „ 428
Zeitschrift des Königl. Preuss. Statistischen Bureau's . 1861 „ 46
Meyer, Archiv für Landeskunde der Preuss. Monarchie 1856 „ 198
Verhandlungen des Naturhistorischen Vereins der Preus-
    sischen Rheinlande . . . . 1857 S. 149; 1858 „ 296
Jahrbücher der Königl. Akademie zu Erfurt . . 1861 „ 121
Toeppen, Histor.-komparative Geographie von Preussen 1858 „ 516
Neue Preussische Provinzial-Blätter . . . . 1859 „ 197
Die Deutsche Ostsee-Küste und ihre Vertheidigung . 1860 „ 200
Passarge, Aus dem Weichsel-Delta . . . . 1857 „ 267
Rosenheyn, Reiseskizzen aus Ost- und West-Preussen . 1859 „ 46
Glocker, Geognostische Beschreibung der Preussischen
    Ober-Lausitz . . . . . 1858 S. 480; 1859 „ 235
Galle, Grundzüge der Schlesischen Klimatologie . . 1859 „ 46
Schück, Statistik des Regierungs-Bezirks Oppeln . 1860 „ 488
Mosch, Das Riesengebirge und das Iser-Gebirge . 1858 „ 539
Göppert, Der Königl. Botanische Garten zu Breslau 1858 „ 432
Berghaus, Landbuch der Provinz Brandenburg . 1856 „ 121
Boeckh, Ortschafts-Statistik des Reg.-Bezirks Potsdam 1862 „ 352
Schweinfurth, Vegetations-Skizze der Umgegend von
    Straussberg . . . . . . 1862 „ 158
Vorländer, Höhenbestimmungen im Preussischen Regie-
    rungs-Bezirk Minden . . . . . 1863 „ 75
Huissen, Die Salzquellen des Westphäl. Kreide-Gebirges 1856 „ 304
Lottner, Geogn. Skizze des Westphäl. Steinkohlen-Gebirges 1859 „ 271
Stohlmann, Über die klimatischen Verhältnisse Gütersloh's 1861 „ 321
Mützmann, Statistik des Regierungs-Bezirks Düsseldorf 1864 „ 448
v. Dechen, Geognostischer Führer zu dem Laacher See 1864 „ 447
Schadeberg, Kulturaustand des Reg.-Bezirks Merseburg 1856 „ 123
Herold, Statistik des Kreises Schleusingen . . 1864 „ 273
Fils, Barometer-Höhenmessungen vom Kreise Schleusingen 1864 „ 114
    und 474.
Fils, Höhenmessungen im Kreise Weissensee . . 1864 „ 272
Achenbach, Geognostische Beschreibung von Hohenzollern 1857 „ 111
Topographische Karte vom östlichen Theil der Preus-
    sischen Monarchie, 249 Bl. . 1857 S. 64, 150, 479; 1859 „ 80,
    271; 1861 S. 46; 1862 S. 465; 1863 S. 473 u.474; 1864 „ 481.
Topographische Karte von Westphalen und der Rhein-
    Provinz, 70 Bl. . . . . . . 1857 „ 64
Engelhardt's Karte von Preussen . . . . 1857 „ 66
Berghaus, Karte des Preussischen Staats in 10 Bl. . 1856 „ 308
Der Preussische Staat, 11 Karten zu Stieler's Atlas . 1857 „ 66;
    1858 S. 516.
Schul-Atlas des Preussischen Staats, 9 Bl. . . 1858 „ 481
Fix, Wandkarte zur Geschichte des Preuss. Staats . 1858 „ 481
Boeckh, Sprachkarte von Preussischen Staate, 2 Bl. . 1864 „ 442
Karte vom Preussischen Staat, besonders der Kommu-
    nikationen, 12 Bl. . . 1860 S. 466; 1861 S. 466; 1864 „ 481
Post- und Eisenbahnkarte vom Preuss. Staat, 9 Bl. . 1862 „ 467
Karte über die Produktion u. s. w. der mineral. Brenn-
    stoffe in Preussen . . . . . 1862 „ 467
v. Rappard, Topographisch-statistische Karten Preuss-
    scher Regierungs-Bezirke . . . 1862 S. 166; 1864 „ 482
Platt, Situationspläne Preussischer Städte . . 1862 „ 465
Hennesberger, Grosse Landtafel von Preussen . 1863 S. 395 u. 475
v. Schrötter, Karte von Alt-Preussen, 25 Bl. . . 1857 S. 63
Pawlowski, Karte vom Alten Preussen . . . 1857 „ 324
Preuss. Generalstab, Karte der Umgegend von Königsberg 1864 „ 481
Böhm, Karte vom Reg.-Bezirk Gumbinnen 1858 S.516; 1859 „ 475
Maull, Karte des Weichsel- und Nogat-Niederung . 1863 „ 475
Liebenow, Karte der Provinz Schlesien, 2 Bl. . . 1861 „ 466
v. Carnall, Geognostische Karte von Ober-Schlesien . 1858 „ 481
Zaunert, Industriekarte von Ober-Schlesien . . 1861 „ 162

L. v. Aigner, Plan der Umgegend von Breslau . . 1857 S. 268
v. Wittenburg, Plan der Stadt Görlitz . . . 1858 „ 435
Nowack, Karte vom Reg.-Bezirk Bromberg 1858 S.516; 1859 „ 235
v. Cosel, Topogr. Karte der Provinz Brandenburg, 4 Bl. 1862 „ 466
Nowak, Spezialkarte von dem Reg.-Bezirk Frankfurt . 1857 „ 268
Wolff, Niveaukarte vom Reg.-Bezirk Frankfurt a. d. O. 1864 „ 482
v. Grossmann, Karte der Umgegend von Ruppin, 9 Bl. 1862 „ 466
Preussischer Generalstab, Plan von Berlin und Char-
    lottenburg, 4 Bl. . . . . . 1858 „ 481
Sineck, Situationsplan von Berlin . . . . 1856 „ 491
Burchard, Karte der Rhein-Provinz und Provinz West-
    phalen, 6 Bl. . . . . . . 1864 „ 482
v. Lecoq, Topographische Karte von Westphalen, 22 Bl. 1857 „ 71
Raab, Flötzkarte der Steinkohlen-Formation in Westphalen 1856 „ 541
Jacobi, Hütten- u. Gewerbekarte des Reg.-Bez. Arnsberg 1859 „ 164
Berghaus, Karte der Preussischen Rhein-Provinz . 1856 „ 240
v. Dechen, Geol. Karte der Rhein-Provinz 1856 S. 239; 1859 „ 80
Topographische Karte des Reg.-Bezirks Köln, 10 Bl. . 1861 „ 466
Nowack, Spezialkarte vom Reg.-Bezirk Merseburg . 1862 „ 466
Brathuhn, Spezialkarte von den Mansfelder Kreisen . 1862 „ 466
Nowack, Spezialkarte von dem Reg.-Bezirk Erfurt . 1863 „ 475
Generalstabskarte der Hohenzollern'schen Lande, 9 Bl. 1863 „ 474
Liebenow, Karte der Hohenzollern'schen Lande . . 1858 „ 144

6. Schleswig-Holstein, Mecklenburg, Hamburg, Lübeck.

A. Die neue Grenze zwischen Deutschland u. Dänemark . 1864 S. 429
Meyn, Der Friederichs-Koog in Ditmarschen . . 1857 „ 459
Die Mappirung des Gebietes von Hamburg . . 1860 „ 467
N. Die gemessenen Höhenpunkte in Schleswig-Holstein . 1860 „ 191
Das wiederholte Aufsteigen einer Torf-Insel im See von
    Clevects in Holstein . . . . . 1857 „ 112
Die Schreibart der Namen in Holstein auf den Däni-
    schen Generalstabskarte . . . . 1863 „ 390
Meyn, Über die Dänische Karte von Holstein . . 1863 „ 35
Bevölkerung von Mecklenburg-Schwerin, 1861 . 1862 „ 480
Bevölkerung von Mecklenburg-Strelitz, 1860 . . 1862 „ 480
Einwohnerzahl der Freien Stadt Lübeck, 1864 . 1863 „ 483
L. v. Schröder und Biernatzky, Topographie vom Holstein 1857 „ 110
Hansen, Chronik der Friesischen Uthlande . . 1859 „ 306
Raabe, Mecklenburgische Vaterlandskunde 1857 S. 428, 530; 1858
    S. 46; 1859 S. 439.
Graf Reventlou, Marschbildung an der Westküste von
    Schleswig . . . . . . 1864 S. 75
Geerz, Generalkarte v. Schleswig, Holstein u. Lauenburg 1860 S.161, 415
Karten von Schleswig-Holstein und Lauenburg 1857 S. 8; 1859
    S. 224 u. 225.
Olsen, Karte von Dänemark und Schleswig . . 1857 S. 7
Bull, Karte von Dänemark und den Herzogthümern, 4 Bl. 1857 „ 7
Kaart over Slessigs Festland og Als, 1: 120,000 . . 1858 „ 516
Dän. Generalstab, Generalkaart over Sönderjydland . 1862 „ 458
Dän. Generalstab, Karte von Holstein u. Lauenburg, 8 Bl. 1862 „ 458
Preuss. Generalstab, Karte des südlichen Schleswig, 4 Bl. 1864 „ 483
Gräf, Die Ostküste von Schleswig, 5 Bl. . . 1864 „ 483
Boyens, Charte von der Landschaft Eiderstedt, 2 Bl. . 1862 „ 458
v. Schmettau's Karten von Mecklenburg . . 1857 „ 69

7. Nordwest-Deutschland.

A. Die Landesvermessung des Königreichs Hannover . 1859 S. 241
Die Mappirung des Gebietes der Freien Stadt Bremen . 1859 „ 240
Die Landesvermessung von Waldeck und Pyrmont . 1859 „ 245
Streng, Der Bauerngraben d. Hungersee 1864 S. 43; vgl. 1864 „ 191
N. Prestel, Die Nordwest-Deutsche Niederung als Glied
    des Regengebietes über den Nord-Atlantischen Ocean 1864 „ 111
Prestel, Der Moorrauch des J. 1857 u. 1860 1858 S. 106; 1861 „ 313
Krause, Noch Einiges über den Moorrauch . . 1858 „ 315
Krause, Asiatische Hübner im nordwestl. Deutschland . 1864 „ 32
Krause, Über die Namen Werra und Weser . . 1861 „ 111
Krause, Bohrungen und Messungen im Hagth. Bremen . 1861 „ 313
Römer über das Jurassische Weser . . . . 1857 „ 399
Gether, Übersicht über die von der Weser aus betriebene
    Grönländische und Südsee-Fischerei . . 1863 „ 311

N. Einwohnerzahl der Freien Stadt Bremen, 1862 . . 1862 S. 480
Flächeninhalt und Bevölkerung von Hannover, 1861 . 1863 „ 482
Ein neuer Gypsstock bei Stade . 1858 S. 36; 1859 S. 118 u. 351
Artesische Brunnen im Königreich Hannover . . . 1860 S. 192
Küstenbefestigungen an der Elba . . . . . 1859 „ 351
Flächeninhalt und Bevölkerung von Oldenburg, 1861 . 1863 „ 483
Höhenmessungen im Fürstenthum Birkenfeld . . . 1858 „ 314
Flächeninhalt und Bevölkerung von Braunschweig, 1861 1863 „ 482
Langkavel, Wassergefüllte Höhlen am Harz . . . 1864 „ 191
L. Oetker, Helgoland . . . . 1856 „ 305
Hallier, Nordsee-Studien (Helgoland) . . . . 1864 „ 39
Lorenz, Brakwasser-Studien an der Elbe-Mündung . 1864 „ 448
Prestel, Die Thermische Windrose f. Nordwest-Deutschland 1861 „ 443
Prestel, Darstellung des Ganges der Witterung im König-
    reich Hannover . . . . 1859 „ 439
Prestel, Wetterbeobachtungen in Emden . . . . 1859 „ 439
Prestel, Die Gewitter des Jahres 1855 zu Emden . . 1857 „ 428
Riefkohl, Die Insel Norderney . . . . . . 1861 „ 443
Böse, Das Grossherzogthum Oldenburg . . . . 1864 „ 38
Römer, Die Jurassische Weser-Kette . . . . 1858 „ 481
Hertzer, Beiträge zur Kenntniss des Harz-Gebirges . 1856 „ 305
Jasche, Die Gebirgs-Formationen in der Grafschaft
    Warnigerode . . . . 1859 „ 46
Streng, Über den Melaphyr des südlichen Harz-Randes 1859 „ 46
Possart, Anhaltische Vaterlandskunde . . . . 1858 „ 432
Preussische Admiralität, See-Atlas der Jade-, Weser-
    und Elb-Mündungen . . . . 1860 „ 466
Liebenow, Spezialkarte von nordwestl. Deutschland, 6 Bl. 1864 „ 484
Gräf, Hannover, Oldenburg u. Braunschweig, 5 Karten 1857 „ 268
Buchanan's Atlas für die Schulen Bremen's . . 1858 S. 171, 541
Strassenkarte von Hannover, Braunschweig und Olden-
    burg, 4 Bl. . . . . 1863 S. 477
Papen, Generalkarte von Hannover u. Braunschweig, 4 Bl. 1857 „ 70
Papen, Atlas von Hannover und Braunschweig, 67 Bl. 1857 „ 70
Generalstabskarte von Hannover . . . . . 1857 „ 70
Karte der Kirchspiele Neuende und Heppens . . . 1857 „ 111
v. Schrenck's Kartenwerk von Oldenburg . 1856 S. 392; 1857 „ 71
Prediger, Karte vom nordwestlichen Harz-Gebirge . 1859 „ 241
Prediger, Karte vom Harz-Gebirge . . . . . 1860 „ 470
Mansard, Topographische Karte von Waldeck . . 1857 „ 72

8. Sachsen und Thüringen.

A. Geschichte der Landesvermessung von Sachsen-Altenburg 1859 S. 236
Geschichte u. Organisation d. Landesverm. v. Coburg-Gotha 1859 „ 237
Die Landesvermessung der Reuss'schen und Schwarz-
    burg'schen Länder . . . . 1859 „ 238
Fils, Physikal.-geogr. Skizze vom Herzogthum Coburg 1855 „ 160
Fils, Die Höhenverhältnisse des Thüringer Waldes . 1856 „ 135
Fils, Die Central-Gruppe des Thüringer Waldes . . 1859 „ 256
N. Städte-Bevölkerung des Königreichs Sachsen . . 1862 „ 273
Die Seehöhe von Dresden . . . . . . 1858 „ 156
Fils' Höhenmessungen in Meiningen . . . . 1859 „ 195
Fils' Höhenmessungen in Thüringen . . . . 1861 „ 313
Ziegler, Der Rennsteig des Thüringer Waldes . . 1862 „ 107
Zur Ornithologie von Thüringen . . . . . 1855 „ 376
Debes, Der Heldrastein in Thüringen . . . . 1864 „ 346
Das Schwarza-Gebiet im Thüringer Walde . . . 1859 „ 194
Looff's meteorolog. Beobachtungen zu Gotha, 1846—59 1859 „ 67
Zur Meteorologie von Coburg . . . . . 1864 „ 67
Flächeninhalt und Bevölkerung von S.-Altenburg, 1862 1863 „ 482
L. Zeitschrift des Sächsischen Statist. Bureau's, 1857 . 1857 „ 428
Sigismund, Lebensbilder vom Sächsischen Erzgebirge . 1860 „ 161
Geinitz, Steinkohlen-Formation in Sachsen 1856 S. 304; 1857 „ 530
Naumann, Das Kohlenbassin von Flöha in Sachsen . 1856 „ 358
Preuss, Generalstab, Die Triangulation von Thüringen 1860 „ 465
Schwerdt und Ziegler, Reisehandbuch für Thüringen . 1864 „ 273
Ziegler, Der Rennsteig des Thüringer Waldes . . 1862 „ 279
Cassel, Thüringische Ortsnamen . . . . . 1858 „ 539
Prospekt der Bergbau-Gesellschaft Thuringia . . 1858 „ 442
Fils, Höhenmessungen im Herzogthum Coburg . . 1855 „ 148
Looff, Meteorolog. Beobachtungen zu Gotha, 1846—55 1856 „ 240
Topographischer Atlas des Königreichs Sachsen, 20 Bl. 1857 „ 68
Topographische Karte vom Königreich Sachsen, 28 Bl. 1863 „ 475
Ortskarte vom Königreich Sachsen, 28 Bl. . . . 1863 „ 475

L. v. Schlieben, Karte des Königreichs Sachsen, 28 Bl. . 1857 S. 68
Andrée, Spezialkarte des Königr. Sachsen, 9 Bl. 1857 S. 69; 1862 „ 467
Andrée, Spezialkarte der Sächsisch-Böhmischen Schweiz 1862 „ 467
v. Ehrenstein, Karte des Königreichs Sachsen . . 1864 „ 483
v. Süssmilch-Hörnig, Topogr. Spezialkarte von Sachsen 1858 „ 171
v. Süssmilch-Hörnig, Historisch-geographischer Atlas
    von Sachsen und Thüringen . 1861 S. 467; 1863 „ 476
Lange, Atlas von Sachsen, 12 Bl. . 1860 S. 200; 1861 S. 322, 467;
    1862 S. 158, 468.
Trommer, Höhenkarte von Sachsen . . . . . 1857 S. 268
Cotta, Kohlenkarte von Sachsen . . . . . 1856 „ 492
Müller, Geognost. Karte des Erzdistrikts von Schneeberg 1856 „ 171
Karte des Elb-Stromes innerhalb Sachsens, 15 Bl. 1857 S. 268; 1856 „ 146
Brandt, Prag-Dresdner Panorama für Touristen . 1857 „ 531
v. Gutbier, Karte von Thüringen und Sachsen . . 1861 „ 467
Vogel, Karte vom Thüringer Wald, 4 Bl. 1861 S. 442; 1862 S. 468;
    1863 S. 477.
Vogel, Der Thür. Wald, Bl. IV: Bad Liebenstein u. s. w. 1862 S. 30 u. 468
Gräf, Reisekarte von Thüringen, 5 Bl. . . . 1863 S. 477
Schmid, Geognost. Karte der Umgebungen von Jena . 1861 „ 121

9. Hessen, Nassau, Frankfurt.

A. Geschichte und Charakter der Kurhessischen Topographie 1859 S. 243
Die Landesvermessung von Nassau . . . . 1864 „ 470
Berger, Der Wisper- und Bodenthal-Wind . . . 1864 „ 201
N. Hirsch's Höhenmessungen in Hessen u. s. w. . . 1860 „ 437
Hirsch's Höhenmessungen im Odenwald . . . 1860 „ 477
Die Landesvermessung des Herzogthums Nassau . . 1864 „ 304
Bevölkerung von Nassau, 1862 . . . . . 1863 „ 482
Bewegung der Bevölkerung der Freien Stadt Frankfurt 1856 „ 388
Wasserhöhe des Mains in Frankfurt, 1826—55 . . 1856 „ 388
L. Verzeichniss der geograph. Positionen in Kurhessen . 1864 „ 72
Notizblatt des Vereins für Erdkunde zu Darmstadt . 1855 S. 235;
    1856 S. 345; 1857 S. 530; 1859 S. 46; 1864 S. 73.
Oderheimer, Das Berg- und Hüttenwesen in Nassau . 1864 S. 39
Burnitz, Die Bevölkerung der Freien Stadt Frankfurt . 1861 „ 442
Topograph. Karte vom Kurfürstenthum Hessen, 40 Bl. 1857 „ 72;
    1859 S. 80, 243.
Niveau-Karte vom Kurfürstenthum Hessen, 112 Bl. 1861 S. 204, 467
Kaupert, Generalkarten von Kurfürstenthum Hessen 1861 S. 204, 467
Schwarzenberg, Geognostische Karte von Kur-Hessen . 1857 S. 72
Generalstabskarte vom Grossherzogthum Hessen, 31 Bl. 1857 „ 73
Generalstabskarte vom Grossherzogthum Hessen, 2 Bl. 1858 „ 146
Eckhardt, Karte vom Grossh. Hessen u. Nassau, 8 Bl. 1857 „ 73
Geol. Spezialkarte des Grosshgth. Hessen in 1:50.000 1856 „ 346;
    1857 S. 429; 1858 S. 481; 1863 S. 478.
Karte der Umgegend von Darmstadt, 4 Bl. 1860 S. 161; 1861 „ 46
v. Bechtold, Plan von Darmstadt und Umgebung . 1860 „ 161
v. Bechtold, Karte der Umgegend von Worms . . 1861 „ 121
v. Wittich, Plan der Umgegend von Mainz . . 1858 „ 516
Ravenstein's Karte des Frankfurter Gebiets . . . 1857 „ 73
Ravenstein, Alignements-Plan von Frankfurt a. M., 16 Bl. 1861 „ 468
Ravenstein, Geometrischer Plan von Frankfurt a. M., 9 Bl. 1862 „ 468
Hessischer Generalstab, Karte der Umgegend von Frank-
    furt a. M., 4 Bl. . . . . 1863 „ 478

10. Bayern, Württemberg, Baden.

A. Die Landesvermessung von Württemberg . . . 1859 S. 247
Die Landesvermessung von Bayern . . . . 1861 „ 470
Die Landesvermessung von Bayern . . . . 1861 „ 468
Rogg, Höhenmessungen im Becken des Bodensee's . 1861 „ 409
Rogg, Das Becken des Bodensee's . . . . 1863 „ 1
N. Produktion der Bergwerke in Bayern, 1859—60 . . 1861 „ 362
Arendts, Bewegung der Bevölkerung in Bayern, 1834—55 1857 „ 475
Geograph. Verbreitung der Schlangen in Baden . . 1855 „ 267
Rogg, Das Höhennetz im Becken des Bodensee's . 1861 „ 348
Littrow, Die Meereshöhe des Bodensee's . . . 1863 „ 34
L. Rogg, Geschichte der Vermessungen im südl. Deutschland 1860 „ 161
Lamont, Meteorol. Beobachtungen zu München, 1825—56 1860 „ 200
Gümbel, Geognostische Beschreibung der Bayer. Alpen 1861 „ 287
    1862 S. 157 u. 469.
Gümbel, Der Grünten . . . . 1856 „ 305
Egger, Der Jura-Kalk bei Ortenburg in Bayern . . 1858 „ 539
Hassenkamp, Die Braunkohlen-Formation in der Rhön 1858 „ 480

L. Becker, Die Pfalz und die Pfälzer . . . . 1858 S. 539
Kohler, Die Landesvermessung des Königr. Württemberg 1858 „ 539
Nies, Geognostische Skizze des Kaiserstuhl-Gebirges . 1863 „ 75
Quenstedt, Der Jura . . . . . 1856 S. 392; 1858 „ 171
Der Bodensee und seine Umgebungen . . . . 1857 „ 323
Wörl, Atlas von Südwest-Deutschland, 48 Bl. . . 1857 „ 79
Militärgeographisches Institut, Karte vom südwestlichen
Deutschland, 12 Bl. . . . . 1864 „ 484
Topograph. Atlas vom Königreich Bayern, 113 Bl. 1857 S. 74, 111
Übersichtskarte von Bayern diesseits des Rheins, 15 Bl. 1857 S. 75
Generalstabskarte der Bayer'schen Pfalz, 4 Bl. . . 1857 „ 75
Bayer'scher Generalstab, Umgebungskarten . . . 1862 „ 469
Appian, Bayer'sche Landtafeln, 1566, 25 Bl. . . 1857 „ 73
Hydrographische Karte von Bayern, vom Topogr. Bureau 1857 „ 75
Strassenkarte von Bayern, vom Topograph. Bureau . 1857 „ 75
Bayberger, Topogr.-statistische Karte von Bayern, 6 Bl. 1861 „ 472
Radefeld, Neueste Karte von Bayern, 4 Bl. . . . 1864 „ 484
Heyberger, Karte der Bayerischen Eisenbahnlinien . 1862 „ 469
Gümbel, Geognostische Karte von Bayern, 4 Bl. . . 1860 „ 471
Pfeiffer, Spezialkarte des Fichtel-Gebirges . . . 1862 „ 469
Heyberger, Topograph. Spezialkarte der Alpen Bayerns 1862 „ 469
Kiepert, Karte der Fränkischen Schweiz . . . . 1857 „ 429
Pfaff, Karte von Lindau und Umgegend . . . . 1862 „ 469
Topographische Karte von Württemberg, 57 Bl. . . 1857 „ 77
Bach, Karte von Württemberg, Baden und Hohenzollern 1856 „ 493;
1857 S. 77.
Bach, Fluss- und Gebirgskarte von Württemberg u. s. w. 1858 „ 541
v. Mittnacht, Karte vom Königreich Württemberg, 4 Bl. 1857 „ 77
Winckelmann, Karte von Württemberg und Hohenzollern 1857 „ 77
Paulus, Archäologische Karte von Württemberg, 4 Bl. 1860 S. 161, 471
Generalstabskarte von Stuttgart und Umgebung . . 1862 S. 469
Topographische Karte von Baden, 56 Bl. . . . 1857 „ 78
Generalstabskarte von Baden in 6 Bl. . . . . 1858 „ 146
Generalstabskarte von Baden in 1 Bl. . . . . 1857 „ 78
Karte der Umgebung von Karlsruhe, 4 Bl. 1861 S. 470; 1863 „ 478
Karte der Umgebung von Freiburg in Baden, 4 Bl. 1863 „ 478
Karte der Umgebung von Rastatt, 4 Bl. . . . 1864 „ 484
Fritschi, Karte der Umgeb. von Baden mit Höhenschichten 1861 „ 470
Topographische Karte des Rhein-Stroms von Hüningen
bis Lauterburg, 19 Bl. . . . . 1857 „ 78

11. Schweiz.

A. Die Schweiz, ihre Bereisung, wissenschaftliche Er-
forschung u. s. w. . . . . 1864 S. 361, 430
Mühry, Schweizer meteorol. Beobachtungen, 1863 64 . 1864 S. 380
Volger, Das jüngste grosse Erdbeben in Central-Europa 1856 „ 85
(vergl. 1855 S. 232).
Rogg, Höhenmessungen im Becken des Bodensee's . 1861 „ 409
Rogg, Das Becken des Bodensee's . . . . . 1863 „ 1
Coaz, Die Gebirgspässe Graubündens . . . . 1862 „ 9
N. Vogt, Flächeninhalt der Schweiz . . . . . 1861 „ 81
Volkszählung in der Schweiz, 1860 . . . . . 1862 „ 481
Geographisches aus dem Hospiz des Gr. St. Bernhard 1855 „ 502
Nivellement vom Genfer See nach dem Gr. St. Bernhard 1858 „ 110
Rogg, Das Höhennetz im Becken des Bodensee's . 1861 „ 348
Littrow, Die Meereshöhe des Bodensee's . . . 1863 „ 34
Die Grenzveränderung im Dappenthal . . . . 1863 „ 395
L. Bibliographie 1856 S. 240. — 1857 S. 233, 361, 365, 428, 490, 495.
— 1858 S. 83, 171, 265, 296, 388, 394, 532, 592, 596. — 1859
S. 317, 397, 401, 527, 531. — 1860 S. 120, 124, 282, 323, 324,
446, 446. — 1861 S. 86, 162, 204, 239, 322, 343, 444. —
1862 S. 114, 158, 280, 313, 353. — 1863 S. 76, 114, 395. —
1864 S. 74, 274, 314, 359.
Berlepsch, Schweizerkunde . . . . . . 1860 S. 161
Berlepsch, Reisehandbuch für die Schweiz 1862 S. 353; 1864 „ 368
Baedeker, Die Schweiz, 9. u. 10. Aufl. 1863 S. 76; 1864 „ 368
Tschudi, Schweizerführer . . . . 1864 S. 74, 368
Egli, Praktische Schweizerkunde . . . . . 1861 S. 121
Mittheilungen der Naturforsch. Gesellschaft in Bern . 1856 „ 345;
1857 S. 149; 1858 S. 516.
Jahrbuch des Schweizer Alpenclub . . . . . 1864 „ 433
Studer u. s. w., Berg- und Gletscherfahrten, 2. Sammlung 1864 „ 74
Rogg, Geschichte der Vermessungen in der Schweiz . 1860 „ 161
Studer, Geschichte der physischen Geographie der Schweiz 1863 „ 114

L. Heer, Tertiärflora der Schweiz . . . . . 1856 S. 306
Heer, Die Urwelt der Schweiz . . . . . 1864 „ 74
Beiträge zur Geologischen Karte der Schweiz . . 1863 „ 114
Girard, Geologische Wanderungen . . . . . 1856 „ 162
Volger, Das Phänomen der Erdbeben in der Schweiz . 1858 „ 516
Quenstedt, Der Jura . . . . 1856 S. 392; 1858 „ 171
Deicke, Geol. Skizze über Appenzell, St. Gallen u. Thurgau 1859 „ 46
v. Tschudi, Thierleben der Alpenwelt . . . . 1856 „ 160
Ziegler, Die Gewerbthätigkeit und die Eisenbahnen
der Schweiz . . . . 1858 „ 539
Hinchliff, Summer months among the Alps . . . 1857 „ 428
Der Bodensee und seine Umgebungen . . . . 1857 „ 323
Simler, Der Tödi-Husein . . . . . . 1864 „ 74
Ziegler, Die Mineralquelle Pfäfers . . . . 1861 „ 162
Pfyffer, Der Kanton Luzern . . . 1858 S. 539; 1860 „ 161
Roth und v. Fellenberg, Doldenhorn und Weisse Frau 1864 „ 74
Chaix, Régime de l'Arve et du Rhône . . . 1857 „ 111
Plantamour, De la température à Genève, 1836—1855 1858 „ 46
Plantamour, Résumé météorol. pour Genève et le Grand
Saint-Bernard . . . . . 1858 S. 46; 1859 „ 164
Jahresberichte der Naturf. Gesellschaft Graubündens . 1859 „ 486;
1861 S. 444; 1863 S. 76; 1864 S. 74.
Papon, Engadin . . . . 1857 „ 428
Freshfield, A summer tour in the Grisons . . . 1862 „ 313
Weilenmann, Ersteigung des Piz Linard . . . 1859 „ 46
La ferrovia attraverso le Alpi Elvetiche . . . 1862 „ 158
Jacini, Ferrovia dell' Alpi Elvetiche . . . . 1864 „ 278
Kartographischer Standpunkt 1857 S. 84; 1858 S.146; 1859 „ 249;
1861 S. 472; 1862 S. 470; 1863 S. 479.
Dufour, Topographisch Karte der Schweiz, 25 Bl. . 1857 „ 86;
1859 S. 249; 1862 S. 470; 1864 S. 438.
Weiss, Atlas Suisse, 16 Bl. . . . . . . 1857 „ 85
d'Osterwald, Carte topogr. de la Suisse . . . 1857 „ 86
Ziegler, Karte der Schweiz, 4 Bl. . . . . 1857 „ 86
Ziegler, Neue Karte der Schweiz (1857) . . . 1858 „ 146
Ziegler, Wandkarte der Schweiz . . . . 1859 S. 164, 250
Ziegler, Karte der Schweizerischen Gewerbthätigkeit 1858 S. 146, 539
Leuthold, Post-, Eisenbahn- u. s. w. Karte . . 1857 S. 85
Keller, Zweite Reisekarte der Schweiz . . . 1857 „ 85
Delkeskamp's Relief der Schweizer Alpen . . . 1857 „ 531
Rüdisühli, Das Schweizerland in Bild und Wort . 1864 „ 442
Runge, Die Schweiz in malerischen Ansichten . . 1864 „ 442
Braun's Photographien aus der Schweiz . . . 1864 „ 443
Die Kanton-Karten . . . . 1864 „ 440
Kantons-Karten von Graubünden, Genf und Tessin . 1862 „ 470
Kündig, Karte vom Kanton Basel . . . . 1855 „ 172
Topographische Karte vom Kanton Zürich, 52 Bl. 1858 S. 146, 541
Ziegler, Karte des Kantons Zürich, 1:125,000 1858 S. 520, Nr. 31;
1859 S. 250.
Ziegler, Karte des Kantons Zürich, 1:250,000 1858 S. 520, Nr. 32;
1859 S. 250.
Gross, Karte des Zürcher See's 1858 S. 520, Nr. 33; 1859 S. 250
Ziegler, Karte des Kantons Glarus, 2 Bl. . . 1862 „ 470
Ziegler, Karte von St. Gallen und Appenzell . . 1864 „ 440
Lenzinger, Karte des Kantons Bern, 2 Bl. . . 1864 „ 441
Mengold, Karte des Kantons Graubünden . . 1864 „ 441

12. Dänemark, Schweden und Norwegen.

A. Geschichte der Dänischen Landesvermessung . . 1859 S. 224
Neue Karte der Dänischen Monarchie von Petermann . 1862 „ 223
Die neue Grenze zwischen Deutschland und Dänemark 1864 „ 429
Die Landesvermessung von Schweden . . . 1860 „ 449
Die geodätischen Arbeiten in Norwegen, nach Vibe . 1859 „ 220
Vibe, Küsten und Meer Norwegens . . . Ergbd. 1, Nr. 1
Die Russisch-Skandinavische Breitengrad-Messung . 1857 S. 315
Forbes, Die Gletscher und Schneefelder Norwegens . 1855 „ 62
N. Der Census in Dänemark, 1855 . . 1855 S. 325; 1857 „ 325
Areal und Bevölkerung von Dänemark, 1860 . . 1861 „ 431
Die „Kjökkenmöddinger" an den Dänischen Küsten . 1857 „ 271
Topograph. Arbeiten in Schweden und Norwegen, 1861 1862 „ 232
Tham, Geographische Arbeiten in Schweden . . 1861 „ 111
Schwedens Bevölkerung 1751—1855 . . . . 1857 „ 423
Städte-Bevölkerung Schwedens 1815—1855 . . 1857 „ 423
Städte-Bevölkerung von Schweden 1861 . . . 1863 „ 387

N. Frisch, Areal und Bevölkerung Schwedens 1855, 1856,
1860 . . . . 1861 S. 73 u. 432; 1862 S. 481
Metall-Produktion Schwedens, 1855 . . . . 1857 „ 269
Norwegische Vermessungs-Arbeiten im Jahre 1859 . 1860 „ 414
Römer, Die geologische Aufnahme von Norwegen . 1860 „ 153
Der Census Norwegens vom Jahre 1855 . . . 1856 „ 297
Untersuchungen über die physikalische Geographie des
Oceans an den Norwegischen Küsten . . . 1856 „ 294
Der Mael-Strom, nach Taylor . . . . . 1857 „ 479
Getreide-Ausfuhr von den Lofoten . . . . 1861 „ 237
Taylor's Reise zum Nord-Kap, 1857 . . . . 1857 „ 513
Riukand-Fos und Vörings-Fos, nach Taylor . . 1858 „ 519
Ein geograph. Werk über Romsdals-Amt in Norwegen 1861 „ 235
Ethnographie von Finmarken . . . . . 1861 „ 197
Die geographische Verbreitung des Elenn in Norwegen 1862 „ 145
Frisch, Über die Namen des Rennthieres u. der Lappen 1857 „ 345
L. Bibliographie . 1857 S. 233, 238, 361, 366, 491, 531. — 1858
S. 83, 88, 261, 266, 389, 394, 480, 534, 537, 540, 593, 596. —
1859 S. 318, 322, 398, 402, 528. — 1860 S. 121, 124, 263, 284,
324, 446, 448. — 1861 S. 87, 88, 162, 204, 239, 322, 363, 445.
— 1862 S. 114, 159, 280, 313, 353. — 1863 S. 76, 115, 396.
— 1864 S. 74, 275, 314, 359.
Trap, Statistisch-topograph. Beschreibung von Dänemark 1857 S. 111,
428; 1859 S. 46.
Tabeller over folkemaengden i kongeriget Danmark . 1857 „ 323
Jansen, Die Bedingtheit des Verkehrs durch die Gestal-
tung der Erde . . . . 1861 „ 363
Quehl, Bornholm und die Bornholmer . . . 1856 „ 240
Trap, Beskrivelse af Landet Bornholm . . . 1858 „ 171
Geographische Arbeiten in Schweden . . . 1861 „ 111
Tabell-Kommissionens Berättelse för 1851 med 1855 . 1858 „ 432
Rudbeck, Beskrifning öfver Sveriges städer . . 1858 „ 171
Erdmann, Sveriges Geologiska Undersökning 1863 S. 465; 1864 „ 471
Berga-Collegii Berättelse, 1855 . . . . 1857 „ 267
Römer, Geologisch-paläontologische Reise nach Schweden 1857 „ 150
Brandes, Ausflug nach Schweden . . . . 1859 „ 439
Edlund, Meteorologiska iaktagelser i Sverige 1861 S. 121; 1863 „ 76;
1864 S. 74.
Ziegler, Meine Reisen im Norden . . . . 1861 „ 121
Langberg, Nyt Magazin for Naturvidenskaberne, 9. Bd. 1858 „ 171
Vibe, Höidemaalinger i Norge . . . . . 1861 „ 445
Esault, La Norvège . . . . 1857 „ 267
Forbes, Norway and its glaciers . . . . 1855 „ 56
Forbes, Norwegen und seine Gletscher . . . 1855 „ 92
Kjerulf, Geologie des südlichen Norwegens . . 1857 „ 267
Hiortdahl, Geol. Undersøgelser i Bergens omegn . 1863 „ 115
Schübeler, Geographische Verbreitung der Obstbäume
in Norwegen . . . . 1858 „ 480
Schübeler, Die Kulturpflanzen Norwegens . . 1863 „ 115
Unprotected Females in Norway . . . . 1857 „ 426
Mehwald, Nach Norwegen! . . . . . 1859 „ 486
Thesen, Topographie von Romsdals-Amt . . . 1861 „ 235
Kartographischer Standpunkt 1857 S. 4; 1858 S. 138; 1859 S. 220;
1860 S. 414 und 448; 1861 S. 460; 1862 S. 456; 1863 S. 465;
1864 S. 471.
Bull, Danmark, Sverige, Norge, 4 Bl. . . . 1857 S. 5
Schwensen, Kart over Norge, Sverige og Danmark, 2 Bl. 1864 „ 472
Karte über Dänemark von der Gesellschaft der Wissen-
schaften . . . . 1857 „ 7
Topographisk Kaart over Danmark med Slesvig, 81 Bl. 1857 „ 8;
1862 S. 457.
Generalstabskarten von Dänemark bis 1859 . 1859 S. 224 u. 225
v. Mansa, Spezialkarte von Dänemark . . . 1857 S. 7
Olsen, Karte von Dänemark und Schleswig . . 1857 „ 7
Bull, Karte von Dänemark und den Herzogthümern, 4 Bl. 1857 „ 7
Bull, Atlas over Danmark, 23 Bl. . 1857 S. 217; 1858 „ 139
Neue Karte der Dänischen Monarchie von A. Petermann 1862 S. 223, 458
Ravn, Bevölkerungskarten über die Dänische Mo-
narchie, 2 Bl. . . . . 1858 S. 435, Nr. 33; 1859 S. 225
Karten der Dänischen Seekarten-Archiva . . 1857 „ 8
Forsell, Karta öfver Sverige och Norrige . . 1857 „ 4
Hahr, Karta öfver Sverige och Norrige . . . 1857 „ 5
Topografiska Corpsens, Karta öfver Sverige, 102 Bl. . 1861 „ 460;
1863 S. 465; 1864 S. 471.
Läns-Karten von Schweden . . . . . 1857 „ 5

L. Rikets ekonomiska Karteverk, 1:50.000 . . 1864 S. 472
Agardh och Dahlman, Ankologisk och fysisk Karta öfver
Sverige, 3 Bl. . . . . 1858 „ 541
Hahr, Karte über das mittlere und südliche Schweden 1857 „ 5
Hahr, Karta öfver Jernvägs-Kommunikationer . 1857 „ 217
Ljunggren, Kartor öfver Sveriges städter, 89 Bl. . 1857 „ 5
v. Klint's Schwedischer See-Atlas . . . . 1860 „ 454
Wiberg och v. Mentzer, Atlas till Sveriges Historia . 1857 „ 228
Norwegische Amtskarten 1857 S. 6; 1858 S. 520, Nr. 36; 1862 „ 457
Munch's Karten von Norwegen . . . . 1857 „ 7
Friis, Ethnographisk Kart over Finmarken 1861 S. 197; 1862 „ 159
Norwegische Küstenkarten und Beschreibungen 1857 S. 6; 1858 „ 516;
1859 S. 220, 439; 1862 S. 457.

13. Niederlande und Belgien.

A. Geschichte der Niederländischen Landesvermessung . 1859 S. 225
Kuijper, Kultur-Statistik der Niederlande . . 1857 „ 289
Die Landesvermessung v. Belgien 1860 S. 454; 1861 S. 461; 1864 „ 473
N. Bevölkerung des Niederländischen Reiche 1856 . . 1858 „ 477
Bevölkerung der Niederlande und ihrer Kolonien 1860 1861 „ 431
Bevölkerung der Niederlande und ihrer Kolonien 1861 1862 „ 480
Statist Übersicht der Niederlande u. ihrer Kolonien 1862 1863 „ 484
Handelsverkehr Hollands 1853—54 . . . . 1856 „ 115
Arbeiten des Meteorologischen Instituts in Utrecht . 1857 „ 266
Die grossen Niederländischen Flusskarten . . 1857 „ 478
Resultat der Trockenlegung des Haarlemer Meeres . 1855 „ 325
Flächengehalt und Bevölkerung von Belgien 1860, 1861 1862 „ 480;
1863 S. 486.
Der Längenunterschied zwischen Brüssel und Berlin 1858 S. 547, Nr. 36
Gheel, eine Stadt von Geisteskranken . . . 1858 S. 158
L. Bibliographie 1857 S. 217, 233, 238, 361, 366, 491, 495, 531. —
1858 S. 83, 87, 261, 265, 389, 394, 533, 537, 592, 596. —
1859 S. 317, 322, 397, 402, 528, 531. — 1860 S. 120, 124,
282, 284, 323, 324, 446, 448. — 1861 S. 86, 88, 162, 204, 239,
322, 363, 445. — 1862 S. 114, 159, 280, 353. — 1863 S. 76,
115, 396. — 1864 S. 75, 275, 314, 359.
Baedeker, Holland und Belgien . . . . 1858 S. 533
Niederländsche Residentie — en Stads Almanak, 1856 . 1856 „ 83
Staatkundig en staathuishoudkundig Jaarboekje 1857 S. 428; 1858 „ 541
Staring, De Bodem van Nederland 1857 S. 267; 1860 S. 161, 489
Staring, Voormals en Thans . . . . . 1858 S. 432, 539
v. den Binkhorst, Couches crétacées du Limbourg . 1860 S. 161
Bosquet, Brachiopodes fossiles du Limbourg . . 1860 „ 161
Catalogus van werken over Neêrlands Waterstaat . 1858 „ 480
Meteorologische Waarnemingen in Nederland . . 1861 „ 445
Staring, Verslag van den landbouw in Nederland . 1864 „ 359
Allan, Het eiland Vlieland. — Het eiland Ameland 1858 „ 171
Scheler, Annuaire statistique belge, 1857 . . 1857 „ 428
Tarlier et Wauters, La Belgique ancienne et moderne 1860 „ 161;
1864 S. 275.
Kartographischer Standpunkt 1857 S. 9; 1858 S. 139; 1859 S. 225;
1860 S. 454; 1861 S. 461; 1862 S. 458; 1863 S. 466; 1864 S. 472.
Eisenbahnkarte von Holland und Belgien, 6 Bl. . 1864 S. 473
Topographische en militaire Kaart der Nederlanden . 1857 „ 9;
1859 S. 80; 1864 S. 472.
Etappe-Kaart van het koningrijk der Nederlanden . 1857 „ 9
Bruexma, Atlas van het koningrijk der Nederlanden 1856 „ 346
de Ferraris, Charte chorographique du Pays-Bas . 1857 „ 10
Provinzkarten von Holland . . . . . 1858 „ 139
Atlas der hoofdtritters van het koningrijk der Neder-
landen . . . . . 1857 S. 478, 1858 „ 140
Niederländische Seekarten . . . . . 1858 „ 139
Heringa, Kaart van het koningrijk der Nederlanden . 1857 „ 324
Smulders' Nieuwe kaart van Nederland, 6 Bl. . . 1863 „ 466
Fassbender, Nieuwe kaart van Nederland . . 1863 „ 466
Baarsel en Tuyn, Kaart van Nederland . . . 1863 „ 466
Kuijper, Natur- en staatshuishoudkundig Atlas van
Nederland . . . . 1863 „ 466
Staring, Schoolkaart voor de natuurkunde van Nederland 1861 „ 162
Staring, Geologische kaart van Nederland 1858 S. 541; 1859 „ 467
Mees, Historische Atlas van Noord-Nederland . 1858 S. 298, 541;
1862 S. 159; 1863 S. 115.
Erasmy, Carte du Grand-Duché de Luxembourg, 9 Bl. 1861 S. 461
Lisch, Carte du Grand-Duché de Luxembourg, 9 Bl. 1862 „ 459

L. Lies, Carte du Grand-Duché de Luxembourg, 4 Bl. . 1862 S. 459
Sybrandi, Plan von Amsterdam . . . . 1863 „ 466
Carte topographique de la Belgique, 72 Bl. . . 1863 „ 467
van der Maelen, Carte topogr. de la Belgique, 250 Bl. 1857 „ 10
Gérard, Carte topogr. de la Belgique, 25 Bl. . . 1857 „ 10
Carte de Belgique indiquant les voies de communication, 4 Bl. 1862 „ 459
Dumont, Carte géologique de la Belgique . . 1856 „ 307
van der Maelen, Carte du Brabant, Namur, Liège . 1856 „ 40
Huvenne, Carte topogr. et hypsométrique de Bruxelles 1859 „ 227

14. Gross-Britannien und Irland.

A. Die Landesvermessung von Gross-Britannien u. Irland 1859 S. 252
Ergebnisse der Aufnahme von Gross-Britannien . 1859 „ 94
Aufnahme der Westküste von Schottland, 1838—62 . 1862 „ 344
Neue Karte von den Britischen Inseln von Petermann 1864 „ 15
Petermann, Die Orkney- und Shetland-Inseln . . 1855 „ 79
N. Arbeiten des Brit. Generalstabs unter Capt. James 1857 S. 336 u. 478
Der Census von Irland, 1851 . . . . 1857 S. 431
Census von Gross-Britannien und Irland, 1861 . 1861 „ 432
Der Census von England und Schottland, 1861 . 1861 „ 383
Die Publikationen der Englischen Admiralität, 1860/61 1861 „ 429
Neue Karte von England und Wales von A. Petermann 1862 „ 405
Neue Karte von Irland von A. Petermann . . 1862 „ 182
Die geologische Aufnahme von Gross-Britannien 1857 S. 336 u. 366;
   1858 S. 549, Nr. 59.
Der Mineral-Reichthum Gross-Britanniens . . 1857 S. 516
Ertrag der Bergwerke in Gross-Britannien, 1857 . 1858 „ 515
Die Kohlenlager des nördlichen Englands . . 1855 „ 324
Die Bleigruben Englands . . . . . 1855 „ 268
Fossilien-Lager an der Küste von Suffolk . . 1856 „ 296
Murchison, Über die versteinerungführenden krystallini-
   schen Gesteine in den Schottischen Hochlanden 1857 „ 381
Ramsay, Paläontologisches über Gross-Britannien . 1857 „ 382
Wynne, Die Geologie der Galty-Berge in Irland . 1857 „ 391
Niveau-Veränderung an der Küste von Waterford . 1857 „ 391
Wynne, Der tertiäre Thon und Lignit von Ballymenadam 1857 „ 391
Der tönende Sand auf der Insel Eigg, nach Miller . 1858 „ 405
Die magnetische Aufnahme von Gross-Britannien . 1857 „ 390
Vertheilung der Wärme über die Britischen Inseln . 1857 „ 390
Die nördliche Breitlinie in Gross-Britannien und der
   Boden-Ertrag Schottlands . . . . 1855 „ 54
Der Getreidebau in Schottland . . . . 1855 „ 154
Die Veränderungen der Mersey-Mündung, 1689—1847 1860 „ 272
Strang, Über die Correktion des Clyde . . . 1857 „ 395
Stand der Britischen Handels-Marine, 1854 . . 1856 „ 73
Schiffbrüche an der Englischen Küste im Jahre 1855 . 1856 „ 297
Der Meeresboden westlich von Irland mit Rücksicht auf
   den Atlantischen Telegraphen . . . 1863 „ 35
Der Golfstrom an der Westküste von Schottland . 1864 „ 348
Projektirte Tunnel-Eisenbahn von Calais nach Dover . 1855 „ 323
London und seine Bauten . . . . . 1862 „ 266
Eigenschaften der Gülen von Irland und Schottland . 1857 „ 390
L. Bibliographie   1856 S. 240. — 1857 S. 111, 233, 238, 268, 324,
   361, 366, 428, 429, 491, 495, 531. — 1858 S. 83, 87, 261, 265,
   298, 389, 394, 433, 516, 533, 537, 540, 592. — 1859 S. 318,
   322, 397, 402, 528, 531. — 1860 S. 120, 124, 282, 284, 323,
   324, 446, 448. — 1861 S. 86, 88, 163, 204, 239, 322, 363, 445.
   — 1862 S. 114, 159, 313, 353. — 1863 S. 76, 115, 396. —
   1864 S. 75, 275, 314, 359.
Reports of the Progress of the Ordnance Survey . 1857 S. 428;
   1858 S. 147; 1859 S. 251; 1860 S. 472; 1861 S. 323, 473;
   1862 S. 472; 1863 S. 480; 1864 S. 485.
James, Ordnance trigonom. survey of Great Britain and
   Ireland . . . . 1859 S. 94
James, Lines of spirit levelling . . . 1862 S. 313 u. 473
The Census of Ireland for the year 1851 . . 1857 S. 428
Coke, Census of the British Empire . . . 1864 „ 75
Parliamentary Papers. Statistical Tables etc. 1858 S. 441; 1862 „ 114;
   1863 S. 77; 1864 S. 238.
Trade and navigation of the United Kingdom 1858 S. 432; 1861 „ 445
Esquiros, L'Angleterre et la vie anglaise . . 1857 „ 531
Lees, Malvern Hills and Vale of Severn . . 1856 „ 199
White, A month in Yorkshire . . . . 1858 „ 539

L. Edmonds, St. Michael's Mount and the Phoenicians . 1864 S. 76
Tripe, On the meteorology and mortality of London . 1859 „ 46
Glaisher, The mean pressure of the atmosphere at
   Greenwich . . . . . . 1859 „ 46
Jenyns, Observations in meteorology etc. . . 1858 „ 539
Reclus, Guide du voyageur à Londres . . . 1861 „ 239
A botanical tour in the highlands of Perthshire . 1857 „ 428
Macgillivray, Natural history of Dee Side and Braemar 1857 „ 428
Stark, Address to the Meteorol. Soc. of Scotland . 1858 „ 516
Miller, The cruise of the Betsey . . . 1858 „ 539
Ziegler, Meine Reisen im Norden, auf den Orkney- und
   Shetland-Inseln . . . . . 1861 „ 121
Ziegler, Reise des Pytheas nach Thule . . 1861 „ 163
Kartographischer Standpunkt   1857 S. 88; 1858 S. 147; 1859 „ 251;
   1860 S. 472; 1861 S. 473; 1862 S. 472; 1863 S. 480; 1864 „ 485
Publikationen der Englischen Admiralität . . 1855 „ 75
Karten über die Coast Guard Gross-Britanniens und
   Irlands . . . . 1858 „ 541
Ordnance Map of England and Wales . 1857 S. 88; 1863 „ 481;
   1864 S. 486.
Ordnance Map of Scotland   1857 S. 88; 1858 S. 171; 1861 „ 474;
   1863 S. 481; 1864 S. 486.
Ordnance Map of Ireland . 1857 S. 88; 1863 S. 481; 1864 „ 486
Cary, New Map of England and Wales, of Scotland
   and of Ireland . . . . . 1857 „ 90
Arrowsmith's Karten von Gross-Britannien . . 1857 „ 90
Petermann, Hydrographical Map of the British Isles . 1857 „ 90
Petermann, Population of the British Isles (Karte) . 1857 „ 90
Petermann, Karte der Britischen Inseln . . 1864 „ 15
Petermann, Karte von England und Wales . 1862 S. 307 u. 474
Petermann, Karte von Schottland . . . 1862 S. 474
Petermann, Karte von Irland . . . 1862 S. 182 u. 474
Phillips, Geological Map of the British Isles . 1857 S. 91
Knipe, Geological Map of the British Isles, 4 Bl. . 1857 „ 91
Greenough, Physical and geolog. Map, 6 Bl. . 1857 „ 91
Creighton, Map of England and Wales, 9 Bl. . 1857 „ 89
Beaufort, New Map of England and Wales, 2 Bl. . 1857 „ 90
Lundy Island, surveyed by Denham, 1 : 15.000 . 1859 „ 271
Carrington, Map of Scotland, 6 Bl. . . 1857 „ 89
Fair Isle, surveyed by Thomas, 1 : 74 300 . . 1859 „ 271
Map of Ireland for the Railway Commissioners, 6 Bl. 1857 „ 89
Map of Ireland for the Land Tenure Commissioners . 1857 „ 89

15. Frankreich.

A. Forbes, Das Mer-de-Glace bei Chamouni . . 1855 S. 183
N. Zunahme und Abnahme der Bevölkerung Frankreichs . 1855 „ 302
Die numerischen Werthe der Religionen Frankreichs . 1855 „ 302
Bewegung der Bevölkerung in Frankreich . . 1856 „ 72
Der Census vom 1. Januar 1862 . . 1862 S. 111; 1863 „ 483
Verbrauch von Lebensmitteln in Paris . . 1856 „ 72
Die Wasserstrassen Frankreichs . . . 1855 „ 303
Eisenbahn-Verkehr in Frankreich, 1855 . . 1855 „ 323
Projektirte Tunnel-Eisenbahn von Calais nach Dover . 1855 „ 323
Die neue Grenzlinie zwischen Frankreich und Spanien 1857 „ 516
Der Treib- und Flugsand des Mittelländischen Meeres 1859 „ 197
Sardou's histor.-geogr. Untersuchungen im Dépt. Var 1858 S. 55; Nr. 64
Dumas, Über den Artesischen Brunnen zu Passy . 1862 S. 114
Le Verrier's Längenbestimmung von Havre . . 1863 „ 115
Tuckett's Höhenmessungen in den Dauphiner Alpen . 1863 „ 397
L. Bibliographie   1857 S. 217, 233, 237, 361, 365, 428, 429, 491,
   495, 531. — 1858 S. 46, 83, 87, 261, 265, 388, 394, 433, 516,
   533, 537, 541, 592, 596. — 1859 S. 317, 322, 397, 402, 528, 531.
   — 1860 S. 120, 124, 282, 284, 323, 324, 446, 448. — 1861 S. 86,
   88, 163, 205, 239, 323, 364, 445. — 1862 S. 114, 159, 313, 353.
   — 1863 S. 76, 276, 314, 359.
Malte-Brun, La France illustrée . . . 1858 S. 123
Jacobs, Gallia sub anonymo Ravennate descripta . 1859 „ 164
Jacobs, Géographie de Grégoire de Tours . . 1859 „ 164
Block, Bevölkerung des Französischen Kaiserreichs . 1861 S. 163, 323
Petrossi, Die Wehrkraft Frankreichs . . 1856 S. 198
Annuaire de l'Instruction publique . . . 1856 S. 198
Lombardini, Sulle inondazioni avvenute nella Francia . 1859 „ 46
Drian, Observations météorol. faites à Lyon 1855—57 1859 „ 486

L. Résumé des observations dans le bassin de la Saône 1859 S. 466;
    1861 S. 323.
Description du dépt. du Bas-Rhin . . . . 1856 „ 539
Girard, Geologische Wanderungen . . . 1856 „ 162
Ansaldo, Miniere di Cericier ed Ubac . . 1861 „ 113
Border Lands of Spain and France . . . 1856 „ 199
Forester, Rambles in the islands of Corsica and Sardinia 1858 „ 539
Rey, Notice sur les colonies françaises, 1858 . . 1858 „ 581
Kartographischer Standpunkt 1857 S. 11; 1858 S. 140; 1859 „ 228;
    1860 S. 456; 1861 S. 462; 1862 S. 460; 1863 S. 467; 1864 „ 473
Carte topographique de la France, 265 Bl. 1857 S. 13; 1856 „ 140;
    1863 S. 467; 1864 S. 473.
Carte de la France, 32 Bl. . . . 1857 S. 14; 1864 „ 473
Cassini, Carte géométrique de la France, 184 Bl. . 1857 „ 11
Donnet, Carte topogr., minéralog. et statistique, 24 Bl. 1857 „ 11
Capitaine, Carte de la France, 24 Bl. . . . 1857 „ 12
Achin, Carte de France, 4 Bl. . . 1857 S. 12; 1864 „ 473
Vallot, Carte des voies de communication, 6 Bl. . 1857 „ 12
v. Stülpnagel, Karte von Frankreich . . . 1857 „ 12
Bazin et Cadet, Atlas spécial de la France, 30 Bl. . 1857 „ 13
Generalkarte von Frankreich, Weimar 1857, 4 Bl. . 1857 „ 324
Baur u. Ravenstein, Neueste Karte von Frankreich, 4 Bl. 1864 „ 473
Dufour, Carte administrative et physique, 4 Bl. . 1858 „ 140
Nicolet, Atlas de géographie physique de la France 1860 „ 458;
    1861 S. 121.
de Beaumont, Carte géolog. de France, 6 Bl. . 1857 „ 14
Lecoq, Atlas géologique du dépt. de Puy-de-Dôme . 1862 „ 314;
    1863 S. 468.
Vuillemin, Carte orogr., hydrogr. et routière, 4 Bl. . 1861 „ 462
Vuillemin, Carte des chemins de fer . . . 1862 „ 460
Joanne, Atlas des chemins de fer français . . 1859 „ 271
Vuillemin, Carte des chemins de fer de l'empire français 1863 „ 397
Chartier, Carte de la chaine des Alpes françaises . 1863 „ 468
Dufour, Savoie, Alpes maritimes, 3 Bl. . 1861 „ 462
Plan nivelé du col du Mont Cenis . . . 1857 „ 324
Bourcet et Villaret, Carte du Haut-Dauphiné, 9 Bl. (1758) 1859 „ 228
E. v. S., Karte vom nordöstlichen Frankreich, 4 Bl. . 1862 „ 461
Andriveau-Goujon, Plan géométral de Paris, 3 Bl. . 1863 „ 468
Le Pilote français, Cartes des côtes . . . 1857 „ 14
Cortambert, Carte des célébrités de la France . 1855 „ 92

16. Spanien und Portugal.

A. Die Landesvermessung von Spanien . . . 1860 S. 458
Gumprecht, Die Städte-Bevölkerung von Spanien . 1856 „ 393
Höhenmessungen im südlichen Spanien . . 1860 „ 245
Brehm, Die Vega von Murcia . . . 1858 „ 317
Die Landesvermessung von Portugal . . . 1864 „ 473
Ziegler, Physikalisch-geogr. Skizze der Insel Madeira 1856 „ 146
N. Topogr. und geolog. Aufnahme von Spanien 1857 S. 337; 1862 „ 474
Die Volkszählung von Spanien im Jahre 1857 . 1859 „ 202
Spanien's auswärtiger Handel im Jahre 1854 . 1856 „ 234
Anzahl der Bergwerke in Spanien, 1853 . . 1856 „ 298
Die neue Grenzlinie zwischen Frankreich und Spanien 1857 „ 516
Brandes' Ersteigung des Mont-Perdu, 1855 . . 1855 „ 522
Die Cochenille-Zucht in Spanien . . . 1855 „ 376
Brehm, Besteigung der Sierra Nevada . . 1857 „ 420
Brehm's Reise in der Provinz Murcia, 1858 . . 1859 „ 200
Brehm's Bereisung der Sierra de Guadarrama . 1859 „ 200
Projektirte Verbindung des Atlantischen und des Mittel-
    ländischen Meeres . . . . 1859 „ 351
Hübner über die Lage von Baesippo in Hispania baetica 1862 „ 354
Portugal u. seine Kolonien im J. 1858, 1863 1861 S. 435; 1863 „ 485
Zur Kartenkunde von Portugal . . . 1855 „ 268
Neue Portugiesische Telegraphen-Linien . . 1857 „ 530
L. Bibliographie 1856 S. 162. — 1857 S. 217, 233, 237, 361, 365,
    428, 490. — 1858 S. 46, 83, 87, 261, 265, 388, 394, 533, 540,
    592. — 1859 S. 317, 322, 397, 527 — 1860 S. 120, 124, 282,
    284, 323, 324, 446, 448. — 1861 S. 86, 88, 163, 205, 240,
    324, 364, 445. — 1862 S. 114, 159, 314, 354. — 1863 S. 116,
    397. — 1864 S. 76, 276, 314, 359.
Willkomm, Die Halbinsel der Pyrenäen . . 1855 S. 235
Block, Bevölkerung von Spanien und Portugal . 1861 „ 402
Censo de la población de España, 1857 . . 1860 „ 81

L. Nomenclátor de los pueblos de España . . 1860 S. 81
Border Lands of Spain and France . . . 1856 „ 199
Rossmässler, Reise-Erinnerungen aus Spanien . 1856 „ 491
v. Wolzogen, Reise nach Spanien . . . 1857 „ 216
de Demidoff, Étapes maritimes sur les côtes d'Espagne 1859 „ 514
Rico y Sinobas, Trabajos meteorológicos, 1854 . 1857 „ 323
Garrido, Das heutige Spanien . . . 1863 „ 397
Vega y Arguelles, Anales de la marina militar . 1864 „ 76
v. Minutoli, Portugal und seine Kolonien . . 1855 „ 235
Heer, Die fossilen Pflanzen von Madeira . . 1856 „ 306
White, Madeira . . . . 1857 „ 149
v. Sivers, Über Madeira nach Mittel-Amerika . 1861 „ 405
Hartung, Die Azoren . . . . 1861 „ 121
Kartographischer Standpunkt 1857 S. 15; 1856 S. 141; 1859 „ 229;
    1860 S. 456; 1861 S. 462; 1862 S. 474; 1863 S. 468; 1864 „ 473
Lopez, Atlas von Spanien und Portugal, 102 Bl. . 1857 „ 15
Donnet, Mapa de España y Portugal, 6 Bl. . 1857 „ 15
Beauvoisin, Mapa general de España y Portugal, 63 Bl. 1857 „ 16
Berghaus, Karte von Iberischen Halbinsellande . 1857 „ 16
v. Stülpnagel, Karte von Spanien und Portugal, 4 Bl. 1857 „ 16
Coëllo, Peninsula Española, 4 Bl. . . . 1861 „ 463
Vuillemin, Nouvelle Carte de l'Espagne et du Portugal 1864 „ 475
Coëllo, Atlas de España . 1857 S. 17; 1861 S. 462; 1863 „ 468
Toñño, Atlas maritimo de España, 45 Bl. . . 1857 „ 16
Postkarten von Spanien . . . . 1864 „ 359
Schulz, Mapa de la provincia de Oviedo . . 1856 „ 199
Fontan, Karte des Königreichs Galicien, 12 Bl. . 1857 „ 17
de la Fuente, Die Provinz Burgos, 6 Bl. . . 1857 „ 17
Plano del Real Sitio del Pardo . 1858 S. 541; 1859 „ 229
Zur Kartenkunde von Portugal . . . 1855 „ 268
Topographische Karte v. Portugal, 1:100,000 1861 S. 465; 1864 „ 474
Höhenschichtenkarte von Portugal, 1:500,000 . 1864 „ 313
Vuillemin, Carte physique et politique du Portugal 1864 „ 475
Ziegler, Physical map of the Island of Madeira . 1856 S. 146 Anm.
Mittermaier, Karte von Madeira . . . 1864 S. 475

17. Italien.

A. Die Landesvermessung von Italien . . . 1864 S. 475
Die Bevölkerungsverhältnisse von Italien . . 1859 „ 385
Das Adriatische Meer und seine Häfen . . 1859 „ 393
N. Das Areal des Königreichs Italien . 1863 S. 484; 1864 „ 349
Bevölkerung des Königreichs Italien . 1861 S. 433; 1862 „ 481;
    1863 S. 484.
Volkszahl der eigentlichen Städte Italiens . . 1864 „ 349
Neue Karte von Ober- u. Mittel-Italien von A. Petermann 1863 „ 103
Neue Karte von Süd-Italien von A. Petermann . 1863 „ 191
Neue Karte von Italien von A. Petermann . . 1863 „ 233
Die Vertheilung des Regens in Italien . . 1863 „ 386
Die Bewaldung Italiens im Vergleich zu anderen Län-
    dern . . . . 1864 S. 277 (Annuario)
Neigebaur's literarische Berichte über Italien 1859 S. 116, 198 u. 512;
    1860 S. 274, 318, 401 u. 478; 1861 S. 112, 283 u. 350;
    1862 S. 32.
L. Bibliographie 1857 S. 111, 233, 237, 324, 361, 365, 490, 495, 531
    — 1858 S. 46, 63, 87, 260, 265, 388, 394, 481, 532, 537, 540,
    592. — 1859 S. 317, 321, 397, 401, 527, 531. — 1860 S. 120,
    124, 282, 284, 323, 324, 446, 448. — 1861 S. 86, 88, 163, 205,
    240, 324, 364, 445. — 1862 S. 115, 160, 194, 314, 354. —
    1863 S. 116, 398. — 1864 S. 76, 276, 315, 360.
Fabi, Corografia antica dell' Italia . 1857 S. 149; 1860 S. 319
Fabi, Viaggio in Italia . . . . 1863 „ 116
Schiaparelli, Breve descrizione della penisola italiana 1862 „ 194
Dizionario dei comuni del regno d'Italia 1862 S. 160; 1864 „ 277
Dizionario geografico postale d'Italia . . 1863 „ 398
Statistica del Regno d'Italia. Popolazione . 1864 „ 279
Guida storico-statistica d'Italia . . . 1857 „ 530
Correnti, Annuario statistico, 1857—58 1859 S. 116; 1864 „ 277
Annuario della istruzione pubblica, 1861—62 . 1863 „ 116
Annuario del Ministero di agricoltura . . 1864 „ 277
Annali di agricoltura, industria e commercio d'Italia 1864 „ 276
Esposizione italiana agraria, industriale ed artistica 1862 „ 160
Esposizione nazionale nel 1858 . . . 1861 „ 113
Annuario della marina italiana, 1862 . . 1863 „ 116

L. La navigazione italiana ed il commercio estero . . 1664 S. 278
Movimento della navigazione nei porti del Regno . 1864 „ 278
Castigha, Sulle stazioni navali d'Italia . . . . 1862 „ 32
Prospetto della divisione territoriale del Regno d'Italia 1864 „ 278
Girolimo, Una maggiore consolidazione d'Italia . . 1861 „ 284
Sacchi, Annali universali di statistica . 1862 S. 160; 1863 „ 117
Duprat e Gices, Annuario di economia sociale . . 1864 „ 277
Giornale dell' academia di medicina di Torino . . 1863 „ 117
Memorie dell' academia d'agricoltura di Verona . . 1863 „ 117
Atti della società italiana di scienze naturali, Vol. III. 1863 „ 116
Rivista contemporanea, 1862 . . . . . . 1863 „ 117
Curioni, Lavori del R. Istituto Lombardo, 1861 . . 1863 „ 116
Siamonda, Lavori fatti della academia di Torino . . 1863 „ 117
Il piccolo Corriere d'Italia . . . . . . 1861 „ 284
Magrini, Sulla fondazione d'una società meteorologica 1863 „ 117
Formazione della carta geologica del regno d'italia . 1862 „ 160
Kartographischer Standpunkt 1857 S. 18; 1858 S.141; 1859 „ 229;
    1860 S. 461; 1861 S. 463; 1862 S. 461; 1863 S. 469; 1864 „ 475
Orlandini, Atlante gnogr. degli stati Italiani . . 1857 „ 19
Orgiazzi, Carte de l'Italie, 2 Bl. . . . . . 1857 „ 19
Zannoni, Nuova carta dell' Italia, 2 Bl. . . . 1857 „ 19
Tirone, Carta del Regno d'Italia, 12 Bl. . . . 1863 „ 469
Saganzan, Carte du royaume d'Italie, 12 Bl. . . 1863 „ 470
Petermann, Karte von Ober- und Mittel-Italien 1863 S. 103 u. 470;
    1864 S. 155.
Petermann, Karte von Süd-Italien . 1863 S. 191 u. 470; 1864 S. 155
Petermann, Karte von Italien . 1863 „ 233 „ 470; 1864 „ 155
Schisparelli e Meyr, Carta generale del Regno d'Ita-
    lia, 9 Bl. . . . . 1864 „ 477
Cerri, Carta stradale e postale dell' Italia, 8 Bl. . 1857 „ 19
Carta delle strade ferrate del Regno d'Italia, 2 Bl. . 1863 „ 469
Atlas des Adriatischen Meeres, 29 Bl. . . . 1857 „ 22
Bacler Dalbe, Carte générale du théâtre de la guerre,
    54 Bl. . . . . 1857 „ 19
Kiepert, Operationskarte für den Feldzug von 1796 . 1858 „ 541
Kriegskarten von Ober-Italien, 1859 . . . . 1860 „ 461
Berghaus, Strassenkarte der Alpen und des Apennin . 1860 „ 461

18. Venetien.

A. Petermann, Das Festungs-Viereck . . . . 1862 S. 259
L. Commercio ed industria di Mantova . . . . 1859 „ 198
Topographische Karte des Lombardisch-Venetianischen
    Königreiche, 42 Bl. . . . . 1857 „ 20
Generalkarte des Lombardisch-Venetianischen König-
    reichs, 4 Bl. . . . . 1857 „ 21
Petermann, Karte des Festungs-Vierecks . . . 1862 „ 464

19. Sardinien.

N. Neigebaur, Die Deutschen Gemeinden im Piemontesischen 1862 S. 308
L. Itinerario generale degli stati di S. M. Sarda . . 1857 „ 530
Spano, Bulletino archeol. Sardo . . . . . 1860 „ 479
King, The Italian valleys of the Pennine Alps . . 1859 „ 46
Jacini, Ferrovia dell' Alpi Elvetiche . . . . 1864 „ 276
Perforo delle Alpi tra Bardoneche e Modano . . 1864 „ 278
Sella, Una salita al Monviso . . . . . . 1864 „ 276
Bessone, Della città e provincia di Mondovi . . 1862 „ 160
Rossi, Storia del marchesato di Dolceacqua . . 1863 „ 117
Baruffi, Passeggiate nei dintorni di Torino . 1860 S. 319 u. 480
Soria, Guida de Vercelli . . . . . . 1857 S. 530
Dionisotti, Memorie storiche della città di Vercelli . 1862 „ 194;
    1864 S. 277.
Onetti, Sanremo e suoi dintorni . . . . . 1861 „ 112
Mezzacapo, La Spezia . . . . 1857 „ 530
Capellini, Le schegge di diaspro dei monti della Spezia 1863 „ 398
Capellini, Studj stratigrafici nelle montagne della Spezia 1863 „ 398
Capellini, Descrizione geol. del golfo della Spezia . 1864 „ 360
Itinerario generale della Spezia . . . . . 1858 „ 298
Forester, Rambles in the islands of Corsica and Sardinia 1858 „ 539
Virgilio, Della Sardegna . . . . . . 1859 „ 513
Massa, Sulle intemperie di Sardegna . . . . 1861 „ 350
Carta degli Stati di S. Maestà Sarda, 91 Bl. 1857 S. 20; 1859 „ 229

L. Carta degli Stati di S. Maestà Sarda, 6 Bl. . . 1857 S. 20
Carta degli Stati di S. Maestà Sarda, 1 Bl. . . 1857 „ 20
Carta topogr. del Lago Maggiore . . . . 1857 „ 324
Siamonda, Carta geologica di Savoja, Piemonte etc. 1863 S.118 u.469
Raymond, Carte topogr. des Alpes comprenant le Pie-
    mont etc. . . . . 1863 S. 469
Marmora, Carta dell' Isola di Sardegna . . . 1858 „ 141

20. Lombardei.

N. Dürer, Regenmenge in Mailand und am Comer See . 1864 S. 305
L. dell' Aqua, Annuario statistico delle provincie di Lom-
    bardia . . . . . . 1862 S. 160; 1863 „ 116
dell' Aqua, Annuario statistico di Milano . . . 1860 „ 401
Stoppani, Studj geologici sulla Lombardia . . . 1859 „ 513
Omboni, I ghiacci antichi della Lombardia . . . 1862 „ 160
Merlini, Industria in Lombardia . . . . . 1860 „ 318
Curioni, Industria del ferro in Lombardia . . . 1860 „ 401
Moguscher, La migliore maniera per rimettere i boschi
    dell' alta Lombardia . . . . . . 1860 „ 318
Strobel, Distribution des Mollusques dans la Lombardie 1856 „ 46
Leonhardi, Das Poschiavino-Thal . . . . 1859 „ 439
Commercio ed industria di Lodi . . . . . 1859 „ 513
Rosa, Notitie statistiche della provincia di Bergamo . 1859 „ 199
Finazzi, Sulle antiche miniere di Bergamo . . . 1861 „ 112
Valerio, La provincia di Como nel 1860 . . . 1861 „ 263
Valsuani, Irrigazione dell' alta pianura di Milano . 1863 „ 118
Zantedeschi, Le leggi del clima Milanese . . . 1861 „ 264
Maissen, Cenni statistici sulle città di Cremona . . 1861 „ 264
Angelucci, Le stazioni lacenali del lago di Varese . 1864 „ 276
Poulini, Carta generale del Regno Lombardo-Veneto, 4 Bl. 1862 „ 464

21. Emilia und Toscana.

N. Census von Toscana, 1855 . . . . . . 1855 S. 376
L. Almanacco degli stati Estensi, 1858 . . 1859 S. 198 u. 542
Censimento della communità di Pisa, 1862 . . 1863 S.398
Capellini, Geologia e paleontologia del Bolognese . 1863 „ 398
Bianconi, Studj geologici in Bologna . . . . 1863 „ 398
Tonini, Guida del forestiere nella città di Rimini . 1864 „ 360
Siena ed il suo territorio . . . . . . 1863 „ 398
Valle, La Maremma Toscana . . . . . 1863 „ 398
Grabau, Le miniere dell' Elba . . . . . 1861 „ 350
Carta topogr. di Modena, 8 Bl. . . . . 1857 „ 20
Carta topogr. di Parma, Piacenza e Guastalla, 9 Bl. . 1857 „ 20
Inghirami, Carta della Toscana, 4 Bl. . . . 1857 „ 21

22. Neapel.

A. Schmidt, Eruption des Vesuv im Mai 1855 . . 1856 S. 125
N. Die Streitkräfte des Königreiches beider Sicilien . . 1855 „ 326
Die Piemontesische Kolonie Guardia in Calabrien 1863 S.117 (Rivista)
Kultur in den Abruzzen . . . . . . 1855 S. 376
Die Veränderungen des Vesuv-Gipfels, 1857—58 . 1859 „ 206
v. Tchihatchef, Der Ausbruch des Vesuv Dezbr. 1861 1862 „ 33
Meeresleuchten im Golf von Neapel . . . . 1860 „ 192
L. Almanacco reale del regno delle Due Sicilie, 1857 . 1857 „ 428
Bargnani, Descrizione del regno di Napoli . . . 1860 „ 401
Ayola, Garibaldi e l'esercito Napolitano . . . 1860 „ 401
Schnars, Reise durch die Provinz Basilicata . . 1859 „ 46
Puggaard, Description géol. de la péninsule de Sorrento 1858 „ 539
Vegeazi-Ruscalla, Le colonie Serbo-Dalmate di Larino 1864 „ 279
Ceva-Grimaldi, Della città di Napoli . . . . 1860 „ 478
Overbeek, Pompeji . . . . 1856 „ 63
Roth, Der Vesuv und die Umgegend von Neapel . 1857 „ 428
Schmidt, Neue Höhenbestimmungen am Vesuv . . 1856 „ 506
Memoria sullo incendio Vesuviano del mese di Maggio 1855 1856 „ 161
Schmidt, Die Eruption des Vesuv im Mai 1855 . . 1857 „ 53
Abich, Besuch des Kraterbodens von Stromboli . . 1858 „ 481
Zannoni, Atlante del Regno di Napoli . . . 1857 „ 22
Gran Carta delle Napoli, 1: 80,000 . . . . 1861 „ 463
Carta delle provincie meridionale d'Italia, 4 Bl. . 1862 „ 461

23. Insel Sicilien.

A. Sart. v. Waltershausen, Vermessungen zur Karte des Etna 1864 S. 102
N. Allmählige Erhebung eines Theils der Küste von Sicilien 1858 „ 469
Lyell über Entstehung und Wachsthum des Ätna 1859 S. 88, Nr. 10
L. Goldhann, Ästhetische Wanderungen in Sicilien . 1855 S. 148
Gemelli, La Sicilia . . . 1860 „ 401
Quadro delle diocesi dell' isola di Sicilia . 1862 „ 314
Quadro della mariniera mercantile di Sicilia . 1862 „ 32
Giornale scientifico-letterario di Siracusa . . 1862 „ 354
v. Waltershausen, Ein Vortrag über den Ätna . 1857 „ 53
Beritelli, Catania e la sua provincia . . 1862 „ 32
Ehrenberg, Über die Ferdinands- oder Grahams-Insel 1864 „ 277
Zannoni, Carta della Sicilia . . 1857 „ 22
Bodalamenti, Carta generale della Sicilia, 4 Bl. . 1863 „ 469
Marzolla, Sicilia, 8 Bl. . . 1861 „ 463

24. Kirchenstaat.

L. Fournier, Rom und die Campagna . . 1862 S. 314
Thiele, Rom als Mittelpunkt der kathol. Christenheit . 1861 „ 324
de Rossi, Dell' ampiezza delle Romane Catacombe . 1861 „ 284
Topogr. Karte des Kirchenstaats und Toscana's, 52 Bl. 1857 „ 20
Carte de la partie sud-ouest des États de l'Église, 4 Bl. 1857 „ 338;
1858 S. 141.
Spinetti, Carta delle cinque provincie di Roma etc. . 1862 „ 461
Officio del censo, Carta topogr. di Roma e Comarca, 9 Bl. 1864 „ 476

25. Griechenland, Türkisches Reich in Europa und Asien.

A. Mordtmann, Die Volkszählung des Türkischen Reichs 1858 S. 89
Kotschy, Reise nach Cypern u. Klein-Asien, 1859 1862 S. 289 u. 369
N. Dr. Mordtmann's Forschungen über das Osmanische Reich 1864 „ 225
Die Presse im Osmanischen Reich . . 1864 „ 32
v. Tchihatcheff's geologische Untersuchung des Bosporus 1863 „ 276;
1864 S. 156.
L. Bibliographie 1857 S. 53, 113, 152, 217, 219, 234, 238, 268, 272,
324, 356, 362, 368, 428, 434, 491. — 1858 S. 74, 84, 88, 171,
262, 390, 394, 433, 480, 516, 534, 537, 540, 554, 593. —
1859 S. 318, 398, 528. — 1860 S. 121, 283, 323, 324, 447. —
1861 S. 87, 164, 205, 240, 324, 364, 446. — 1862 S. 115, 195,
314, 354. — 1863 S. 118, 398. — 1864 S. 76, 279, 315, 360,
v. Reden, Die Türkei und Griechenland . . 1855 S. 234
Joanne et Isambert, Itinéraire de l'Orient . 1861 „ 240
d'Escayrac de Lauture, De la Turquie . . 1858 „ 539
de Tchihatchef, Lettres sur la Turquie . . 1859 „ 81
Vimercati, Constantinople et l'Égypte . . 1856 „ 162
Ziegler, Meine Reise im Orient . . 1855 „ 28
Macintosh, Militärische Reise durch die Türkei u. s. w. 1856 „ 161
Schläfli, Streifzüge im Orient, 1856 . . 1858 „ 433
Senior, A journal kept in Turkey and Greece . 1859 „ 439
Wutzer, Reise in den Orient . . 1861 S. 121, 324
Werne, Reise- und Lebensfahrten im Griechen- und
Türkenland . . 1861 S. 441
Churaschid, Sinhatnsmul Hodud (Beschreibung einer Reise
nach den Türkisch-Persischen Grenzländern) . 1862 „ 146
Ritter, Reisebriefe . . . 1865 „ 119
Deimling, Die Leleger . . 1862 „ 195
Kiepert, Generalkarte des Türkischen Reichs . 1855 „ 378

26. Griechenland.

A. Schmidt, Reise-Studien in Griechenland . 1862 S. 261 u. 329
N. Statistik Griechenlands, 1853 (Bevölkerung, Handel u. s.w.) 1855 S. 325
Statistisches von Griechenland (Produktion) . 1855 „ 145
Statistische Übersicht von Griechenland, 1861 . 1862 „ 481
Die materielle Entwickelung Griechenlands 1858 S. 434, Nr. 23
Kind, Streifzüge durch das Land der Griechen, namentlich durch Akarnanien . . 1861 S. 113
Kind, Die Melantischen Klippen . . 1863 „ 234
Kind, Die Inseln Christianá . . 1863 „ 234

N. Grimaud de Caux' Untersuchungen auf dem Isthmus
von Korinth . . 1862 S. 315, 354
L. Στατιστιχὴ τῆς Ἑλλάδος, 1861 . . 1863 S. 399
Lombardi, Ordinamento politico della Grecia . 1862 „ 32
Cozziris, Statistica del penitenziario di Corfu . 1862 „ 32
Vischer, Erinnerungen und Eindrücke aus Griechenland 1857 „ 216
Forchhammer, Halkyonia . . 1858 „ 171
Taylor, Travels in Greece and Russia . . 1860 „ 81
Schmidt, Beiträge zur physik. Geographie v. Griechenland 1861 „ 205
Conze, Viaggio fatto nella Grecia nel 1860 . 1862 „ 354
Unger, Ergebnisse einer Reise in Griechenland . 1863 „ 119
Mousson, Ein Besuch auf Korfu und Cefalonien . 1859 „ 164
Bericht des Preussischen Konsulats zu Syra, 1857 . 1859 „ 80
Kartographischer Standpunkt . . 1857 S. 22; 1863 „ 470
Carte de la Grèce, 20 Bl. . . 1857 „ 23
Carte de la Morée, 6 Bl. . . 1857 „ 23
Lapie, Carte de la Grèce, 4 Bl. . . 1857 „ 23
Aldenhoven, Carte du royaume de la Grèce, 8 Bl. 1857 „ 23
Kalergis, Athènes et ses environs, 1.10,000 . 1863 „ 471

27. Europäische Türkei und Nebenländer, Cypern.

A. Lejean, Ethnographie der Europäischen Türkei . Ergbd. 1, Nr. 4
v. Sydow, Das Russ.-Türkische Grenzgebiet an der Donau 1856 S. 149
Petermann, Die Russisch-Türkische Grenze an der Donau 1857 „ 129
Kotschy, Reise nach Cypern, 1859 . . 1862 „ 289
N. Kohlen-Lager in der Türkei . . 1856 „ 37
G. Lejean's Aufnahmen in der Türkei . . 1858 „ 158
Neue Arbeiten über die Türkei (Lejean, Hecquard) . 1858 „ 384
Kind, Bemerkungen über die Ethnographie der Europäischen Türkei von Lejean . . 1861 „ 285
Schläfli, Das Erdbeben in Epirus, 1856 . . 1859 „ 117
v. Hahn's Reise durch die Türkei, 1858 . . 1859 „ 117
v. Hahn, Reise von Skutari nach Salonik, 1863 . 1864 „ 72
Kind, Die alte Stadt Dodona in Albanien . 1863 „ 311
Peters' Reise nach der Türkei . . 1864 „ 223
Unterhandlungen über Abtretung der Sutorina . 1856 „ 193
Die Insel Candia oder Creta . . 1861 „ 436
Kind, Die Insel Kalymnos . . 1862 „ 233
Spratt über die Schlangen-Insel . . 1857 „ 326
Sedlaczek über die Triangulation der Walachei . 1856 „ 72;
vergl. 1860 S. 41.
Die Zigeuner in der Moldau . . 1856 „ 298
Die Magyaren in der Moldau und in Bessarabien . 1857 „ 326
Die Schiffbarkeit des Prath . . 1862 „ 32
Bevölkerung von Bosnien, 1851 . . 1856 „ 297
Bevölkerung des Fürstenthums Serbien, 1850 . 1857 „ 479
Geologie der Insel Cypern, nach Gaudry . . 1860 „ 154
L. Perrot, Itinéraire de la Turquie d'Europe . 1855 „ 234
Collas, La Turquie en 1861 . . 1861 „ 324
Hecquard, Histoire et description de la Haute-Albanie 1859 „ 164
Schläfli, Versuch einer Klimatologie des Thales von Janina 1863 „ 119
Barth, Reise durch das Innere des Europ. Türkei, 1862 1864 „ 76
Chopin et Ubicini, Provinces danubiennes . 1857 „ 530
Kanitz, Die Römischen Funde in Serbien . . 1861 „ 524
Arbuthnot, Herzegovina . . 1863 „ 118
Unger, Geognostische Skizze der Insel Cypern . 1863 „ 113
Gaudry, Géologie de l'île de Chypre . . 1864 „ 76
Kartographischer Standpunkt 1857 S. 22; 1860 S. 462; 1861 S. 463;
1862 S. 462; 1863 S. 470; 1864 S. 477.
Lapie, Carte de la Turquie d'Europe, 15 Bl. . 1857 S. 23
Viquesnel et Lapie, Cartes de la Servie, de l'Albanie,
de la Macédoine, de l'Épire et de la Thessalie . 1857 „ 23
Kiepert, Generalkarte von der Europäischen Türkei . 1857 „ 24
Viquesnel, Carte de la Thrace etc. . . 1855 „ 234
Carte de la presqu'île de Gallipoli, 1: 50,000 . 1855 „ 234
Stolpe, Plan der Stadt Konstantinopel . . 1863 „ 471
Stolpe, Plan der Vorstädte Galata, Pera und Pancaldi 1864 „ 477
Stolpe, Karte des Bosporus mit Konstantinopel u. s. w. 1864 „ 477
Kanitz, Karte von Serbien . . 1863 „ 113
James, Map of Montenegro . . 1861 „ 463
Paulini, Carta di Montenegro . . 1861 „ 463
Kiepert, Karte von Montenegro . . 1862 „ 462
Blau, Karte der Herzegowina . . 1862 S. 195, 462

28. Russisches Reich in Europa und Asien.

A. Geschichte der Russischen Topo- und Kartographie,
　nach v. Schubert . . . . 1859 S. 210
Geogr. und hydrogr. Arbeiten in Russland im J. 1857　1858 „ 320
v. Köppen, Bevölkerung Russlands im Jahre 1851　. 1855 „ 14
Flächeninhalt und Bevölkerung des Russischen Reichs 1860 „ 64;
　1863 S. 120, 400.
Der Weinbau in Russland, nach Beketow　. . . 1858 „ 324
Iwaschinzoff, Die Aufnahme des Kaspischen Meeres　. 1863 „ 53
N. Struve, Geogr. Arbeiten in Russland bis 1645　. . 1857 „ 211
Aufnahmen und Arbeiten des K. Russ. Kriegs-Dépôts 1857 „ 474
Das K. Topographische Kriegs-Dépôt in St. Petersburg 1857 „ 517
Die Karten des K. Topographischen Kriegs-Dépôts　. 1858 „ 37
Arbeiten des K. Russ. Generalstabs, 1858　1858 S. 322; 1859 „ 214
Arbeiten des K. Russischen Generalstabs, 1859　. 1860 S. 42, 409
Arbeiten des K. Russischen Generalstabs, 1858—61　. 1861 S. 196
Arbeiten des K. Russischen Generalstabs, 1860　. . 1861 „ 458
Arbeiten des K. Russischen Generalstabs, 1861　. . 1862 „ 451
Arbeiten des K. Russischen Generalstabs, 1862　. 1863 S. 310, 458
Arbeiten des K. Russischen Generalstabs, 1863　. . 1864 S. 466
Die hydrographischen Arbeiten Russlands, 1861　. . 1862 „ 272
Russische statistisch-geographische Werke　. . . 1858 „ 295
v. Köppen, Die Volkszählung in Russland, 1851　. 1858 S. 37 u. 406
Neue Arealberechnung des Russischen Reichs 1862 S. 391; 1863 S. 120
Die hauptsächlichsten Städte der Russischen Monarchie 1858 „ 323
Aktien-Gesellschaften des Russischen Reichs　. . 1856 „ 232
Haupt-Münzsorten und Kredit-Zeichen in Russland　. 1856 „ 233
Russlands Malachit-Lager　. . . . . . 1855 „ 145
Gold-Ausbeute im Ural, 1852—55　. . . . 1856 „ 193
Russlands Wein-Production　. . . . . . 1856 „ 116
Verkehr auf den Russischen Messen, 1855　. . . 1856 „ 116
Der Theehandel Russlands mit China　. . . . 1863 „ 347
Sitzungen der K. Russischen Geogr. Gesellschaft 1858 S. 105 u. 295;
　1859 S. 204.
Neues Werk der Petersburger Geograph. Gesellschaft . 1860 S. 42
Niveau-Unterschied des Kaspischen u. Schwarzen Meeres 1861 „ 197
L. Bibliographie　. . . 1855 S. 28. — 1857 S. 111, 150, 217, 219, 234,
　238, 267, 272, 324, 356, 361, 368, 429, 484, 491, 495, 531. —
　1858 S. 83, 88, 174, 262, 266, 390, 394, 433, 435, 481, 484,
　521, 534, 540, 554, 593. — 1859 S. 318, 322, 398, 528, 532. —
　1860 S. 121, 124, 283, 323, 324, 447. — 1861 S. 87, 164, 205,
　240, 324, 364, 446. — 1862 S. 115, 195, 315, 354. — 1863
　S. 120, 160, 399. — 1864 S. 77, 280, 315, 360.
Zuchold, Bibliotheca historico-naturalia Rossica .　. 1862 S. 155
v. Berg, Russ. Literatur über Mineralogie, Geologie u. s. w. 1863 „ 160
Völter, Das Kaiserthum Russland　. . . . 1855 „ 171
Schnitzler, L'empire des Tsars　. . 1862 S. 398; 1863 „ 160
v. Buschen, Bevölkerung des Russischen Kaiserreichs . 1863 „ 120
v. Buschen, Statistische Tabellen des Russischen Reichs 1863 „ 399
v. Semenow, Geographisch-statistisches Wörterbuch 1864 S. 78, 315
Listen der bewohnten Orte des Russischen Kaiserreichs 1861 S. 324;
　1862 S. 278.
Schweizer, Arealbestimmung des Kaiserreichs Russland 1861 „ 121
Publikationen der Statist. Comités der Gouvernements 1861 „ 238
Mémoiren des Topographischen Kriegs-Dépôts　. 1858 S. 46, 539;
　1860 S. 161; 1861 S. 442; 1863 S. 400; 1864 S. 470.
Katalog von Karten u. s. w. des Kriegstopogr. Dépôts 1858 S. 480
Katalog der trigonometrisch und astronomisch bestimmten
　Punkte　. . . . . 1863 „ 400
Mémoiren (Sapiski) der Russ. Geogr. Gesellschaft, Bd. I.–X 1857 „ 210
Mémoiren der Russischen Geograph. Gesellschaft, Bd. XI 1857 „ 53
Mémoiren der Russ. Geogr. Gesellschaft, 1861—63 1861 S. 238, 447;
　1862 S. 115; 1863 S. 160; 1864 S. 78.
Bote der K. Russischen Geogr. Gesellschaft, 1856 u. 1857 1857 S. 530
Extraits des Publications de la Soc. géogr.　. . 1860 „ 42
Compte-Rendu de la Soc. géogr. de Russie 1857 S. 530; 1858 S. 539;
　1859 S. 439; 1861 S. 240; 1862 S. 315; 1864 S. 76, 280.
Kupffer, Annales de l'observatoire physique de Russie 1862 S. 115
Kämtz, Repertorium für Meteorologie 1861 S. 159, 326; 1863 „ 357
St. Petersburger Kalender　1856 S. 197; 1861 S. 205; 1863 „ 160;
　1864 S. 280.
Beiträge zur Kenntniss des Russischen Reichs, Bd. 18 1856 „ 345
Castrén, Ethnologische Vorlesungen über die Altaischen
　Völker　. . . . . 1858 „ 125

L. Macintosh, Militärische Reise durch die Türkei, die
　Krim u. s. w. . . . . . . 1856 S. 161
Karten des Topograph. Kriegs-Dépôts bis 1857　1857 S. 475, 517;
　1858 S. 37, 136.
Postkarte des Europäischen Russland und des Kaukasus 1857 S. 2
Woeschtschinin, Generalkarte von Russland in 15 Bl. . 1857 „ 2
Woeschtschinin, Geographischer Atlas des Russischen
　Kaiserthums　. . . . . . . 1859 „ 219
Karte vom Europäischen Russland und den Kaukasischen
　Ländern, 1 : 680.000　. . . . . 1862 „ 455
Karte vom Europäischen Russland und den Kaukasischen
　Ländern, 1 : 2.100.000　. . . . . 1863 „ 463

29. Europäisches Russland nebst Polen u. Finnland.

A. v. Blaramberg, Topographische Arbeiten des Europäi-
　schen Russlands　. . . 1858 S. 251; Nachtrag 1861 S. 196
v. Blaramberg, Kartographische Kenntnisse des Europäi-
　schen Russlands, 1862　. . . . . 1863 „ 41
Die Russisch-Skandinavische Breitengrad-Messung　. 1857 „ 315
v. Sydow, Das Russ.-Türkische Grenzgebiet an der Donau 1856 „ 149
Petermann, Die Russisch-Türkische Grenze an der Donau 1857 „ 129
Petermann, Physikalisch-geographische Skizze der Krim 1856 „ 41
Bergsträsser, Die Salzsee'n des Gouvernements Astrachan 1858 „ 93
Bergsträsser, Aufnahmen in der Ponto-Kasp. Niederung 1859 „ 339
Bergsträsser, Die Verbindung des Kaspischen mit dem
　Schwarzen Meer　. . . . . . 1859 „ 411
Bergsträsser's und Kostenkoff's Untersuchungen des
　Manytsch　. . . . . . 1861 S. 338 u. 372
v. Baer, Das Projekt, den Manytsch zu kanalisiren　. 1862 S. 446
Meyerson, Zur physikalischen Geographie Astrachans . 1858 „ 327
Die Höhenverhältnisse von Finnland　. . . 1859 „ 69
N. Das Telegraphennetz in Russland, 1855　. . 1855 „ 268
Neu entdeckte Steinkohlen-Lager　. . . . 1856 „ 299
Übersicht sämmtlicher Mineralwasser Russlands　. 1856 „ 299
Die Steppen des Europäischen Russlands, nach Bode . 1858 „ 324
Städtische Bevölkerung in Russland (Polen, Finnland) 1856 „ 298
Bestimmung des Zeitunterschiedes zwischen Pulkowa
　und Dorpat　. . . . . 1858 S. 483, Nr. 25
Nordgrenze des Bernsteins　. . . . . 1856 S. 160
v. Saas, Pflanzengeographische Verhältnisse Oesels . 1861 „ 982
Areal von Ehstland　. . . . . . 1864 „ 305
Resultate der Hofmann'schen Expedition nach dem
　nördlichen Ural　. . . . . . 1857 „ 269
Latkin's Reise nach der Petschora, 1840 u. 1843　. 1857 „ 214
Neue Festung Michajlograd in Wolynien　. . . 1856 „ 73
Taylor's Beschreibung des Kreml zu Moskau　. . 1859 „ 76
Romanowsky über die Geologie des Gouvern. Rjäsan . 1857 „ 271
Die Bevölkerung des Gouv. Tula, 1857　. 1858 S. 546, Nr. 34
Die geringe Regenmenge in der Krim　. . . 1856 S. 70
Die Schiffbarkeit des Pruth　. . . . . 1862 „ 32
Dampfschifffahrt auf der Wolga　. . . . 1856 „ 72
Herstellung einer schiffbaren Strasse auf der Wolga
　von Astrachan nach dem Kaspischen Meere　. 1856 „ 117
Grosse Aufnahme vom Wolga-Delta　. . . 1857 „ 517
Höhe des Wolgaspiegels an verschiedenen Punkten 1862 S. 451 Anm.
Der Häringsfang in der untern Wolga　. . . 1858 S. 471
Die Astrachan'schen Salzsee'n 1858 S. 471; 1859 S. 351; 1861 „ 314
Ein neues Salzlager am Kaspischen Meer　. . 1860 „ 193
Neue Nachrichten über die Kuma-Manytsch-Niederung 1860 „ 80
Die Besiedelung der Kuma-Manytsch-Ebenen　. . 1860 „ 440
Dürrung und Heuschrecken-Plage in Astrachan 1860　. 1860 „ 440
Die frühere Wasserstrasse zwischen dem Kaspischen
　und Schwarzen Meer　. . . . . 1861 „ 117
Kostenkoff über seine Untersuchung des Manytsch　. 1863 „ 110
Besiedelung der Kalmücken-Steppe im Gouv. Astrachan 1863 „ 311
Wissenschaftliche Untersuchung des Asow'schen Meeres 1862 „ 274
Bevölkerung Polens, 1860, und Ortschaftsbevölkerung . 1863 „ 387
Katholische Klöster in Polen　. . . . . 1856 „ 73
Magnetisches Phänomen im Finnischen Meerbusen　. 1860 „ 272
Flächeninhalt und Bevölkerung von Finnland, 1860　. 1863 „ 483
Städte-Bevölkerung von Finnland, 1861　. . . 1864 „ 149
Holmberg's geognostische Reise nach Ost-Finnland　. 1857 „ 218
Expedition nach der Finnischen Lappmark　. . 1861 „ 314

L. v. Schubert, Travaux astronom. etc. en Russie 1858 S. 546, Nr. 32; 1859 S. 210.

Struve, Arc du Méridien de 25° 20' entre le Danube et la Mer Glaciale . . . . 1858 S. 545, Nr. 31'

Geographisch-statistische Beschreibungen der Russischen Gouvernements . . . . 1863 S. 465; 1864 S. 471

Bulletin de la Soc. des Naturalistes de Moscou 1857 S. 216, 530; 1858 S. 171, 516.

Verhandlungen der Russ. Mineralog. Gesellschaft, 1856 1857 S. 268

Wesselowsky, Klimatolog. Abhandlungen über Russland 1857 „ 267

Menschen und Dinge in Russland . . . 1856 „ 121

Taylor, Travels in Greece and Russia . . 1860 „ 81

Spottiswoode, A Tarantasse journey through Eastern Russia . . . . . . 1857 „ 216

Scheide-Ferroti, Die Eisenbahnen in Russland . 1858 „ 539

v. Helmersen und Pacht, Geognostische Untersuchungen im mittleren Russland . . . . 1859 „ 439

Ludwig, Geologische Beobachtungen in Russland . 1862 „ 196

Bogdanowitsch, Geschichte des Feldzugs im Jahre 1812 1863 „ 120

Jurjew, Beschreibung des nördlichen Ural . . 1857 „ 214

Hofmann, Der Nördliche Ural und der Pae-Choi . 1857 „ 268

Hofmann, Die hypsometrischen Verhältnisse des Ural 1858 „ 540

v. Grünewaldt, Versteinerung-führende Formationen d. Ural 1857 „ 323

Meglitzky und Antipow, Geognostische Beschreibung des südlichen Ural . . . . 1859 „ 439

Sammlung statistischer Notizen über Kiew . . 1861 „ 447

Danilewsky, Das Klima des Gouvernements Wologda 1857 „ 215

Köppen, Die Städte und Dörfer des Gouvern. Tula 1858 „ 539

Schweizer, Die bei Moskau stattfindende Lokal-Attraktion 1863 „ 400

Bergsträsser, Verbindung des Kaspischen mit dem Schwarzen Meer . . . . 1861 „ 446

v. Baer, Kaspische Studien . . . 1864 „ 72

Kessler, Reise an der nördl. Küste des Schwarzen Meeres 1863 „ 160

Physiographie Polens . . . . 1863 „ 72

Kartographischer Standpunkt 1857 S. 1; 1858 S. 135; 1859 S. 209; 1860 S. 409; 1861 S. 458; 1862 S. 451; 1863 S. 458; 1864 S. 468

v. Biaramberg, Karte der astronomischen und trigonometrischen Arbeiten, 6 Bl. . . 1860 S. 161, 412

Übersichts-Tableau der kriegstopogr. Karte von Russland 1861 S. 447

Generalstabskarte von Russland, 1.126.000 1863 S. 463; 1864 „ 470

Karte der Land-, Wasser- u. Wegeverbindungen, 4 Bl. 1860 S. 161, 412

Poltorazky und Iljin, Karte vom Europ. Russland, 2 Bl. 1863 S. 464

Atlas économique et statistique de la Russie 1858 S. 435, Nr. 34; 1859 S. 210.

v. Helmersen's neue geologische Karte von Russland . 1862 S. 279

Atlas der Evangelisch-lutherischen Gemeinen in Russland 1856 „ 346

v. Stülpnagel, Karte der Europäisch-Russischen Grenzländer in 10 Bl. . . . . 1856 „ 308

v. Schubert, Spezialkarte des westlichen Theils des Russischen Reichs . . . . 1857 „ 2

v. Schubert, Kriegsstrassenkarte des westlichen Russland, 5 Bl. . 1858 S. 553, Nr. 116; 1859 „ 219

Batiuschkow und v. Rittich, Atlas der Bevölkerung der westlichen Provinzen . . . 1864 S. 280, 471

Rücker, Generalkarte von Livland . . . 1858 S. 516

Handtke, Karte von Süd-Russland, 4 Bl. . 1863 „ 465

Topographischer Vermessungs - Atlas des Twer'schen Gouvernements, 97 Bl. . . . 1858 „ 135

Pacht, Geognost. Karte von Woronesch, Tambow u. s. w. 1857 „ 53

Höhenkarte des nördlichen Ural und Paichoi 1858 S. 553, Nr. 116

Karte der Höhen längs des Parallels von 47° 30', 2 Bl. . . . . . 1858 S. 553, Nr. 116

Atlas des Wolga-Stromes, 149 Bl. . . . 1862 S. 155

L. Atlas der nördlichen Dwina . . . 1862 S. 155

Karte des Ladoga - See's . . . 1864 „ 446

Plan of Sevastopol, 8 Bl. . . . 1860 „ 81

Plan of the attacks and positions before Sebastopol 1860 „ 81

Plan of the attacks of the allied armies before Sebastopol, 10 Bl. . . . 1860 „ 412

d'Erkert, Atlas ethnographique de la Pologne 1863 S. 400, 464

Poltorazky und Iljin, Karte des Königreichs Polen . 1863 S. 464

Mappa Królestwa Polskiego, 4 Bl. . 1864 „ 471

Karte von Finnland, vom Landvermessung-Bureau . 1861 „ 288

Karte vom Grossfürstenthum Finnland, 2 Bl. . 1863 „ 465

Gylden, Pläne von 31 Finnischen Städten . 1858 S. 553, Nr. 115

30. Kaukasus - Länder.

A. v. Chodzko, Die Russischen Aufnahmen im Kaukasus 1862 S. 361

v. Chodzko, Höhenmessungen im Kaukasus . 1859 „ 303

Stebnitzkij, Die Kaukasische Triangulation im J. 1862 1863 „ 340

Stebnitzkij, Die 10-Werst-Karte des Kaukasus . 1864 „ 205

Staritzkij, Die Katastral-Vermessung Trans-Kaukasiens 1864 „ 84

v. Köppen, Die Russisch-Kaukasische Statthalterschaft 1860 „ 9

Berger, Die Bergvölker des Kaukasus . . 1860 „ 165

Koch, Das Rion-Gebiet . . . . 1856 „ 320

v. Seidlitz, Kaukasische Exkursionen, 1862 . 1863 S. 136 u. 167

Radde's Forschungen im Kaukasus . 1864 S. 223 u. 281

N. Kohlen und Eisenbahnen in Trans-Kaukasien . 1859 S. 77

Fossile Kohlen in Kaukasien, nach Jwanitzkij . 1859 „ 205

Abich über die Schlamm-Vulkane der Halbinseln Taman und Apscheron . . . . 1857 „ 398

Die hauptsächlichsten Städte in Russisch-Kaukasien . 1857 „ 517

Der Handel von Trans-Kaukasien, 1854—56 . 1858 „ 472

Zeithammer über die Ethnographie des Kaukasus . 1856 „ 36

Ansiedelung der Kosaken am Terek u. s. w. . 1858 „ 472

Lapinski über die Stellung der Kaukasischen Völkerschaften zur Russischen Regierung . . 1862 „ 392

Bakradze über die Swaneten . . . 1862 „ 515

v. Uslar über die geogr. Verbreitung der Awarischen Sprache 1864 „ 360

Neuestes aus dem Kaukasus . . . 1863 „ 346

Russische Fortschritte im Kaukasus . . 1864 „ 53

Ruprecht's Reise im Kaukasus . . . 1862 „ 184

Ersteigung des Mt. Ararat unter Chodzko u. Chanykow 1859 „ 350

Cirkulation des Wassers im Goktscha - See . 1858 „ 471

L. Der Kaukasische Kalender 1857 S. 531; 1858 S. 516; 1863 „ 346; 1864 S. 313.

Kaukasischer Wegweiser . . . . 1859 „ 46

Mémoires der Kaukasischen Abtheilung der Russischen Geographischen Gesellschaft, III . . 1857 „ 152

Gille, Lettres sur le Caucase et la Crimée . 1860 „ 161

Baumgarten, Sechzig Jahre des Kaukasischen Krieges . 1861 „ 324

v. Haxthausen, Transkaukasia . . . 1856 „ 302

Abich, Prodromus einer Geologie der Kaukas. Länder . 1859 „ 271

Abich über das Steinsalz im Russischen Armenien . 1859 „ 271

Abich über eine im Kaspischen Meer erschienene Insel 1863 „ 276

v. Baer, Der alte Lauf des Armenischen Araxes . 1859 „ 274

v. Seidlitz, Reise durch Trans-Kaukasien u. Aderbeidschan 1858 „ 435

Kolenati, Die Bereisung Hoch - Armeniens und Elisabethpolis, des Kasbek u. s. w. . . 1858 „ 554

Kolenati, Die Bereisung Circassiens . . 1859 „ 271

Generalstabskarte der Kaukasischen Länder, 25 Bl. . 1859 „ 218

Wegekarte der Kaukasischen Länder, 9 Bl. . 1859 „ 218

Höhenkarte des Kaukasus . . 1858 S. 553, Nr. 116

Karte des Generalgouvernements Kutais . 1858 „ 553, „ 116

II. ASIEN.

Abkürzungen: A.: Aufsätze, N.: Notizen, L.: Literatur.

1. Ganz Asien oder mehrere Länder.

A. Schläfli, Die Gestade-Länder des Persischen Golfs . 1863 S. 210

Die neu eröffneten Häfen in China, Japan u. d. Philippinen 1860 „ 237

Kertbeny, Biographische Skizzen von Csoma, Jerney, Reguly, Duka und Vámbéry, fünf Ungarischen Reisenden, welche die Ursitze der Ungarn aufzusuchen bemüht waren . . . . 1864 „ 385

N. Das Telegraphennetz in Asien, 1855 . . 1855 S. 27

Sabir über Russische Forschungen in Central-Asien . 1862 „ 196

Jagor's Reise nach Ost-Indien und dem Grossen Ocean 1857 „ 267

Brandis' Reise nach Hinter - Indien, über Aden, Ceylon und Calcutta . . . . 1857 „ 479

Die Novara - Expedition von Ceylon bis Shanghai . 1858 „ 479

Die Preussische Expedition nach Ost-Asien 1861 S. 365; 1862 „ 117

N. Das Kaspische Meer, Beschaffenheit d. Wassers, Fischereien   1855 S. 167
Zur physikalischen Geographie des Kaspischen Meeres,
   nach Baer   .   .   .   .   1856 „ 75
Untergang der wissenschaftlichen Expedition auf dem
   Kaspischen Meer, 1857   .   .   .   .   .   1858 „ 37
L. Bibliographie 1856 S. 163. — 1857 S. 54, 113, 152, 219, 234, 238,
  272, 356, 362, 366, 434, 491, 495, 537. — 1858 S. 74, 84, 88,
  174, 262, 266, 300, 390, 394, 435, 484, 520, 534, 538, 554,
  593, 596. — 1859 S. 318, 322, 398, 402, 528, 532. — 1860
  S. 121, 124, 283, 284, 323, 324, 447, 448. — 1861 S. 87, 88,
  164, 241, 324, 365. — 1862 S. 116, 196, 315, 355. — 1863
  S. 37, 194. — 1864 S. 114, 157, 315, 394.
Ritter, Erdkunde von Asien, Russisch von v. Semenow   1857 S. 53
Russische Werke über Asien   .   .   .   .   1857 „ 212
Bürck, Die Reisen des Venezianers Marco Polo   .   1855 „ 236
Neue Ausgabe von Marco Polo's Reisen   .   .   1864 „ 73
Kletke, A. v. Humboldt's Reisen in Amerika und Asien   1858 „ 581
Wüstenfeld, Jacut's Reisen aus seinem geographischen
  Wörterbuch beschrieben   .   .   .   .   1864 „ 395
Benjamin, Acht Jahre in Asien und Afrika   .   1859 „ 354
Andrasi, Reise in Ost-Indien, Ceylon und Jara   .   1859 „ 354
Onomander, Altes und Neues aus den Ländern des
  Ostens   .   .   .   .   .   1859 S. 274; 1861 „ 46
Zes Jaren uit het leven van Wemmer van Berchem   1858 „ 554
Neumann, Die Ereignisse in Ost-Asien   .   .   1859 „ 166
Julien, Méthode pour déchiffrer les noms sanscrits etc.   1861 „ 366
Whittingham, Expedition against the Russian Settlements
  in Eastern Siberia, and a visit to Japan etc.   .   1856 „ 163
Heine, Die Expedition von Ringgold u. Rodgers 1858 S. 554; 1859 „ 354
Tronson, Narrative of a voyage to Japan etc.   .   1859 „ 442
Wood, Pankwei   .   .   .   .   .   .   1859 „ 442
de Chassiron, Notes sur le Japon, la Chine et l'Inde   1862 „ 116
Literatur über die Preussische Expedition nach Ost-
  Asien   .   .   .   .   1858 S. 113, 313, 316
v. Richthofen's Unternehmungen während der Preussi-
  schen Expedition   .   .   .   1862 S. 117; 1863 S. 196
Friedel, Klima und Krankheiten Ost-Asiens   .   1864 „ 115
Handelsberichte der Ost-Asiatischen Expedition   .   1864 „ 115
Maron, Japan und China   .   .   .   .   1864 „ 115
Spiess, Die Preussische Expedition nach Ost-Asien   1864 „ 116
Kreyher, Die Preussische Expedition nach Ost-Asien   1864 „ 115
Summers, The Chinese and Japanese Repository   .   1864 „ 160
Wandkarte von Asien, München 1857   .   .   1857 „ 434
Die Publikationen der Englischen Admiralität 1860—61   1861 „ 429
Englische Küstenkarten vom Chinesischen Meer   .   1855 „ 76
Russische Generalstabskarte von Mittel-Asien. 4 Bl.   1863 „ 465

2. Klein-Asien, Armenien, Kurdistan.

A. Mordtmann, Die Volkszählung des Türkischen Reichs   1858 S. 89
Blau, Über Türkische Ortsnamen in Klein-Asien   .   1862 „ 45
Barth, Reise von Trapezunt nach Scutari, 1858   .   Ergbd. I, Nr. 3
Kotschy's neue Reise nach Klein-Asien, 1859   1859 S. 342 u. 372;
  1860 S. 43 u. 68; 1862 S. 369; 1863 S. 128 u. 321.
v. Tschihatscheff's Reisen in Klein-Asien, 1847—58   .   1860 S. 313
Schläfli, Zur Ethnographie Kurdistans u. Mesopotamiens   1863 „ 62
Blau, Anriema's Reiserouten in Kurdistan   .   .   1863 „ 165
Blau, Vom Urumia-See nach dem Van-See 1863 S. 201, vgl. 1864 „ 67
Strecker, Notizen über das neue Zab-Ala-Gebiet und
  Routiers von Wan nach Kotur   1863 S. 257, vergl. 1864 „ 67
N. v. Tschihatscheff's Reisen in Klein-Asien, 1858   .   1858 „ 473
Herausgabe von Tschihatscheff's Itinerarien   1861 S. 73; 1863 „ 72
Mordtmann's Reisen in Klein-Asien, 1850—59   .   1860 „ 112
Mordtmann über Bogazköi und Üjük   .   .   1861 „ 446
Barth über die Felsskulpturen von Boghaskoei 1859 S. 354, Nr. 1
Barth über Türkische Ortsnamen in Klein-Asien   .   1862 S. 163
Blau's Reise von Trapezunt nach Persien, 1857   .   1857 „ 322
Blau über die Bevölkerung des Ejjalet Trapezunt   .   1862 „ 195
Blau über die Stämme des nordöstlichen Kurdistan 1858 S. 557, Nr. 18
Blau, Der Winter 1863/64 in Klein-Asien   .   .   1864 S. 225
Foetterle's Reise nach dem Orient, 1858   .   .   1858 „ 254
Die Eisenbahn von Smyrna nach Aidin   .   .   1858 „ 515
Kind, Das alte Pharemon und seine Thermen   .   1859 „ 517
Kind, Die Stadt Assos in Klein-Asien   .   .   1862 „ 233

N. Die Gruppe der Moschonnisia im Ägäischen Meer und
  die Stadt Kydonia in Klein-Asien   .   .   1862 S. 309
Handelsverkehr von Smyrna, 1855   .   .   .   1856 „ 301
Forchhammer über die Ebene von Troja   .   1858 S. 172, Nr. 6
Ersteigung des Gr. Ararat unter Chodzko und Chanykow   1859 S. 350
Abich's Reise in Armenien, im Herbst 1859   .   1860 „ 275
Literarisches über Kurdistan   .   .   .   1864 „ 67
L. Tchihatcheff, Asie Mineure. 3e partie, Botanique   1861 „ 46
Mordtmann's Reisen in Klein-Asien 1857 S. 434, 537; 1861 „ 446;
  1862 S. 195; 1863 S. 399.
Kotschy, Reise in den Cilicischen Taurus über Tarsus   1858 „ 520
Kotschy, Vertheilung der Pflanzen auf dem Bulghar Dagh   1858 „ 520
Langlois, Voyage dans la Cilicie   .   .   .   1861 „ 240
Oppert, Deutsche Auswanderung mit Beziehung auf Lycien   1861 „ 123
Λαγγλοίος, Περιηγησις εἰς τὴν Παρρλίαν   .   .   1857 „ 433
Πιζέι, Κιλικάουμά   .   .   .   .   .   1857 „ 433
Sperling, Ein Ausflug in die Isaurischen Berge, 1862   .   1864 „ 77
Sandreszki, Reise nach Mosul und Urumia   .   1857 S. 54, 536
Strecker, Topogr. Mittheilungen über Hoch-Armenien   1862 S. 115
Kiepert, Zur inschriftlichen Topographie Klein-Asiens   1864 „ 77
Anadolu Charitassi (Karte von Anatolien)   .   .   1857 „ 434
Kiepert, Karte von Armenien, Kurdistan und Azer-
  beidschan, 4 Bl.   .   .   .   .   .   1858 „ 484
Coan, Map of Julamerg   .   .   .   .   1864 „ 67

3. Syrien, Mesopotamien, Palästina, Sinai-Halbinsel.

A. Petermann, Die hypsometr. Forschungen in Palästina   1855 S. 364
Petermann, die Meereshöhe des Wady el Arabah   .   1857 „ 410
Roth's Reise nach Palästina 1858 S. 260 u. 413; 1858 S. 1, 3 u. 267;
  1859 S. 283.
Tobler, Neue Forschungen in Jerusalem   .   .   1857 S. 24
Tobler, Wanderungen in Palästina, 1857   .   .   1858 „ 5
Schläfli, Zur Ethnographie Kurdistans u. Mesopotamiens   1863 „ 62
Bemerkungen zu Julius' Karte des Euphrat-Thales   1862 „ 428
Steudner, Die Deutsche Expedition bei den Moses-
  Quellen im Peträischen Arabien, 1861   .   .   1861 „ 427
N. Aufruf zu einer grossen Vermessung Palästina's   .   1858 „ 343
Die neuen Englischen Aufnahmen in Syrien und Palästina   1860 „ 480
Eine regelmässige Aufnahme von Jerusalem   .   1864 „ 393
Neues Werk von Robinson über Bibl. Geographie   1860 „ 275
Nachrichten von Professor Roth in Palästina   .   1857 „ 484;
  1858 S. 158 u. 342.
Roth über die Purpurthiere und Krokodile an der Küste
  von Palästina   .   .   .   .   .   1858 „ 112
Poole's Reise durch Palästina, 1855, und Höhe des
  Todten Meeres   .   .   .   .   .   1857 „ 274
de Sauley's Expedition nach Palästina, 1863   .   1864 „ 156
Nardi, Klimatische Verhältnisse von Jerusalem   .   1858 „ 37
Physik.-geogr. Beobachtungen in Jerusalem, nach Barclay   1858 „ 296
Palmer's meteorol. Beobachtungen zu Jerusalem   .   1860 „ 481
Tobler, Die Baumwollen-Höhle in Jerusalem   .   1856 „ 233
Mansell's Längenbestimmung von Gaza   .   .   1863 „ 119
Die geographische Lage von Damaskus   .   .   1863 „ 36
Kotschy's Forschungen im Libanon   .   .   1855 „ 232
Ametung über die Drusen des Libanon   .   .   1857 „ 220
Hooker über die Cedern des Libanon   .   .   1862 „ 115
Chesney, Vorarbeiten zur Euphrat-Bahn 1857 S. 393; 1858 S. 522, Nr. 8
Graham's Entdeckungen im Osten des Djebel Hauran   1858 S. 159
Doergens' Ortsbestimmungen und Höhenmessungen   1861 „ 446
Aufnahme der Persisch-Türkischen Grenze, 1848—53   1859 „ 216
Veränderung des Euphrat-Bettes   .   .   .   1861 „ 319
Kartographischer Diebstahl am unteren Euphrat   .   1863 „ 155
Vertheilung der Osmanischen Nisam-Truppen im Pa-
  schalik von Bagdad   .   .   .   .   1863 „ 269
Der musikalische Glockenberg (Djebel Nakus) auf der
  Halbinsel Sinai   .   .   .   .   1858 S. 36 u. 405
Galton's und Spottiswood's projektirte Aufnahme des
  Sinai   .   .   .   .   .   .   1859 S. 207
v. Raumer, Die Sinaitische Halbinsel (Desiderata)   1862 „ 34
L. Bibliotheca sacra, 1843—1855   .   .   .   1856 „ 120
Strauss, Die Länder und Stätten der Heiligen Schrift.   1861 „ 364
v. Raumer, Palästina, 4. Aufl.   .   .   .   1861 „ 46
Robinson, Neuere Forschungen in Palästina   .   1857 „ 112

L. Völter, Das Heilige Land . . . . 1855 S. 334
Deutsche Übersetzung von Benjamin v. Tudela's Werk 1858 „ 254
Seetzen's Reisen, von Prof. Kruse, 3. Bd. . . 1855 „ 376
v. de Velde, Reise durch Syrien und Palästina 1855 S. 378 ; 1856 „ 239
Dandolo , Viaggio in Egitto , in Siria ed in Palestina . 1855 „ 171
Liebetrut, Reise nach dem Morgenlande . . . 1856 „ 82
Stanley, Sinai and Palestine . . . . . . 1856 „ 163
Beamont, A Diary of a Journey to the East . . 1856 „ 347
Kitto, Palestine . . . . 1859 „ 81
Osborn, Palestine, past and present . . . . 1859 „ 166
Frankl, Nach Jerusalem! . . . . * . . 1858 „ 581
Thomson, The Land and the Book . . . . 1859 „ 166
Bassi, Pelegrinaggio di Terra Santa . . . . 1860 „ 274
Das Boot und die Karawane, Deutsch von Himly 1860 „ 366
Petermann, Reisen im Orient . . . 1861 S. 123 ; 1862 „ 198
Lorenzen, Jerusalem . . . . 1859 „ 487
Barclay, The city of the Great King, or Jerusalem etc. 1858 „ 520
Rey, Étude de la tribu de Juda . . . . . 1864 „ 77
Rosen, Über das Thal und die Umgegend Hebrons 1858 „ 554
Rosen, Die Patriarchen-Gruft zu Hebron . . . 1863 „ 399
Isaacs, The Dead Sea . . . . 1858 „ 484
Porter, Five years in Damascus . . 1856 S. 167 ; 1857 „ 272
Graham, Explorations in the desert East of the Haurân 1860 „ 82
Wetzstein, Reise in den beiden Trachonen und um den
    Haurân . . . . 1860 „ 82
Rey, Voyage dans le Hauoran . . . . . 1861 „ 123
Duergens, Reise in das Ost-Jordan-Land . . . 1861 „ 205
Farley, Two years in Syria . . . . . . 1859 „ 81
Wetzstein, Über die Reisen Waddington's in Syrien 1863 „ 119
Schläfli, Reisen in den Orient . . 1862 S. 398 ; 1864 „ 77
Loftus, Travels in Chaldaea and Susiana . . . 1857 „ 54
Reinaud, Mémoire sur la Mésène et la Kharacène 1862 „ 116
Ritter, Vergleichende Erdkunde der Sinai - Halbinsel
    u. s. w., 4. Bd. . . . . 1855 „ 334
v. de Velde, Map of the Holy Land. Mit Mémoire 1858 „ 521
Serpa, Kaart van Palestina , 2 Bl. . . . . 1861 „ 446
Andriveau-Goujon, Carte de la Palestine . . . 1857 „ 152
Handtke, Wandkarte von Palästina . . . . 1858 „ 484
Altmüller, Reliefkarte vom Heiligen Land . . . 1860 „ 201
Altmüller, Reliefplan von Jerusalem . . . . 1859 „ 166
v. de Velde und Tobler, Plan of Jerusalem . . 1856 „ 521
Pierotti, Plan von Jerusalem . . . . . . 1862 „ 484
Dépôt de la guerre, Carte du Liban . . . . 1862 „ 460
Bernatz, Album des Heiligen Landes . . . . 1856 „ 39
v. de Velde, Le Pays d'Israel, collection de cent vues . 1857 „ 219

4. Sibirien, Kirgisensteppe, Amur-Land, Kamtschatka.

A. Petermann, West-Sibirien . . . . 1856 S. 201
v. Blaramberg , Die Aufnahme des Orenburg. Gebiets 1858 „ 331
v. Köppen, Die dem Russ. Reiche unterworfenen Kirgisen 1858 „ 498
Radloff, Beobachtungen über die Kirgisen . . . 1864 „ 163
Die Russische Aufnahme des unteren Sir-Darja . . 1856 „ 277
v. Semenow's Reise zum Issyk-kul u. s. w., 1857 . 1858 „ 351
Chitrow, Der Uluss Shiganak . . . . . . 1857 „ 117
Die Russischen, zur Chinesischen Grenze führenden
    Strassen im Baikal-Gebiet . . . . . . 1857 „ 122
Meglitzky, Geol. und geogr. Untersuchungen am Baikal 1857 „ 142
Petermann, Die neuesten Russischen Erwerbungen im
    Chinesischen Reich . . . . 1856 „ 175
Peschtschuroff's Aufnahme des Amur-Stromes . . 1856 „ 472
Petermann, Der Amur-Strom, mit Berichten von Pesch-
    tschuroff, Permikin und Maximowitsch . . . 1857 „ 296
Lühdorf, Die Wichtigkeit des Amur-Stromes . . 1858 „ 334
Collins' Reise durch das Asiatische Russland und Be-
    richt über die Handelsverhältnisse am Amur . 1859 „ 19
Gerstfeldt, Über die Zukunft des Amur-Landes 1860 S. 93 ; 1863 „ 120
Radde's Vorlesungen über Sibirien und das Amur-
    Land . . . . . . 1860 S. 257 u. 386 ; 1861 „ 261
Radde, Die südlichen Grenzgebiete von Ost-Sibirien 1861 „ 449
Radde, Ornithologische Skizzen aus Nord-Asien . 1864 „ 342
Schwarz und Spörer, Die Sibirische Expedition der
    Russischen Geographischen Gesellschaft . 1864 S. 408, 456
Reise des Fähnrichs Kryshin im Jahre 1857 . . 1864 S. 414

A. Reise des Lieutenant Raschkoff im Jahre 1858 . 1864 S. 416
Reise des Fähnrichs Kryshin im Jahre 1858 . . 1864 „ 456
Ortsbestimmungen der Sibir. Expedition unter Schwarz 1864 „ 464
v. Ditmar, Die Vulkane und heissen Quellen Kamtschatka's 1860 „ 66
Die neuesten Aufnahmen in Hinter-Asien . . . 1856 „ 149
N. v. Reguly's Forschungen im Ural . . . . 1858 „ 254
Dampfschifffahrt in West-Sibirien (Ob) . . . 1864 „ 33
Radloff's Reise in den Altai . . 1861 S. 447 ; 1862 „ 196,
    1863 S. 160, 193, 235.
Die Russischen Aufnahmen in Tarbagatai . . . 1864 „ 231
Die Sibirische Kirgisen-Steppe . . . . . 1855 „ 333
Karawanen-Routen von Buchara nach Orenburg u. Troitzk 1857 „ 215
Boutakoff's Aufnahme des Syr-Darja, 1855 1858 S. 559, Nr. 40
Preis für ein Werk über die Alterthümer am Syr-Darja 1862 S.155
Das allmähliche Sinken des Aral-See's, nach Borszczow 1861 „ 197
Botanische Entdeckungen v. Schrenk's in Inner-Asien 1857 „ 149
Russ. Forschungen in Inner-Asien (Semenoff) 1857 S. 49 ; 1858 „ 295
Der Fluss Ili, nach Kusnezow . . . . . . 1858 „ 407
Der Alpensee Issyk-kul und seine Besitznahme . 1859 „ 119
Golubew's Reise zum Issyk-kul u. Thian-schan, 1859 1860 S. 194, 410
Golubew's Positionsbestimmungen am Ili und Issyk-kul 1861 S. 198
Wenjukow's Aufnahme des Issyk-kul und des Koschkar 1861 „ 364
Radde's Projekt einer Reise nach dem Himmelsgebirge 1862 „ 35
Der Kreis Alatau am Issyk-kul . . . . . . 1863 „ 191
Dampfschifffahrt auf dem Jenissei . . . . . 1864 „ 149
Treu, Erklärung des Flussnamens Obj . . . . 1864 „ 308
Expeditionen zur Erforschung von Kupfererzlagern in
    Sibirien . . . . 1856 „ 77
Die Ost-Sibirische Expedition unter Schwarz 1858 S.295; 1859 „ 204
Radde's Asiatische Reisen und Sammlungen . . 1860 „ 275
Radde's Besteigung des Munku-Sardyk . . . 1860 „ 482
Schmidt's Exploration des Bureja-Thales . . . 1863 „ 235
Schmidt's Rückkehr aus Ost-Sibirien . . . . 1863 „ 276
Die Arbeiten der Schmidt'schen Expedition . . 1864 „ 234
Botanische Ergebnisse der Ost-Sibirischen Expedition 1864 „ 226
Reisen im Süden von Ost-Sibirien, 1864 . . . 1864 „ 308
Meteorologische Beobachtungen in Trans-Baikalien 1858 „ 333
Das neue Armeecorps der Baikal-Kosaken und das See-
    Departement der Russen am Stillen Ocean . 1856 „ 387
Maak's Expedition nach dem Amur 1855 . . . 1857 „ 153
v. Schrenck's letzte Forschungen im Amur-Lande 1857 S.518; 1860 „ 202
v. Schrenck über die Ornis des Amur-Landes . . 1861 „ 48
Maximowitsch's Forschungen am Amur 1858 S. 70; 1860 „ 202,
    1863 S. 120.
Esche's Expedition nach dem Amur, 1857 . . . 1858 „ 161
Collins' Schätzung der Bewohnerzahl am Amur 1858 S. 437, Nr. 30
Nachrichten über die Amur-Länder . . . . 1858 „ 474
Forschungen in den Amur-Ländern unter Budogoski . 1860 „ 155
Eintheilung des Amur-Landes und Thätigkeit daselbst 1859 „ 193
Meteorol. Beobachtungen zu Nikolajewsk am Amur 1860 S. 367, Nr. 8
Gumow's Reise nach dem Amur, 1859 . . . 1860 S. 410
Expeditionen im Amur - Land und auf Sachalin (Maack
    1859, Schmidt 1859—60, Maximowicz 1859—60) . 1861 „ 314
Venukoff, Vokabular der Golde-Sprache . . . 1862 „ 109
Kolonisation im Amur-Land . . . . . . 1864 „ 33
v. Schrenck's Reise auf Sachalin . . . . . 1857 „ 153
Schmidt, Botanische Nachrichten über Sachalin . 1862 „ 149
Aufnahmen und Entdeckungen im Japanischen Meer, 1859 1860 „ 195
Entdeckungen und Ortsbestimmungen an der Küste
    Mandschuriens . . . . 1862 „ 167
Russische Aufnahmen an der Südküste der Mandschurei 1863 „ 194
Das Goldland an der Küste der Mandschurei . . 1864 „ 227
Argentoff über das Nikolajew-Tschaun'sche Kirchepiel . 1857 „ 437
Geologie von Kamtschatka, nach v. Ditmar . . 1856 „ 587
Ertrag der Russischen Besitzungen am Stillen Ocean 1856 „ 466
Englische und Russische Aufnahmen in Ost-Asien . 1856 „ 43
L. Zeitschrift für Statistik und Topographie der Kirgisen-
    Steppe und Central-Asiens . . . . . . 1861 „ 238
Wangali's Reise nach der östlichen Kirgisen-Steppe . 1858 „ 74
Borszczow, Die Natur des Aralo-Kaspischen Flachlandes 1861 „ 123
Makschejeff, Beschreibung des Aral-See's . . . 1857 „ 213
Semenow, Vulkanische Erscheinungen in Central-Asien 1857 „ 115
Castrén, Reiseberichte und Briefe . . . . . 1856 „ 391
Hansteen, Souvenirs d'un voyage en Sibérie . . 1857 „ 219
Atkinson, Oriental and Western Siberia . . . 1858 „ 455

L. v. Middendorff's Sibirische Reise . . . . . 1860 S. 201
Bulytschew, Reise in Ost-Sibirien . . . . . 1857 „ 219
Radde, Berichte über Reisen im Süden von Ost-Sibirien 1862 „ 196
Radde, Reisen im Süden von Ost-Sibirien 1861 S. 404; 1862 „ 354;
 1864 S. 156, 213, 315.
Mémoiren der Sibirischen Abtheilung der Russischen
 Geographischen Gesellschaft . 1857 S. 433 u. 537; 1864 „ 72
Krusenstern's Expedition nach d.Mündung des Jenisei,1862 1864 „ 315
v. Schrenck, Reisen und Forschungen im Amur-Lande . 1860 „ 201;
 1861 S. 46; 1862 S. 196.
Maximowicz, Primitiae Florae Amurensis . . . 1860 „ 201
Maack, Reise nach dem Amur, 1855 . . . . 1861 „ 46
Sabir, Le fleuve Amour . . . . 1861 „ 206
Ravenstein, The Russians on the Amur . . . 1862 „ 115
Tronson, Narrative of a voyage to Japan, Kamtschatka etc. 1859 „ 442
Malte-Brun, Le Golfe de Pierre-le-Grand . . . 1862 „ 196
Karte des Orenburgischen Landes u. s. w., 4 Bl. 1858 S. 553, Nr. 116
Generalkarte des Orenburgischen Landes, 2 Bl. 1858 „ 553, „ 116
Karte vom Asiatischen Russland, 4 Bl. . . 1861 S. 447, 460
Generalstabskarte von Mittel-Asien, 4 Bl. . . . 1863 S.465
Golubew's Karte der Russisch-Chinesischen Grenzländer 1861 „ 288
Karten über das Russische Grenzgebiet vom Balkhasch-
 See bis zum Alatau und Thian-schan . . . 1863 „ 392
Karten-Atlas zu v. Middendorff's Reise . . . 1860 „ 201
Russ. Generalstab, Karte von China u. dem Amur-Gebiet 1860 „ 413
Benhorodko, Karte des Amur-Gebietes . . . 1860 „ 413
Schwarz, Karte vom Stromgebiet des Amur u. s. w., 7 Bl. 1864 „ 471
Schwarz über Radde's Karte von Ost - Sibirien . 1864 „ 465
Russische Seekarten vom nördlichen Grossen Ocean . 1858 „ 74

5. Iran und Turan.
(Persien, Afghanistan, Beludschistan, Kafiristan, Chiwa, Buchara, Kokan.)

A. Lemm's astronomische Expedition nach Persien . . 1856 S. 137
v. Seidlitz, Rundreise um den Urmia-See, 1856 . . 1858 „ 227
Kotschy, Besteigung des Vulkans Demavend . . 1859 „ 49
Chanykow, Czarnotta's Besteigung des Demavend . 1859 „ 74
v. Bunge, Die Expedition nach Chorassan . . . 1860 „ 205
Produktion und Handel von Chorassan . . . 1864 „ 7
Vámbéry, Die Turkomanen . . . . . . 1864 „ 401
N. v. Seidlitz's Reise um den Urmia-See . . . 1858 „ 160
Aufnahme der Persisch-Türkischen Grenze, 1848—53 . 1859 „ 216
Die Insel Karrack im Persischen Golf . . . 1856 „ 486
Die Chorassan-Expedition unter Chanykow 1858 S. 39 u. 295;
 1859 S. 208; 1860 S. 194, 412, 477.
Chanykow über die physikal. Grundzüge von Chorassan 1858 S.194
Besteigung des Demavend durch Minutoli . . . 1860 „ 402
Zwei neue Messungen des Demavend . . . . 1861 „ 437
Nicolas' Höhenmessungen auf dem Demavend . . 1862 „ 116
Die Italienische Gesandtschaft nach Persien . . 1862 „ 484
Goebel über das Erd-Essen in Persien . . . 1863 „ 38
Goebel über einen vermeintlichen Heerd vulkan. Thätigkeit 1863 „ 38
de Bloqueville's Reise in Persien und Turkistan . 1864 „ 446
Karelin's Expedition an das Ostufer des Kaspischen
 Meeres, 1836 . . . . 1857 „ 212
Bode über die Stämme der Jamuden und Goklanen . 1857 „ 212
Häntzsche über die Persischen Turkomanen . . 1863 „ 38
de Galkine über die Turkomanen . . . . 1864 „ 394
Der Russische Handel mit dem mittleren Asien . 1857 „ 215
Der Handel der Mittel-Asiatischen Staaten unter sich . 1857 „ 216
Nachrichten Sibirischer Kosaken über Asien . . 1857 „ 518
Weljaminoff-Sernoff über das Chanat Kokan . . 1857 „ 534
Zur botanischen Geographie und Orographie von Central-
 Asien, nach Lehmann's Reise nach Buchara . 1855 „ 163
Karawanen-Routen von Buchara nach Orenburg u. Troitzk 1857 „ 215
Positionen für Chiwa . . . . 1857 „ 214
Ignatief's Expedition nach Chiwa und Buchara, 1858 . 1862 „ 279
Italienische Expedition nach Buchara . 1863 S. 191; 1864 „ 313
Vámbéry's Reise nach Buchara und Samarkand . 1864 S. 313, 389
Abdul Mudjid's Reise v. Peschawer nach Buchara, 1860 1864 S. 158 (India)
Der tönende Hügel Reg-Rawan bei Kabul . . . 1858 S.405
Eine neue Arbeit über Kafiristan . . . . 1860 „ 276
L. v. Blaramberg, Statistische Übersicht von Persien . 1857 „ 214
de Khanikoff, Mémoire sur l'Asie centrale . . 1863 „ 38

L. Lady Sheil, Life and manners in Persia . . . 1856 S. 306
Petermann, Reisen im Orient . . 1861 S. 123; 1862 „ 198
Brugsch, Reise der Königlich Preussischen Gesandtschaft
 nach Persien . . . . . 1863 S. 37; 1864 „ 158
Blau, Kommerzielle Zustände Persiens . . . 1858 „ 554
Our North-West Frontier . . . . . . 1857 „ 433
Guthe, Landschaft Margiane . . . . . 1856 „ 307
Loftus, Travels in Chaldaea and Susiana . . . 1857 „ 54
Kotschy, Der westliche Elbrus bei Teheran . . 1862 „ 197
Churschid, Siahatnameï Hodud (Beschreibung einer Reise
 nach den Türkisch-Persischen Grenzländern) . 1862 „ 146
v. Seidlitz, Reise durch Trans-Kaukasien u. Aderbeidschan 1858 „ 435
Melgunow, Über die Südküste des Kaspischen Meeres . 1862 „ 155;
 1864 S. 115.
v. Baer, Dattelpalmen an den Ufern des Kasp. Meeres 1859 „ 274
v. Blaramberg, Beschreibung des Ostufers des Kaspi-
 schen Meeres . . . . 1857 „ 213
Literatur über Chiwa, Buchara und Kokand . . 1857 „ 214
Danilewsky, Beschreibung des Chanats Chiwa . . 1857 „ 213
Chanykow, Notiz zur Karte des Aral-See's und Chiwa's 1857 „ 213
Kühlewein, Relation d'un voyage à Khiva 1861 S. 366; 1862 „ 197
Nebolsin, Der Russ. Handel mit dem mittleren Asien 1857 „ 215
Campbell, Lost among the Afghans . . . . 1863 „ 193
Walker, Districts bordering on the British frontier
 Trans-Indus . . . . 1863 „ 40

6. Arabien.

A. v. Heuglin, Die Halbinsel und der Hafen von Aden . 1860 S. 434
Schläfli, Die politisch - territorialen Verhältnisse der
 Gestade-Länder des Persischen Golfes . . . 1863 „ 210
N. Haines über die Kuria-Muria-Inseln . . . . 1857 „ 438
Die Insel Perim und die Eingänge in das Rothe Meer 1858 „ 163
v. Neimans' Reise nach Arabien, 1857 . . . 1857 „ 484
Die grossen Wasser-Reservoirs in Aden . . . 1859 „ 77
Der Handel von Aden . . . . 1860 „ 240
L. Seetzen's Reisen, von Prof. Kruse, 3. Bd. . . 1855 „ 378
Paartsch, Über den Schwarzen Stein in der Kaaba zu Mekka 1857 „ 219
Andree, Burton's Reisen nach Medina und Mekka . 1861 „ 124
Palgrave, Notes of a journey through the interior . 1864 „ 316

7. Vorder - Indien, Himalaya, Tibet.

A. Berghaus, Gegenwärtige u. künftige Wege nach Ost-Indien 1863 S. 143
Behm, Indien . . . . 1857 „ 343
Behm, Geograph. Verbreitung der Kulturprodukte Indiens 1859 „ 29
Greenough, Geologie von Vorder-Indien . . . 1855 „ 23
Berghaus, Beschreibung des Pandschab . . . 1855 „ 29
Sykes, Das Gebiet von Kohat . . . . . 1856 „ 126
v. Sydow, Reise des Prinzen Waldemar nach Indien 1855 S. 335 u. 349
Die Erforschung des Himalaya durch Gebr. Schlagintweit 1855 S. 142
Reisen der Gebr. Schlagintweit in Indien 1856 S. 104; 1857 S. 221, 356
H. Schlagintweit's Reise nach Sikkim und Assam . 1856 S. 272
R. Schlagintweit's Reise von Simla nach Leh . . 1856 S. 376
A. Schlagintweit's Reise im nordwestlichen Indien . 1857 „ 287
Astronomische Positions-Bestimmungen und magnetische
 Beobachtungen der Gebrüder Schlagintweit . 1861 „ 268
Die Temper.-Verhältnisse Indiens, nach H. v. Schlagintweit 1863 „ 362
Graul, Die Pulney-Berge . . . . . . 1856 „ 16
Graul, Die Maravar . . . . 1856 „ 170
Stöhr, Der Singbhum - Distrikt . . . . . 1861 „ 213
Bustar, Nach C. Glasfurd . . . . . . 1864 „ 384
Waugh's Messungen der höchsten Gipfel der Erde . 1856 „ 379
Waugh und Montgomerie, Aufnahmen im mittleren Hi-
 malaya, in Kaschmir und im Karakorum . . 1858 „ 491
Die Englische Vermessung vom Kaschmir und der zweit-
 höchste Berg der Erde . . . . . . 1861 „ 1
Der Kintschindjunga und der Sikkim-Himalaya überhaupt 1861 „ 5
Am Fuss des Kintschindjunga . . . . . 1863 „ 384
N. Die trigonometrische Vermessung von Indien 1857 S.526; 1860 „ 196
Areal und Bevölkerung von Britisch-Indien . . 1862 „ 355
Ost-Indien während Dalhousie's Verwaltung . . 1856 „ 302
Indische geographische Wörter . . . . . 1857 „ 521

6

N. Die Theka-Wälder in Indien . . . . . 1856 S. 344
Die menschengefährlichen Raubthiere Indiens . . 1860 „ 196
Die Regenmenge in Indien, nach Buist . . . 1860 „ 196
Statistisches über Ost-Indien . . . . . 1860 „ 156
Graul über das Missionswesen in Indien . . 1859 „ 304
Forschungen der Gebrüder Schlagintweit in Indien . 1857 „ 388
Die Resultate der Schlagintweit'schen Reise (das Werk) 1857 „ 464;
  1862 S. 155.
R. v. Schlagintweit, Entfernung der wichtigsten Städte
  in den westlichen Theilen des Himalaya, Tibets und
  Central-Asiens . . . . 1862 „ 393
R. v. Schlagintweit, Zusammenstellung der in Indien und
  Hoch-Asien vorkommenden heissen Quellen . 1863 „ 104
A. Schlagintweit's letzte Reise in Central-Asien . 1859 „ 351
Das Wachsthum des Bambusrohrs in Bengalen . 1860 „ 196
Einverleibung von Oudh . . . . . 1856 „ 193
Census von Oudh, 1863 . . . . . 1864 „ 191
Zweigverein der Asiatischen Gesellschaft in Lahore . 1864 „ 156
Census vom Pandschab . . . . . 1855 „ 303
Salzeinnahme im Pandschab . . . . 1856 „ 302
Stewart über das Peschawer-Thal . . . 1864 „ 159
Die Schlangen in Scinde . . . . . 1856 „ 38
Tigerjagd in Radschputana, nach Rice . . 1858 „ 160
Die Kupferminen von Singbhoom . . . 1858 „ 336
Die Schiffbarkeit des Godavery . . . . 1860 „ 196
Die Santals, ihre Sitten und Gebräuche . . 1855 „ 269
Die wilden Jenadis bei Madras . . . . 1864 „ 350
Erforschung der Anamalay-Hills . . . . 1860 „ 196
Kap Comorin und die Malabar-Küste . . . 1859 „ 121
Nord-Canara . . . . 1862 „ 452
Die Bewohner von Travancore und Cochin . . 1863 „ 39
Die Französischen Besitzungen in Indien . . 1864 „ 114
Portugal und seine Kolonien im Jahre 1858 . 1861 „ 435
Kaschmir und Gholab Sing's Reich . . . 1857 „ 522
Trigonometrische Aufnahme des Kaschmir-Gebiets . 1860 „ 78
Eine Kaschmir-Shawl-Fabrik . . . . 1860 „ 197
Die Englische Vermessung von West-Tibet und die Er-
  oberung von Gilgit durch den Maharadja von Kaschmir 1862 „ 147
Die Lage des höchsten Berges der Erde . . 1860 „ 277
Der Name des höchsten Berges der Erde . . 1864 „ 33
Die Riesengletscher von West-Tibet . . . 1863 „ 66
Austen über die Gletscher des Mustagh . . 1864 „ 316
L. Thornton, Gazetteer of India . . . . 1857 „ 433
Allen, India ancient and modern . . . 1856 „ 200
v. Mökern, Ost-Indien . . . . . 1857 „ 433
Briggs, India and Europe compared . . . 1857 „ 433
Ungewitter, Beschreibung des Britischen Indien . 1857 „ 537
Neumann, Geschichte des Englischen Reiches in Asien 1858 „ 435
Capper, Geschichte des Britischen Indien . . 1858 „ 520
Walker, The trigonometrical survey of India . 1857 „ 40
Martin, The progress and present state of British India 1863 „ 195
Reports on colonization and settlement . . 1859 „ 81
Parliamentary Papers. East India . . . 1864 „ 159
Selections from the records of the Government of India 1864 „ 158
Reinaud, Sur la géographie et l'histoire de l'Inde 1859 „ 274
de St.-Martin, Géographie grecque et latine de l'Inde 1859 „ 442
de St.-Martin, Mémoire sur la Carte de l'Asie centrale etc. 1859 „ 442
de St.-Martin, Étude sur la géographie etc. de l'Inde 1861 „ 46
Memoirs of the Geological Survey of India 1857 S.272; 1859 „ 487;
  1860 S. 201; 1862 S. 198, 316; 1863 S. 196.
Oldham, Reports of the geological survey of India 1862 S. 198, 316;
  1863 S. 196; 1864 S. 395.
Palaeontologia Indica . . . . . 1863 S. 39
Jerdon, The birds of India . . . . 1863 „ 195
Robinson, Account of the Land Revenue of India 1857 „ 152
Sykes, The financial condition of British India . 1861 „ 46
Sykes, Traits of Indian Character . . . 1861 „ 46
Duprat, Notice de quelques livres relatifs à l'Inde 1858 „ 554
Garcin de Tassy, Discours d'ouverture du cours d'Hin-
  doustani . . . . 1863 „ 195
Murray's Handbook for India . . . . 1859 „ 274
Hooker, Himalayan Journals . . 1855 S. 56; 1857 „ 537
Perry, Bird's-eye View of India . . . 1856 „ 163
Kutzner, Reise des Prinzen Waldemar nach Indien 1857 „ 536
Minturn, From New York to Delhi . . . 1858 „ 554

L. Ireland, From Wall-Street to Cashmere . . . 1859 S. 445
v. Orlich, Reise in Ost-Indien . . . . 1859 „ 81
v. Orlich, Indien und seine Regierung . 1859 S. 467; 1862 „ 198
v. Orlich, Sendschreiben über den Militär-Aufstand . 1857 „ 537
Cassel, Die Engländer in Delhi . . . . 1858 „ 74
v. Hageby, Reisebilder und Skizzen aus Indien . 1862 „ 197
Schlagintweit, Reports on the proceedings etc. . 1857 „ 537
Schlagintweit, Résultats de la mission scientifique . 1858 „ 74
v. Schlagintweit, Results of a mission to India 1862 S.155; 1864 „ 116
Markham, Travels in Peru and India . . . 1863 „ 359
Sleeman, A journey through Oude . . . 1858 „ 554
Durrschmidt, Copper Mines of Singbhoom . . 1858 „ 74
Walker, Tables of heights in Sind, the Punjab etc. . 1864 „ 160
Sarvey of a portion of the hill tracts in Chittagong . 1862 „ 196
Cleghorn, The forests and gardens of South India . 1862 „ 116
Purdon, On the valley of Kashmir . . . 1862 „ 316
Barrow, Ceylon past and present . . . 1857 „ 112
Tennent, Ceylon . . . . 1860 „ 82
The Indian Atlas . . . . . . 1857 „ 537
Stanford's Map of India . . . . . 1857 „ 537
Military Map of India . . . . . 1858 „ 484
Berghaus, Karte von Vorder-Indien, 2. Aufl. . 1858 „ 521
Anamala Hills, 1:126.720 . . . . 1864 „ 160
Walker, Chart of the Bay of Bengal . . . 1858 „ 484
Bombay Harbour, surv. by Selby, 1:48.000 . 1859 „ 274
Point de Galle Harbour, surv. by Twynam, 1:6.240 . 1859 „ 274

8. Hinter-Indien, die Andamanen und Nikobaren.

A. Bastian, Über die Flüsse Birma's . . . 1863 S. 264
v. Richthofen's Reise in Hinter-Indien . . 1862 „ 420
Die Englische Kolonie Malaka und Naning . . 1857 „ 457
N. Elektrischer Telegraph in Hinter-Indien . . 1855 „ 303
Expedition auf der Hinter-Indischen Halbinsel (Mar-
  fels, Sconce u. Watson, Bixby, Bigandet u. Williams) 1864 S. 72 u. 308
Brandis' Reise in Hinter-Indien . . . . 1857 S. 49
Stevenson über die heissen Quellen von Pai in Tenasserim 1864 „ 159
Duff über einen brennenden Hügel in Pegu . 1862 „ 315
Das Volk der Karenen in Birmah . . . 1856 „ 488
Bastian's Reise in Burmah . . . . 1862 „ 151
Blanford's Besuch eines erloschenen Vulkans in Burma 1863 „ 194
Die Bevölkerung von Britisch-Burmah . . 1864 „ 191
Das Königreich Siam, nach Parkes . . . 1856 „ 158
Die Englischen Erfolge in Siam . . . . 1855 „ 232
Geographische Wörter in Siam . . . . 1858 „ 475
Sir Robert Schomburgk in Hinter-Indien . . 1857 „ 322
Die vegetabilischen Produkte von Siam, nach Schomburgk 1861 „ 438
Bastian, Notizen über Siam und Birma . . 1864 „ 67
Bastian bei den Ruinen von Ancor in Cambodia . 1864 „ 223
Die Französische Kolonie Cochinchina . . 1863 „ 348
Die Eisenbahn über den Isthmus von Kran . 1863 „ 270
Die Orthographie des Wortes Malaka . . . 1858 „ 113
Macpherson's Reise nach dem Staat Muar bei Malaka 1858 S.522, Nr. 10
Singapore, das grosse Emporium des Ostens . 1857 S. 151
Bevölkerung von Singapore, 1860 . . 1861 S. 199, 325
Der Handel von Singapore und Siam, 1861 . 1862 S. 316
Die Bewohner der Andamanen . . . . 1862 „ 236
Die Dänischen Aufnahmen in den Nikobaren . 1859 „ 518
L. Winter, Six months in British Burmah, 1857 . 1858 „ 554
Bowring, The kingdom and people of Siam . 1857 „ 152
Mouhot's Reisen in Siam und Cambodja . . 1864 „ 115
Teijsmann, Verslag eener reis naar Siam . . 1864 „ 116
Bangkok Calendar for 1864 . . . . 1864 „ 315
Mission in Cochinchine et du Tonkin . . . 1858 „ 554
La Cochinchine française . . . . . 1863 „ 38
Bonard, Exploration du Grand Fleuve du Cambodge . 1863 „ 194
Scherzer, Die Eingebornen der Nikobaren . . 1859 „ 81

9. Das Chinesische Reich.

A. Bowring, Die Chinesen . . . . . 1855 S. 318
Krone, Die Revolution in China . . . . 1856 „ 462
Die neuesten Aufnahmen in Hinter-Asien . . 1858 „ 149

A. Die neu eröffneten Häfen in China (Khiangtscheu, Swatau, Taiwan, Tengtscheu, Nintschwang, Tschin-kiang, Hankau) . . . . 1860 S. 237
Der Tschu-kiang, Canton- oder Perlstrom . 1858 „ 9
Eine Fahrt auf dem Ostfluss in der Provinz Canton . 1862 „ 161
Krone, Der Lofau-Berg in China . . . 1864 „ 283
Englische Aufnahmen des Jangtsekiang und Sikiang 1861 „ 107
Sarel, Der Jangtsekiang von Hankau bis Pingschan . 1861 „ 411
Die Provinz Petscheli und die Strassen nach Peking 1860 „ 394
Der See Kossogol . . . . 1860 „ 86
Radde, Der Winter am Nordrande der östlichen Mongolei 1864 „ 342
Maximowicz's Reise auf dem unteren Sungari, 1859 . 1862 „ 167
N. Die Parfümirung des Thee's in China . . . 1855 „ 167
Handelsbewegung von Schanghai, 1854 . . . 1855 „ 304
Der Theehandel Russlands mit China . . . 1863 „ 347
Ost-Asiatische geographische Arbeiten . . . 1859 „ 352
Protestantische Missionäre in China (Statistik) . 1862 „ 149
Der Europäische Reisende in China und sein Zopf . 1857 „ 520
Die Juden in China . . . . . 1858 S. 437, Nr. 17
Besteigung des heiligen Lofau-Berges . . . 1860 S. 277
Die „Sieben Sterne" bei Schanking in China . . 1863 „ 269
Lockhart über den Yang-tse-kiang und Hoangho 1858 S. 559, Nr. 33
Edkins über die früheren Mündungen des Yang-tse-kiang 1861 S. 165
Eine Expedition durch China und Tibet (Sarel) 1861 S. 196 u. 399
Peking und der Peiho oder Weisse Fluss, nach Macartney 1858 S. 117
Itinerar von Tientsin nach Peking, nach Heine . 1861 „ 365
Besuch eines Kohlenbergwerks bei Peking . . 1862 „ 235
Das Land am Golf von Petschili und Leaotang . 1860 „ 278
Reise von Tientsin nach Mukden (Michie) . . 1862 „ 150
Reise von Niutschuang über Mukden nach Tien-tsin . 1863 „ 67
Brooker's Rundfahrt um Formosa . . 1858 S. 558, Nr. 31
Die Chinesische Grenzstadt Kuldja . . . 1861 S. 241
A. Schlagintweit's letzte Reise in Central-Asien . 1859 „ 351
R. v. Schlagintweit, Entfernung der wichtigsten Städte in den westlichen Theilen des Himalaya, Tibets und Central-Asiens . . . . . . 1862 „ 393
Zwei Deutsche Reisende nach Kaschgar(Radde,v. Richthofen) 1862 „ 149
Erforschung Central-Asiens durch Eingeborne . 1863 „ 388
Walichanow über Ost-Turkestan . . . 1863 „ 36
Helmersen's Reise durch die nördliche Mongolei . 1864 „ 191
Portugal und seine Kolonien im Jahre 1858 . 1861 „ 435
L. Huc und Gabet, Wanderungen. Deutsch von Andree 1855 „ 272
Huc, Das Chinesische Reich . . . . 1856 „ 304
Meadows, The Chinese and their rebellions . 1856 „ 240
Arbeiten der Russ. geistl. Mission in Peking 1857 S. 273; 1858 „ 300
Milne, Life in China . . . . . 1857 „ 433
Lechler, Acht Vorträge über China . . . 1861 „ 165
Oliphant, Earl of Elgin's Mission to China and Japan 1860 „ 201
Blakiston, Five months on the Yang-tsze . . 1863 „ 194
Collinson, The China Pilot . . . . 1858 „ 554
Papers relating to the rebellion in China . . 1862 „ 316
Sykes, Tha Taeping rebellion . . . . 1863 „ 196
Import and Export Trade at Shanghai, 1859 . . 1861 „ 46
de Lanture, Déplacements des deux principaux fleuves 1862 „ 355
D'Mazure, On the countries between Thibet, Yünán and Burmah . . . . . 1862 S. 355; 1863 „ 197
Russ. Generalstab, Karte von China und dem Amur . 1860 „ 413
Map of the Canton River from Macao to Canton . 1858 „ 436
Plan of the city and suburbs of Canton . . 1858 „ 436
Vinc, Sketch of the River Pei-ho, 1 : 73.000 . . 1859 „ 274
Blakiston, Map of the Yang-tsze kiang, 2 Bl. . 1862 „ 352

10. Japan nebst den Lutschu-Inseln.

A. Die neu eröffneten Häfen in Japan . . . 1860 S. 239
N. Hauptprodukte Japans, nach Maegowan . . 1860 „ 195
v. Siebold's neue Reise nach Japan, 1859 . 1859 S. 122 u. 207
Die Positionsbestimmungen der „Galathea" in Japan 1859 S. 519
v. Richthofen's Reise nach Japan . . . 1860 „ 278
v. Richthofen, Geologie der Insel Kiusiu . . 1862 „ 188
Die Freihäfen Simoda und Hakodadi . . 1855 „ 27
Die japanischen Häfen Niegata und Fiogo . . 1860 „ 194
Einwohnerzahl von Jedo . . . . . 1861 „ 242
Robinson's Messungen am Krater des Fusiyama . 1864 „ 116

N. Entdeckung einer Felsengruppe im Japanischen Meer . 1855 S. 326
Aufnahmen und Entdeckungen im Japan. Meer, 1859 . 1860 „ 195
Die physikalischen Verhältnisse der Lutschu-Inseln . 1860 „ 156
L. Pagès, Bibliographie japonaise . . . . 1861 „ 46
Pagès, Essai de grammaire japonaise . . . 1861 „ 165
Neumann, Das Reich Japan . . . . 1858 „ 435
Steinmetz, Japan and her people . . . 1859 „ 274
Meylan, Geschichte des Handels der Europäer in Japan 1861 „ 165
van Doren, De openstelling van Japan . . 1861 „ 365
Leupe, Reise van M. G. Vrios naar Japan, 1643. 1858 „ 520
Hawks, Expedition to the China Seas and Japan 1856 „ 307
Narrative of the American Expedition to Japan . 1858 „ 300
Palmer, Origin of the mission to Japan . . 1857 „ 219
Heine, Reise um die Erde nach Japan, 1853—55 1856 „ 305
Heine, Japan und seine Bewohner . . . 1861 „ 46
Steger und Wagner, Die Nippon-Fahrer . . 1861 „ 123
Lühdorf, Acht Monate in Japan . . . 1858 „ 520
Osborn, A cruise in Japanese waters . . . 1859 „ 442
Oliphant, Earl of Elgin's Mission to China and Japan 1860 „ 201
v. Kattendyke, Verblijf in Japan . . . 1861 „ 165
A visit to Northern Japan . . . . 1863 „ 38
Alcock, The capital of the Tycoon . . . 1864 „ 157
Japanesisches Prachtwerk über die Fauna von Japan . 1863 „ 72
Japanesische Kartenwerke und geographische Schriften 1861 „ 237; 1862 S. 155.
Wyld, Map of the Islands of Japan . . . 1859 „ 274
Map of the Iki Island, Korea Strait . . . 1864 „ 117

11. Der Indische Archipel.

A. Zollinger, Der Indische Archipel . . . 1858 S. 56
Hypsometrie der Ost-Indischen Inseln . 1858 S. 338 u. 475
Kuijper, Der Indische Archipel, 1858 . . . 1861 S. 89
Die orographisch-physikalischen Grundzüge Java's . 1860 „ 188
Zollinger, Ein Zug nach dem Gebirge Buter auf der Insel Bali . . . . . 1864 S. 145, 261 u. 302
Übersicht unserer Kenntnisse von Nordwest-Borneo . 1861 S. 144
Die neu eröffneten Häfen der Philippinen . . 1860 „ 237
N. Hypsometrie der Ost-Indischen Inseln . 1858 S. 338 u. 475; 1859 S. 519.
Bevölkerung des Niederländischen Reiche, 1856 . . 1858 S. 477
Bevölkerung der Niederländischen Kolonien, 1859 . 1861 „ 431
Bevölkerung der Niederländischen Kolonien, 1860 . 1862 „ 480
Areal und Bevölkerung der Niederländ. Kolonien, 1861 1863 „ 484
Java'sche geographische Wörter . . 1858 S. 112; 1860 „ 279
Längenbestimmungen in Niederländisch-Indien 1861 S. 123, Nr. 6; 1863 S. 39; 1864 S. 115.
Hydrographische, geolog. und meteorol. Untersuchungen 1858 S. 337
Die meteorol. Beobachtungen in Niederländisch-Indien 1858 „ 469
Zollinger's Rückkehr nach dem Indischen Archipel . 1857 „ 210
Zollinger's Arbeiten über den Indischen Archipel . 1858 „ 39
v. der Toorn, Nachrichten aus Niederländisch-Indien . 1858 „ 470
Bevölkerung von Java, 1855 . . . . 1855 „ 326
Telegraphen-Linien auf der Insel Java 1857 S. 521; 1858 „ 39
Stöhr, Der Krater des Vulkans Bromo . . . 1863 „ 312
Der Vulkan Tamhora, nach Zollinger . . . 1855 „ 147
Teysmann's botanische Reise durch das westliche Sumatra . . . . . 1858 S. 558, Nr. 27
Frausimet über die Insel Banka . . . . 1857 S. 439
Die Kyan-Horde auf Borneo . . . . 1856 „ 489
Kohlen-Minen und Wegebauten in Borneo . . 1857 „ 522
Kögel über die Orang-Menado auf Celebes . . 1857 „ 439
Wallace's Reisen in Celebes . . . . 1860 „ 320
Ost-Asiat. geogr. Arbeiten; Spanische Geheimnisskrämerei 1859 „ 352
Der Manila-Hanf . . . . . . 1858 „ 408
McDonald's Fahrt nach Manben auf Luzon 1858 S. 558, Nr. 30
Das „Milchmeer" bei den Molukken . . . 1861 S. 148
L. Crawfurd, Dictionary of the Indian Islands . 1856 „ 392
Aardrijkskundig Woordenboek van Neêrlandsch-Indië . 1858 „ 435; 1860 S. 82.
Logan, Journal of the Indian Archipelago 1857 S. 272,537; 1858 „ 300
Tijdschrift voor Indische Land-, Taal- en Volkenkunde 1858 „ 174
Natuurkundig Tijdschrift voor Nederlandsch Indië . 1858 „ 174; 1862 S. 197; 1863 S. 39.

L. Bijdragen tot de Taal-, Land- en Volkenkunde van
    Nederlandsch Indië . . 1858 S. 554; 1859 S. 166; 1862 S. 197;
    1863 S. 39, 196; 1864 S. 159.
    Grashuis, Indische Tijdschrift . . . . . 1864 „ 446
    Almanak voor Nederlandsch-Indië, 1858 . . . 1858 „ 554
    Buddingh, Nederlands-Oost-Indië . . . . 1859 „ 81
    Oudemans, Verslag van de geogr. dienst in Nederl.-Indië 1861 „ 123
    Oudemans, Geographische ligging van plaatsen op Java 1863 „ 39
    Oudemans, Bepaling van de lengte van Menado, Kema etc. 1864 „ 115
    Zollinger, Verzeichniss d. 1842—48 gesammelten Pflanzen 1856 „ 83
    Müller, Reisen in den Indischen Archipel . . 1857 „ 433
    Reinwardt, Reis naar den Indischen Archipel, 1821 . 1859 „ 81
    Beschrijving van den gecostumeerden optogt in Delft . 1858 „ 74
    Güppert, Die Tertiär-Flora auf der Insel Java . 1857 „ 537
    Zollinger, Besteigung des Vulkans Tambora . . 1855 „ 148
    Veth, Het Bataviaasch Genootschap van wetenschappen 1858 „ 174
    Winter, Het boek Adji-Saka . . . . . 1858 „ 484
    Miquel, Sumatra, seine Pflanzenwelt u.s.w. 1861 S.319; 1862 „ 316
    Ullmann, Die Insel Banka . . . . . 1864 „ 116

L. Willer, Het Eiland Boeroe . . . . . 1858 S. 554
    Wallace, Journey in North-West Borneo . . 1857 „ 152
    Veth, Borneo's Western-Afdeeling . . . . 1857 „ 219
    Crespigny, Notes on Borneo . . . . . 1859 „ 81
    van Rees, Montrado. Onderwerping der Chinezen op
      Borneo . . . . 1859 „ 81
    St. John, Life in the forests of the Far East . 1862 „ 363
    Matthes, Verblijf in de binnenlanden van Celebes . 1862 „ 197
    Matthes, Reizen in de binnenlanden van Celebes . 1863 „ 38
    Veth, Het eiland Flores . . . . . . 1857 „ 433
    Muhlert, Die Banda-Eilande . . . . . 1856 „ 306
    Ellis, Hongkong to Manilla and the lakes of Luzon . 1859 „ 442
    Bowring, A visit to the Philippine Islands . . 1860 „ 201
    Semper, Reise durch die nördlichen Provinzen der Insel
      Luzon . . . . . 1861 S. 325; 1863 „ 39
    Melvill de Carnbee's Atlas 1857 S. 357, 537; 1858 S. 39 u. 301, Nr. 8;
      1859 S. 82, Nr. 14; 1862 S. 117; 1863 S. 40.
    Holländische Seekarten . . . . . 1863 S. 40, 197
    Versteeg, Nieuwe tevens Etappe-kaart van Java, 4 Bl. 1864 S. 117

III. AFRIKA.

Abkürzungen: A.: Aufsätze; N.: Notizen. L.: Literatur.

1. Ganz Afrika oder grössere Theile.

A. Haassenstein, Mémoire zur Karte von Inner-Afrika. Ergbd. II, S. 1,
    vergl. 1864 S. 111.
    Uebersicht der im Gang befindlichen oder projektirten
    Afrikanischen Reisen . . . . . 1863 S. 337
N. Murchison über die Beschaffenheit der Central-Regionen 1857 „ 340
    Guyot über die Struktur des Afrikanischen Kontinents 1857 „ 383
    Die Nomenklatur der Afrikanischen Flüsse . . 1857 „ 526
    Schwierigkeiten a. Gefahren d. Erforschung Inner-Afrika's 1858 „ 346
    Die Butter vom Shea-Baum in Afrika . . 1860 „ 241
    Aneaptaine über die Niamniam oder geschwänzten
      Menschen . . . . 1858 „ 78
    Zur Frage über die geschwänzten Menschen . 1861 „ 234
    Portugal und seine Kolonien im Jahre 1858, 1863 . 1863 „ 435;
    1863 S. 485.
L. Bibliographie . 1856 S. 200. — 1857 S. 54, 113, 154, 222, 235,
    238, 275, 362, 366, 439, 492, 496, 540. — 1858 S. 77, 85, 88,
    175, 263, 266, 301, 391, 394, 438, 485, 523, 534, 538, 560, 594.
    — 1859 S. 83, 319, 322, 399, 402, 529, 532. — 1860 S. 121,
    124, 283, 284. 323, 324, 447, 448. — 1861 S. 87, 88, 166, 242,
    325, 366. — 1862 S. 39, 117, 198, 317, 355, 398. — 1863 S. 197,
    237. — 1864 S. 117, 193, 317, 396.
    Die Literatur des Jahres 1863 über Afrika . 1864 S. 36
    Roscher, Ptolemäus und die Handelsstrassen in Afrika 1857 „ 154
    de St.-Martin, Le Nord de l'Afrique dans l'antiquité . 1864 „ 196
    de Veer, Prinz Heinrich der Seefahrer und seine Zeit. 1864 „ 196
    Sketches of the African kingdoms and peoples . 1861 „ 243
    Trémaux, Remarques sur l'Afrique centrale et orientale 1862 „ 318
    Correspondence relating to the Slave Trade 1857 S.283; 1858 „ 441;
    1864 S. 116.
    v. Sydow, Wandkarte von Afrika . . . 1855 „ 305
    Englische Seekarten . . . 1858 S. 486, 523, 561
    Petermann u. Haassenstein, Spezialkarte von Inner-Afrika 1861 S. 320

2. Isthmus von Sues.

A. Der Süsswasser-Kanal vom Nil nach Sues . . 1864 S. 220
N. Der Sues-Kanal . . . . . 1856 S. 76; 1857 „ 266
    Hodgkin über den Isthmus von Sues . . 1857 „ 395
    Wahrscheinliche Versandung des projektirten Kanals . 1858 „ 375
    Stand des Sues-Kanalbaues zu Anfang des Jahres 1861 1861 „ 173
L. Schleiden, Die Landenge von Sues . . . 1858 „ 560
    de Lesseps, Percement de l'isthme de Suez 1856 S. 307; 1857 „ 113
    Bericht über die Durchstechung der Landenge von Suez
      an die k. k. Geographische Gesellschaft . 1857 „ 357
    Kotschy, Die Vegetation und der Kanal auf dem Isthmus 1858 „ 438
    Conrad, Reizen naar de Landengte van Sues . 1858 „ 560

L. Conrad, Over de doorgraving der Landengte . 1858 S. 560
    Szarvady, Der Sues-Kanal . . . . 1859 „ 82
    Calindri, Bulletino dell' Istmo di Suez . . 1861 „ 284
    Badger, A visit to the Suez Canal works . 1862 „ 317

3. Nilländer und Gebiet des Rothen Meeres.

A. v. Neimans, Der Handelsverkehr Alexandriens seit Me-
    hemet Ali . . . . . . 1857 S. 502
    v. Neimans, Export und Agrikultur Ägyptens . 1857 „ 504
    v. Heuglin, Die Wirbelthiere des nördlichen Ägyptens
      und Petr. Arabiens . . . . 1861 „ 310
    v. Kremer, Die Zigeuner in Ägypten . . 1862 „ 41
    v. Heuglin's Erforschung der Bajuda zwischen Abdom
      und Chartum . . . . . 1859 „ 463
    v. Harnier's Reise am Nil, von Assuan bis Chartum
      und Enserres, 1859 . . . . 1861 „ 129
    v. Beurmann's Reise in Nubien und dem Ägypt. Sudan.
      1860 u. 1861 1861 S. 369; Ergbd. II, S. (1); 1862 S. 51, 95,
      125, 165, 212, 254
    Die Quelle und der Lauf des Sobat, nach Léon des
      Avanchers und Maswaja . . 1861 S. 171, vgl. 1861 S.354
    Kotschy's Reise von Chartum nach Kordofan, 1859 Ergbd. II, S. (3)
    Brun-Rollet's Reise auf dem Bahr el ghasal . „ II, „ (15)
    Brun-Rollet, Vokabularien der Dinka-, Nuehr-
      und Schilluk-Sprachen . . . „ II, „ (23)
    Lejean's Aufnahme des Bahr el Gazal . . 1862 S. 218
    Antinori, Reise vom Bahr el ghasal zum Lande
      der Djur, 1860—61 . . . Ergbd. II, S. (79)
    Antinori, Erkundigungen über die Niam-niam . „ II, „ (82)
    v.Heuglin's Exped.nach Inner-Afrika, 1860,Zweck u.Plan 1860 S.358
    Die Deutsche Expedition nach Wadai, Stand des
      Unternehmens am 1. März 1862 und Instruktionen . 1862 „ 88
    v. Heuglin's Berichte und Arbeiten über den Ägyptischen
      Sudan und die Länder westlich und südlich von Char-
      tum, 1862—63: Ausflug von Chartum nach dem Djebel
      Araschkol, Nilstand, Meteorologisches, Zustände im
      Sudan und am Weissen Nil, Vorgänge in Abessinien,
      Erkundigungen über Kordofan und Darfur, Notizen
      über den Sobat und sein Gebiet, Erkundigungen über
      den oberen Weissen Nil, Nachrichten über den Bahr
      el ghasal und die Njamjam, Reiseroute von Darfur
      über Hoferat el nahas nach dem Lande der Njanjam,
      Itinerar vom Bahr el abiad zum Djur . Ergbd II. S. (37)
    v. Heuglin's Reise den Bahr el abiad und Bahr el
      ghasal hinauf bis zum See Req. 1863 . „ II., „ (147)
    v. Heuglin's Reise vom See Req bis Bongo im
      Lande der Djur, 1863 . . . „ II., „ (155)

A. v. Heuglin's Aufenthalt im Flussgebiet des Bahr
Djur, 1863 . . . . Ergbd. II, S. (162)
v. Heuglin's Tagebuch während der Tinne'schen
Expedition im westlichen Nil-Quellgebiet . „ III, Nr. 15
Hassenstein, Bemerkungen zur Karte des west-
lichen Nil-Quellgebiets . . . . Ergbd. III, Nr. 15, S. 41
v. Harnier's Reise auf dem Weissen Nil, 1860—61 Ergbd. II, S. (125)
Morlang's Reisen östlich und westlich von Gon-
dokoro, 1859 . . . . II, „ (116)
Morlang, Vokabular der Sprache der Neger am
Jeji-Fluss . . . . II, „ (124)
Ein Deutscher Kaufmann (Binder) am oberen Nil . 1864 S. 168
Die Entdeckung der Nilquelle durch Capt. Speke und
Capt. Grant . . . . 1863 „ 229
Die Österreichische projektirte Expedition nach den Nil-
quellen (Miani) . . . . . . 1864 „ 81
Hassenstein, Mémoire zur Karte von Ost-Afrika zwi-
schen Chartum und dem Rothen Meer (Positions-
bestimmungen, Itinerare u. Routen, Höhenmessungen,
Desiderata) . . . . . . Ergbd. I, Nr. 6, S. 5
v. Heuglin, Ein Arabischer Schriftsteller (Makrizi) über
die Bedja-Länder . . . . Ergbd. I, Nr. 6, S. 14
v. Heuglin, Die Habab-Länder am Rothen Meer . 1858 S. 370
Graf Thürheim's Reise in den Barka- u. Bogos-Ländern 1859 „ 363
Sapeto's Reise in den Ländern der Mensa, Bogos e. Habab 1861 „ 299
Reise des Herzogs Ernst von Sachsen-Coburg-Gotha . 1864 „ 59
v. Heuglin's Expedition nach Inner-Afrika, 1860—61.
Berichte aus Alexandria, Kairo, Suez, Ain Musa,
Djedda, Massaua, M'Kullu, Keren, Adoa, Gondar,
Gaffat, Djenda und Chartum 1861 S. 41, 169, 226, 276, 308,
347, 394; 1862 S. 15, 55, 102, 142, 261, 333, 381, 424.
v. Heuglin's zoologische Arbeiten, 1861—64 . . 1861 S. 310;
1862 S. 25, 144, 244, 386, 427; Ergbd. II, S. (108), (151) und
(161); Ergbd. III, Nr. 15, S. 31.
Schluss der Expedition unter Munzinger u. Kinzelbach 1862 S. 348
Munzinger's Bericht über seine u. Kinzelbach's Reise, 1862 1863 „ 183
Der Mareb, nach Munzinger . . . . 1864 „ 135
Ein Brief von Kinzelbach aus El Obed, Mai u. Juni 1862 1863 „ 217
Die Deutsche Expedition in Ost-Afrika, 1861 u. 1862.
Munzinger's Bericht über seine Reise von Massaua
nach Kurdofan, 1861 u. 1862, Munzinger's linguisti-
sche Arbeiten, Munzinger's und v. Heuglin's Itinerare
und Winkelmessungen zwischen Massaua und Chartum,
Kinzelbach's Positionsbestimmungen, meteorologische
und hypsometrische Beobachtungen, Hassenstein's Be-
merkungen zu den Karten . . . . Ergbd. III, Nr. 13
Steudner's Reise in den Nilländern, Übersicht . 1864 S. 29
v. Heuglin's Reise nach Abessinien, 1852 u. 1853 . 1857 „ 464
Lejean's Reise nach Abessinien u. seine weiteren Projekte 1863 „ 336
v. Heuglin, Reise längs des Rothen Meeres, 1857 . 1860 „ 325
v. Heuglin, Fauna des Rothen Meeres . . . 1861 „ 11
Schweinfurth's Reise in die Gebirge der Ababde und
Bischarin am Rothen Meer, 1864 . . . 1864 „ 331
N. v. Neimans' Bericht über das Erdbeben zu Kairo,
12. Oktober 1856 . . . . . . 1856 „ 488
Beobachtungen über das Klima Ägyptens . . 1857 S. 426, 523
Die Eisenbahnen Ägyptens . . . . . 1864 S. 350
Unser über einen alten Ägyptischen Ziegel . . 1863 „ 258
Franz, Der tägliche Wasserstand des Nil in Kairo . 1857 „ 522
Uhle, Das Gefälle des unteren Nils . . . 1858 „ 377
Die Katarakten des Nils und ihre Schiffbarkeit durch
Dampfboote . . . . 1858 „ 167
de Malzac über die verschiedenen Namen des Nil . 1864 „ 195
Mahmoud-Bey's astronomische Beobachtungen im Nil-Thal 1861 „ 148
Waitz v. Eschen, Temperatur-Beobachtungen auf dem
unteren Nil . . . . 1864 „ 132
v. Heuglin's Forschungen in den Nilländern . . 1855 „ 233
Essayrac de Lauture's Expedition und das Phantom
der Nil-Quelle . . . . . . 1856 „ 342
Ende von E. de Lauture's Nil-Quellen-Expedition 1857 S. 50, 266, 442
v. Heuglin's Expedition 1860 . 1860 S. 318, 406, 444; 1861 S. 83,
159, 202, 480.
Krapf über v. Heuglin's Expedition . . . 1860 „ 402

N. Mauch's projektirte Reise nach dem tropischen Nilgebiet 1863 S. 339
Schweinfurth's Nilreise . . 1863 S. 339, 349; 1864 „ 149
Brugsch über die Sprache der Barabra . . . 1864 „ 396
Inner-Afrika, Bemerkungen zum 2. Ergänzungsband . 1864 „ 111
Neuestes aus den Nil-Ländern, Abessinien u. s. w. . 1858 „ 476
Ein neues Afrikanisches Werk von Dr. Ferd. Werne . 1861 „ 119
v. Pruyssenaer's Messung der Höhe von Chartum . 1863 „ 105
v. Pruyssenaer's Reise im Ägypt. Sudan Ergbd. III, Nr. 15, S. 14, 21
v. Heuglin, Nachrichten aus Chartum . . 1864 S. 308 u. 351
Graf Krockow's Reise nach den Nil-Ländern . . 1864 S. 353
Vorstudien zur Eisenbahnen im Ägyptischen Sudan . 1864 „ 390;
Ergbd. III, Nr. 15, S. 20, 28.
Die katholische Mission am oberen Nil . 1857 S. 155, 427;
1858 S. 562, Nr. 6; 1861 S. 120, 441; 1863 S. 107.
Meteorolog. Beobachtungen am oberen Nil, nach Kreil 1859 S. 305
Lejean's Reise nach dem oberen Nil 1860 S. 116; 1861 S. 319, 361.
Brun-Rollet's Expedition nach Wadai (Bahr el Ghasal) 1855 S. 146;
1856 S. 344; 1857 S. 50.
Petherick's Reise in d. Nilländern bis zum Äquator, 1858 1860 „ 114
Bolognesi's Reise auf dem Gazellenflusse, 1856—57 . 1862 „ 356
Marquis Antinori's Reise in den Nilländern, 1859—61 1862 „ 237
Klaincznik u. Schubert nach dem Lande der Njamnjam 1863 S. 106, 338
Steudner's Tod in Wau . . . . . 1863 S. 317
Die Tinne'sche Expedition . . . . 1863 S. 106, 155
v. Heuglin's und Steudner's Reise nach dem Bahr el
Ghasal u. s. w. . . 1863 S. 155, 275, 317, 355
Die Tinne'sche Expedition nach dem Bahr el Ghasal . 1864 S. 234;
Ergbd. III, Nr. 15.
v. Heuglin, Vokabular der Dōr-Sprache Ergbd. III, Nr. 15, S. 31
Eine neue Karte des Weissen Nil von d'Arnaud . 1857 „ 110
Frith u. Wendham's Expedition nach dem Weissen Nil 1858 „ 476
De Bono's Reise auf dem Weissen Fluss, 1861 . 1862 „ 356
Lafargue's Dampfschifffahrt auf dem Weissen Nil 1861 „ 368
Petherick's und Burton's projektirte Nil-Expedition . 1859 „ 482
Petherick's Reise zur Unterstützung Speke's . 1861 S. 117, 326;
1863 S. 105, 338; 1864 S. 397.
Vier Expeditionen zur Entdeckung der Nil-Quellen . 1861 S. 117
Lejean's Reise nach dem oberen Nil . . . 1861 „ 119
Voordingen Dr. Peney's von Chartum bis Gondokoro . 1861 „ 319
Peney's Erforschung des Nil oberhalb Gondokoro . 1862 „ 117
Die Position von Gondokoro, nach Speke 1863 S. 317; 1864 „ 68
Die Höhe von Gondokoro über dem Meere . . 1864 „ 68
Miani's Karte der Nil-Quellen . . . . 1857 „ 486
Miani's Reisen nach dem oberen Nil . . . 1861 „ 118
Miani's Projekt einer Reise nach den Nil-Quellen . 1863 „ 338;
1864 S. 81.
Speke's Karte der Nil-Quellen . . . . 1863 „ 273
Baker's Reise nach den Quellsee'n des Weissen Nil 1863 S. 69, 105, 229;
1864 S. 309, 351.
Sammlung von Hypothesen über die Nil-Quellen . 1863 S. 392
v. Heuglin, Vokabular des Bedjauieh . . . 1858 „ 372
Beke über Ptolemäus Theron und die Bifurkation des
Mareb . . . 1858 S. 565, Nr. 25, vgl. 1860 S. 340 Anm.
Munzinger's Forschungen in den Ländern am Rothen
Meer . . . . . 1858 S. 409, 565, Nr. 26
Munzinger's Expedition . . . 1862 S. 239, 306
Die naturhistorischen Sammlungen der v. Heuglin'schen
Expedition in den Bogos-Ländern . . . 1862 S. 277
Reise des Herzogs von Coburg-Gotha nach den Bogos 1862 „ 306
Französische Expedition nach den Bogos unter Buisson 1864 „ 351
v. Heuglin's, Schweinfurth's und Munzinger's Reisen
zwischen Nil und Rothem Meer, 1864 . . 1864 „ 393
Golay's Wanderungen am Gasch, Barka und Anseba . 1864 „ 393
Puncet's Jagdzug nach den Ländern zwischen Dender
und Blauem Nil . . . . . 1863 „ 105
Zur physik. Geographie Abessiniens, nach v. Klöden 1855 „ 169
Das Hochland von Abessinien, nach v. Klöden . 1855 „ 327
Beke's Werk über Abessinien . . . . 1857 „ 486
Nachrichten über die Zustände in Abessinien 1858 S. 476; 1861 „ 173;
1862 S. 19 ff., 106, 333, 424 ff.; 1864 S. 390; Ergbd. II, S. (101);
Ergbd. III, Nr. 15, S. 26.
Steudner's Beschreibung eines Abessinischen Gastmahls 1862 S. 276
Über einen angeblichen Eisenberg in Abessinien . 1862 „ 334
v. Heuglin über eine alt-Äthiopische Karte von Tigreh 1862 „ 335
Lejean's Reise nach Abessinien . . . . 1863 „ 106

N. Seltsame Art von Telegraphen in Kaffa . . . 1855 S. 328
v. Heuglin's Reise im Rothen Meer, 1857   1857 S. 485; 1858 „ 164
Wichtige Punkte im Rothen Meer (Adulis, Massaua, Arkiko) 1858 „ 113
Die Insel Perim und die Eingänge in das Rothe Meer 1858 „ 163
Telegraph durch das Rothe Meer, Englische Erwerbung
  der Insel Kasmaran . . . . . . 1859 „ 207
Der Vulkan von Edd am Rothen Meer . . . 1862 „ 23
Über die Insel Topazos des Plinius . . . . 1862 „ 334
Munzinger, Die Betriebsamkeit auf den Dahalak-Inseln 1864 „ 352
L. Brugsch, Reiseberichte aus Ägypten . . . . 1855 „ 148
Brugsch, Die Geographie der Nachbarländer Ägyptens 1858 „ 560
Seetzen's Reisen, von Prof. Kruse, 3. Bd. . . 1855 „ 378
Vimercati, Constantinople et l'Égypte . . . 1856 „ 162
Busch & Wrankmore, Hand-book for travellers in Egypt 1858 „ 560
Joanne et Isambert, Itinéraire de l'Orient . . 1861 „ 240
Conrad, Reisen nach der Landengte van Suez, Egypte etc. 1858 „ 560
Uhle, Der Winter in Ober-Ägypten . . . 1858 „ 560
Partbey, Ägypten beim Geographen von Ravenna . 1859 „ 82
Das Boot und die Karawane. Deutsch von Himly . 1860 „ 366
v. Kremer, Ägypten . . . . . . 1863 „ 199
Mémoires de l'Institut Égyptien . . . . 1864 „ 118
Rathschläge u Fragen für die v. Heuglin'sche Expedition 1861 „ 84
Ziegler, Die Deutsche Expedition nach Inner-Afrika . 1861 „ 326
Beke, The sources of the Nile . . . . 1861 „ 124
Dandolo, Viaggio in Egitto, nel Sudan etc. . . 1855 „ 171
Petherick, Egypt, the Soudan and Central Africa 1861 „ 243
Taylor, Eine Reise nach Central-Afrika . . 1856 „ 40
Cuny, Journal de voyage de Siout à El-Obeid . 1863 „ 198
Papiere des Kordofan-Reisenden Lambert Bey . 1864 „ 446
Lejean's Aufsätze über seine Nilreisen . 1861 S. 242; 1862 „ 317;
  1863 S. 199; 1864 S. 195.
Malzac's hinterlassene Skizzen und Notizen . . 1864 „ 73
Hartmann, Reise des Freiherrn A. v. Barnim . . 1864 „ 194
Schweinfurth, Plantae niloticae, quas collegit R. Hartmann 1862 „ 318
Stendner's Reisebericht . . . . 1864 S. 120, 397
Antinori, Catalogo di una collezione di uccelli . 1864 S. 193
Jabrus-Berichte des Marien-Vereins . . 1857 S. 439; 1863 „ 199
Hansal, Briefe aus Chartum . . . . 1856 „ 392
Kaufmann, Das Gebiet des Weissen Flusses . . 1861 „ 367
Beltrame, Lettera scritta dall' Africa centrale . . 1858 „ 560
Beltrame, Viaggio sul Fiume Bianco . . . 1862 „ 40
Mitterrutzner, Geographische Notizen aus Central-Afrika 1862 „ 40
Thibaut, Expédition à la recherche des sources du Nil 1856 „ 200
Ketschy, Umrisse aus den Uferländern des Weissen Nil 1858 „ 523
Kotschy, Aedemone mirabilis . . . . 1858 „ 523
Gilbert, Observations sur la route du Nil de Miani . 1862 „ 40
v. Harnier's nachgelassene Tagebücher . . . 1863 „ 193
Peney's hinterlassene Papiere . . . . 1863 „ 392
Speke, Discovery of the source of the Nile . . 1864 „ 119
Barth, Speke's Entdeckung des Nil-Abflusses aus dem
  Ukerewe . . . . 1864 „ 117
Miani, Lingua degli Anidi, tribù nilotica . . 1864 „ 195
Didier, Cinquante jours au désert . . . 1857 „ 357
Hamilton, Sinai, the Hedjas and Soudan . . 1857 „ 439
Munzinger, Sitten und Recht der Bogos . . 1858 „ 409
Munzinger, Ost-Afrikanische Studien . . . 1864 „ 396
Sapeto, Viaggio fra i Mensa, i Bogos e gli Habab . 1861 „ 299
Literatur über die nördlichen Grenzlande Abessiniens 1861 „ 300
Brehm, Ergebnisse einer Reise nach Habesch . . 1864 „ 118
v. Heuglin, Tagebuch einer Reise nach Abessinien 1857 „ 439
d'Abbadie, Positions déterminées en Éthiopie . 1860 „ 243
d'Abbadie, Géodésie d'Éthiopie . . . 1864 S. 37, 117
Krapf, Travels, researches and missionary labours . 1861 S. 124
Zander's Arbeiten über Abessinien . . . 1863 „ 73
Stern, Wanderings among the Falashas in Abyssinia 1863 „ 237
Beke, The French and English in the Red Sea . 1863 „ 197
Miani, Nouvelle carte du bassin du Nil . . 1858 „ 561
Brugsch, Karte des Alten Ägypten . . . 1858 „ 301
Petermann, Karte von Nord-Afrika, östliches Bl. . 1864 „ 268
v. Barnim, Karte der Karawanenstrasse durch die
  Bajuda . . . . 1862 „ 317
Lejean's Atlas seiner Reise von 1860—61 . . 1864 „ 393
Miani, Paragone delle scoperte fatte sul Nilo . . 1864 „ 196
Piâne von Axum, Adoa und Gondar . . . 1864 „ 157
Schweinfurth, Karte des Djebel Elba . . . 1864 „ 357

4. Tripoli, Tunis, Algerien, Marokko.

A. Quellen zu Petermann's Karte von Nord-Afrika . 1864 S. 183
Grenzverhältnisse und Areal der Nord-Afrikan. Staaten 1864 „ 189
Die Höhenverhältnisse Nordwest-Afrika's . . 1864 „ 190
de St.-Martin, Über die Lage der alten Städte von
  Tripolitanien . . . . . . 1862 „ 11
v. Beurmann's Reise von Bengasi nach Mursuk, 1862 Ergbd. 11, „ (68)
v. Beurmann's Aufenthalt in Mursuk u. Reise nach Wau „ 11, „ (84)
v. Beurmann's astronomische Beobachtungen und
  Höhenbestimmungen zwischen Bengasi und Wau . „ 11, „ (91)
Rohlfs' Reise von Algier über Laghuat bis Abiod Sidi
  Scheich . . . . 1864 „ 1
Rohlfs' Briefe aus Algerien und Marokko, 1863—64 . 1864 „ 336
Rohlfs' Reise durch die südl. Prov. von Marokko, 1862 1863 „ 361
N. Hadj Skander's (Baron Krafft) Reise nach Timbuktu . 1859 „ 78;
  1860 S. 157; 1861 S. 199, 474.
v. Krafft, Tripolis und die Städte an der kleinen Syrte 1861 „ 199,
  vergl. 1862 S. 11.
Gold und Silber in Algerien . . . . 1855 „ 334
Die Artesischen Brunnen in der Algerischen Sahara . 1857 „ 547
Renou's Positions- und Höhenbestimmungen im süd-
  lichen Algerien . . . . . . 1858 „ 116
Busry über Batna und Lambèse . . 1858 S. 524, Nr. 8
Busry über die Landschaften im Süden d. Djebel Aures 1858 S. 563, Nr. 15
Barometrische Nivellements in Algerien von Marès . 1864 S. 228
Die Bewohner der Westküste von Marokko . . 1858 „ 168
Lowe, Charakter der Vegetation bei Mogador . . 1861 „ 353
L. Goeje, Descriptio Al-Magribi . . . . 1861 „ 166
Guys, Notice sur les îles de Bomba et Plate . . 1864 „ 194
Ferrini, Sul clima della città di Tunisi . . 1861 „ 350
MacCarthy, Géographie de l'Algérie . . . 1859 „ 167
MacCarthy, Algeria Romana . . . . 1859 „ 276
Busry, Algerien und seine Zukunft . . . 1855 „ 334
Busry, Mittheilungen aus Algerien 1857 S. 275, 439; 1858 „ 560
Hirsch, Die volkswirthschaftlichen Zustände von Algerien 1857 „ 439
Schramm, Neue Briefe aus Algerien . . . 1858 „ 560
Zill, Einiges aus Algeriens neuester Zeit . . 1858 „ 560
Blakesley, Four months in Algeria . . . 1859 „ 167
Aucapitaine, La Grande Kabylie . . . . 1858 „ 485
Aucapitaine, Les Kabyles et la colonisation de l'Algérie 1864 „ 193
Fromentin, Un été dans le Sahara . . . 1857 „ 275
Hirsch, Reise in das Innere von Algerien . . 1862 „ 347
Richardson, Travels in Morocco . . . . 1860 „ 243
Petermann, Karte von Nord-Afrika, westliches Bl. . 1864 „ 182
Delaroche, Carte de l'Algérie, 2 Bl. . . . 1857 „ 134
Dépôt de la guerre, Carte de l'Algérie, 1:1.600,000 . 1857 „ 273
Atlas de la guerra de Africa en 1859 y 1860 1864 S. 195 (Monbé)

5. Sahara und Sudan.

A. Barth's Reise von Kuka nach Timbuktu, 1852—53 . 1855 S. 3
Barth's Rückreise von Timbuktu nach Kano, 1854 . 1855 „ 85
Barth's Forschungen in Libtako und östlich davon . 1855 „ 93
Barth, Chronolog. Tabelle aus dem „Tarikh el Sudan" 1855 „ 97
Barth, Plan und Inhalt seines Reisewerks . . 1855 „ 307
Die imoscharh oder Tuareg, Volk und Land, nach Barth 1857 „ 239
Die hauptsächlichsten Staatengruppen Central-Afrika's,
  nach Barth . . . . 1858 „ 443
Die Verwandtschafts-Verhältnisse einiger Central-Afrika-
  nischer Völker u. Sprachen, nach Barth's Vokabularien 1863 „ 372
Vogel's Reise von Tripoli bis zum Tsad-See, 1853—54 1855 „ 237
Vogel's astron Bestimmungen zwischen Tripoli u. Kuka 1855 „ 257
Vogel's hypsometr. Bestimmungen zwischen Tripoli u Kuka 1855 „ 258
Vogel's Beobachtungen über die Umgegend des Tsad-
  See's und Kuka . . . . . . 1856 „ 165
Vogel's Reise nach Musgo und Tubori, 1854 . . 1857 „ 153
Nachrichten über Vogel's Schicksal von Munzinger . 1862 „ 346
Vogel's Tod bestätigt durch seinen überlebenden Diener 1863 „ 225
Duveyrier's Reise durch das Französ. Nord-Afrika, 1859 1859 „ 345
Duveyrier's Forschungen im Wad Mezáb und Reise
  nach El Golea . . . . . . 1860 „ 55
Duveyrier's Reisen im Grenzgebiete von Algier, Tunis
  und Tripoli, 1860 . . . . . . 1861 „ 389

A. Bemerkungen zu Duveyrier's Karte des nördlichen
Tuareg - Landes . . . . . . 1863 S. 344
Duveyrier, Die nördliche centrale Sahara . . 1863 „ 378
v. Beurmann's Reise von Bengasi nach Murzuk, 1862 Ergbd. II, „ (68)
v. Beurmann's Aufenthalt in Murzuk u. Reise nach Wau „ II, „ (84)
v. Beurmann's astronomische Beobachtungen und
Höhenbestimmungen zwischen Bengasi und Wau „ II, „ (91)
v. Beurmann's Tod nebst Übersicht seiner Reisen (1861/65)
sowie derjenigen von Overweg (1850—57), Vogel
(1853—56) und Steudner (1861—63) . . 1864 „ 25
Panet's Reise durch die grosse Wüste, 1850 . 1859 „ 101
Behm, Das Land und Volk der Tebu . . Ergbd. II, „ (31)
Die Binue-Expedition im J. 1854, nach Baikie u. Crowther 1855 „ 205
Die Flussgebiete des Binue, Alt-Kalabar und Camerun 1863 „ 173
N. Der verlorene Sohn in Fellantschi, von Dr. Barth . 1855 „ 146
Der Berg Mindif in Central-Afrika, nach Barth . 1855 „ 169
Barth's Reisen, Übersicht . . . . . 1855 „ 230
Barth's Reisewerk . . . . 1855 S. 267; 1856 „ 342
Barth über die wichtigsten Bäume Central-Afrika's . 1856 „ 381
Aus Dr. Barth's Reise nach Timbuktu . . . 1857 „ 416
Seemann, Die Palme von Timbuktu . . . 1857 „ 224
Vogel's Vordringen bis zum Binue . . . 1855 „ 375
Vogel's Positionsbestimmungen in Central - Afrika . 1856 „ 159;
1857 S. 134, 527.
Vogel über den Elfenbeinhandel Central-Afrika's . 1857 „ 155
Traurige Nachrichten von Dr. E. Vogel's Expedition . 1857 „ 323
Bilhara, Aussage eines Gesandten von Dar Fur über
Dr. Vogel's Schicksal . . . . . 1857 „ 427
v. Neimans' Nachrichten über Vogel und projektirte
Reise nach Darfur . . . . . . 1858 „ 40
Vogel's Schicksal, Nachrichten vom Sultan von Bornu . 1860 „ 113
Nachrichten über Vogel durch Dr. Mordtmann . 1860 „ 449
Nachrichten über Vogel durch Dr. Hartmann . 1861 „ 74
Französische Gesellschaft in Algier zur Erforschung
Central-Afrika's . . . . . . 1857 „ 266
MacCarthy's Reise nach Timbuktu 1858 S. 114 u. 515; 1860 „ 117
Die neuesten Vorgänge in Timbuktu . . . 1864 „ 69
v. Beurmann's Expedition nach Wadai . 1862 S. 239, 306; 1863
S. 197, 392; 1864 S. 117.
Duveyrier's Reisen in der Sahara . 1860 S. 44, 157, 197, 484;
1861 S. 74, 200, 474.
Duveyrier, Probe der Sprache der Beni-Mesab . 1860 S. 59
Duveyrier's astronom. Bestimmung v. Ghardaja u. El Golea 1860 „ 113
Duveyrier's Beschreibung des Djebel Nefusa . 1861 „ 474
Duveyrier's Breitenbestimmungen . . 1861 S. 391, 476
Itinerar von Usrgla nach Rhat . . . 1858 S. 564, Nr. 18
Vertrag zwischen Frankreich u. den Tuareg-Asgar 1863 S. 199 (Mircher)
Bu-el-Moghdad's Reise durch die westl. Sahara, 1860/61 1861 S. 476
Bourrel's Reise zu den Brakna, 1860 . . . 1862 „ 40
Fulcrand's Exploration der Bai von Arguin . 1862 „ 40
Die Tschadda - Expedition, 1854 . . . 1855 „ 27
Der sogenannte Tschadda-Fluss und sein eigentl. Name 1855 „ 169
Baikie's zoologische Sammlungen vom Binue . 1855 „ 234
Baikie's neue Expedition nach dem Niger 1855 S. 233; 1857 „ 110,
323, 339, 540, 566, Nr. 38; 1859 S. 78; 1861 S. 75; 1862 „ 394;
1864 S. 196 (Slave Trade und Wilmot).
Baikie's Reise nach Kano und die hinterlassenen Pa-
piere Vogel's . . . . . . 1863 „ 485
Glover's Aufnahme des Niger . . . . 1861 „ 75
Vignon über Segu und die Quelle des Niger 1858 S. 176, Nr. 2
Magnan's projektirte Niger-Expedition . . 1863 S. 68
L. Barth, Reisen in Nord- und Central-Afrika 1857 S. 154, 275, 540
Barth, Reisen in Nord- u. Central-Afrika, Auszug 1859 S. 356, 488;
1860 S. 243.
Barth, Historical view of Northern Central Africa . 1858 S. 560
Barth, Sammlung Central-Afrikanischer Vokabularien . 1861 „ 561;
1863 S. 277.
Vogel's Reisen und Entdeckungen in Central-Afrika . 1859 „ 485
Poiko, Erinnerungen an einen Verschollenen . 1863 „ 237
Arenz, Die Entdeckungsreisen von Richardson, Overweg,
Barth und Vogel . . . . . 1859 „ 76
Schauenburg, Die Reisen in Central-Afrika 1858 S. 438; 1859 „ 276;
1861 S. 167.
Ule, Sahara und Sudan . . . . . 1861 „ 368
Nagel, Die Entdeckungsreisen im mittleren Afrika . 1862 „ 40

L. Escayrac de Lauture, Die Afrikanische Wüste und das
Land der Schwarzen. Deutsch von Andree . . 1855 S. 334
Escayrac de Lauture, Mémoires sur le Soudan . . 1856 „ 200
Snider-Pellegrini, Le commerce de l'Algérie avec l'intérieur 1857 „ 222
Duveyrier, Notizen über vier Berberische Völkerschaften 1858 „ 438
Duveyrier, Exploration du Sahara. Les Touaregs du Nord 1864 „ 446
Cherbonneau, Voyage de Bonnemain à R'Dâmes . . 1857 „ 459
Tristram, The Great Sahara . . . . . 1861 „ 243
Trumelet, Les Français dans le désert . . . 1863 „ 200
Maurin, Relation du voyage d'Ali-Ben-Mehrin . 1864 „ 195
Martins, Tableau physique du Sahara . . . 1864 „ 396
Mission de Ghadamès, 1862 . . . . 1864 „ 194
Liévin, Branchipus Oudneyi, der Fezzan-Wurm . 1856 „ 306
Vincent, Voyage dans le Sahara occidental, 1860 . 1861 „ 243
Faidherbe, L'avenir du Sahara et du Soudan . 1864 „ 118
Steger, Mungo Park's Reisen . . . . 1856 „ 492
Hutchinson, Niger, Tchadda and Binuë Exploration . 1856 „ 163
Baikie, Reports on the countries in the neighbourhood
of the Niger 1863 S. 237 (Barth); 1864 S. 196 (Slave Trade)
Barth, Baikie's Thätigkeit am unteren Niger . 1863 S. 237
Baikie, Observations on the Hausa and Fulfulde languages 1862 „ 398
Duveyrier über seine Karte des nördl. Tuareg-Landes 1862 S. 38, 156

6. Senegambien und Guinea.

A. Lejan, Die Gebiete am unteren Senegal . . 1858 S. 395
Barth, Volkssagen aus dem Akwapim-Lande . 1856 „ 465
Die Binue-Expedition im J. 1854, nach Baikie u. Crowther 1855 „ 205
Die Flussgebiete des Binue, Alt-Kalabar und Camerun 1863 „ 173
Besteigung des Camerun-Gebirges durch Mann und
Burton . . . . 1862 S. 271; 1863 „ 179
Du Chaillu's Reisen, Vortrag in der Geographischen
Gesellschaft zu New York . . . . 1860 „ 139
Die Gabun - Länder im Jahr 1862 . . . 1862 „ 179
Der Ogowai, nach Serval und Griffon Du Bellay . 1863 „ 445
Magyar László's Reise auf dem Congo, 1848 . 1857 „ 184
N. Der Senegal und die Französischen Posten daselbst 1858 „ 255
Positionsbestimmungen am Senegal durch Gaillard . 1858 „ 411
Geographische Positionen in Senegambien . . 1861 „ 211
Land und Volk der Djolloffs . . . . 1858 „ 115
Die Völker des Senegal . . . . . 1864 „ 227
Geographische Unternehmungen in Senegambien . 1860 „ 197
Braouézec's nautische Untersuchung des Senegal . 1861 „ 242
Vallon über den oberen Cazamance . . . 1861 „ 368
Lambert's Reise nach Futa-Djallon, 1860 . . 1861 „ 439
Die Quellen des Senegal und Gambia, nach Lambert . 1861 „ 75
Braouézec's Erforschung des Flussthales von Bunun . 1863 „ 197
Mage über die Flüsse Sin und Salum . . . 1863 „ 199
Gérard's Reise nach Sierra Leone und dem Niger . 1863 „ 68;
1864 S. 151.
Brossard de Corbigny's Fluss-Aufnahmen an d. Westküste 1863 „ 68;
1864 S. 151.
Bevölkerung von Sierra Leone, 1860 . . . 1863 „ 270
Die grosse Afrikanische Völker-Versammlung in Sierra
Leone, nach Kölle . . . . . 1855 „ 326
Regenmenge in Sierra Leone . . . . 1855 „ 146
Die Neger-Republik Liberia . . . . 1861 „ 354
Die Sardinischen Bemühungen an der Palmöl-Küste . 1855 „ 328
Britische Erwerbung des Gebietes von Lagos . 1861 „ 395
Ahuanga-Gi oder Denham Water in Dahomey . 1862 „ 433
Gellé über das Französische Gebiet von Porto-Novo . 1864 „ 194
Neu entdeckter Zwerg-Affe aus West-Afrika . 1860 „ 198
Baikie's neue Expedition . 1855 S. 233; 1857 S. 110, 323,
339, 540, 566, Nr. 38; 1859 S. 78; 1861 S. 75; 1862 S. 394;
1864 S. 196 (Slave Trade und Wilmot).
Glover's Aufnahme des unteren Niger . . . 1861 S. 75
Mage's Reise vom Senegal zum Niger . 1864 S. 150, 234
Perraud's Reise vom Senegal nach Timbuktu . 1864 „ 234
Die Nigermündungen von den Portugiesen entdeckt . 1864 „ 151
Burton's Forschungen an der Westküste . . 1864 „ 151
Die Dualla am Camerun . . . . . 1863 „ 271
Heimbürger, Der Fluss Gabun und seine Bedeutung . 1858 „ 163
Du Chaillu's Reisen . 1858 S. 297; 1859 S. 123; 1860 „ 78
Barth und Du Chaillu . . . . . 1862 „ 394

N. Der Quilimane-Fluss und sein Zusammenhang mit dem
　　Zambesi . . . . 1857 S. 107 Anm.
Parker über die Luabo-Mündung des Zambesi . . 1857 S. 441
Livingstone's neue Expedition nach dem Zambesi . 1857 „ 340;
　　1858 S. 418; 1859 S. 76, 353.
Livingstone's Entdeckung des Shirwa-See's . . . 1859 „ 484
Der Nyandja-See von Livingstone erreicht . . . 1860 „ 160
Livingstone's Reise am Zambesi, 1860 . . . . 1861 „ 233
Livingstone's Fahrt auf dem Rovuma-Fluss, 1861 . 1861 „ 355
Livingstone's Bootfahrten auf dem Nyandja 1862 S. 356; 1863 „ 107
Livingstone's Reise nach dem Hochland der Marawi, 1863 1864 „ 233
Moffat's Reise zum Moselekatse, 1854 . . . . 1857 „ 276
Ansdehnung der Süd-Afrikanischen Freistaaten . . 1855 „ 377
Arealberechnung von Natal . . . . 1856 „ 375
Coqui über Kaffee- und Zuckerbau in Natal . . 1857 „ 155
Regenmenge in Natal, 1855—56 . . . . . 1857 „ 527
Bleek's Untersuchungsreise nach Natal . 1855 S. 55, 145, 271
Bleek über die Beziehungen zwischen Hottentotten und
　　Kaffir . . . . 1858 S. 418
Bleek's Reise in das Sulu-Land . . . . . . 1857 „ 49
Bleek's neue Laufbahn in Süd-Afrika 1857 S. 266; 1858 „ 418
Das Swazi-Land und Merensky's Reise . . . . 1860 „ 404
Meteorolog. Beobachtungen am Kap der Guten Hoffnung 1858 „ 42
Giftige Fische am Kap der Guten Hoffnung . . 1858 „ 258
Bevölkerung von Britisch-Kaffraria 1857 . . . 1859 „ 79
Britische Erwerbung der Insel Iehaboe . . . . 1861 „ 395
L. Hall, Manual of South African Geography . . . 1859 „ 443
Elpis. Algemeen Tijdschrift voor Zuid-Afrika . . 1859 „ 443
Macqueen, Notes on the geography of Central-Africa . 1857 „ 275
Solomon, Lectures on the native tribes of the Interior 1858 „ 77
Livingstone, Missionary Travels and Researches . 1858 S. 76, 177
Livingstone, Missionsreisen u. s. w. Deutsch von Lotze 1858 S. 560
Adams, Dr. Livingstone, his life and adventures . 1857 „ 222
Malte-Brun, Résumé des explorations faites par Livingstone 1857 „ 275
Cortambert, Esquisse de la géogr. de l'Afrique australe 1858 „ 560
Kiesewetter, Forschungsreisen im Inneren Afrika's . 1858 „ 560
Andree, Süd-Afrika und Madagaskar . . . . 1858 „ 560
Hunfalvy, Magyar László délafrikai levelei . . . 1857 „ 439
Hunfalvy, Ladisl. Magyar's Reisen in Süd-Afrika . 1858 „ 170;
　　1859 S. 276.
Bastian, Ein Besuch in San Salvador . . . . 1859 „ 167
Andersson, Reisen in SW.-Afrika, 1850—54 1857 S. 540; 1858 „ 76
Andersson, The Okavango river . . . . . 1861 „ 368
Hahn, Grammatik des Hereró . . . . . . 1858 „ 175
Tindall, Lectures on Great Namaqualand . . . 1858 „ 77
Wallmann, Die Formenlehre der Namaqua-Sprache . 1858 „ 175

L. Zerrenner, Reise des Ingenieurs Thies nach den Kupfer-
　　bergwerken Namaqua-Lands . . . . . 1860 S. 243
Knop, Die Kupfererzz-Lagerstätten v. Klein-Namaqua-Land 1862 „ 199
Bleek, The Languages of Mosambique . . . . 1857 „ 154
Bleek, Grammar of South African languages . . 1862 „ 398
Baldwin, African Hunting from Natal to the Zambesi . 1863 „ 197
Meidinger, Die Süd-Afrikanischen Kolonien . . 1862 „ 40
Mason, Life with the Zulus of Natal . . . . 1856 „ 172
Literatur aus Süd-Afrika, besonders Natal . . . 1856 „ 196
Coqui, Practical remarks on the colony of Natal, 1856 1857 „ 154
Seventh annual report of the Natal Agricultural Society 1858 „ 77
Mann, A description of Natal . . . . . . 1860 „ 243
Ente, Natal en Nieuw-Gelderland . . . . . 1863 „ 196
Sanderson, The Zulu and Amatonga countries . . 1864 „ 119
Sutherland, Memoir respecting the Kaffers etc. . . 1858 „ 77
Shooter, The Kafirs of Natal and the Zulu country . 1858 „ 301
Maclean, Compendium of Kafir laws and customs . 1858 „ 560
Skead, Africa, S. W., S. and S. E. coasts . . . 1862 „ 40
Maclear, Meteorological observations at the Cape of
　　Good Hope . . . . 1858 S. 42, 175
Irons, The settler's guide to the Cape of Good Hope 1858 S. 560
Documents printed for the House of Assembly, Cape Town 1858 „ 77
Votes of the House of Assembly, Cape Town . . 1858 „ 77
Pappe, Silva Capensis . . . . 1858 „ 77
Pappe, Edible Fishes at the Cape of Good Hope . 1858 „ 77
Hall, Map of South Africa, 2 Bl. . . . . . 1859 „ 276
Missions-Atlas von Süd-Afrika . . . . . . 1863 „ 200

9. Afrikanische Inseln.

N. Die Coehenille-Zucht auf den Kanarischen Inseln . 1857 S. 276
Bevölkerung der Capverdischen Inseln im Jahre 1860 . 1862 „ 433
Mann's Besteigung des Clarence Peak auf Fernando Po 1862 „ 151
Die Französ. Kolonisations-Versuche in Madagaskar . 1856 „ 157
Schläfli's projektirte Reise nach Madagaskar . . 1863 „ 549
Daullé über Mayotte und Nossi-Bé . . 1858 S. 566, Nr. 32
Höhen auf Mauritius . . . . 1859 „ 489, „ 3
Census von Mauritius, 1857 . . . . . 1859 „ 489, „ 3
Statistisches über Réunion . . . . . 1858 „ 566, „ 33
L. Smyth, The Teneriffe astronomical experiment of 1856 1859 S. 488
Carta esferica de la Isla de la Gran Canaria . . 1857 „ 440
Ellis, Three visits to Madagascar . . . . . 1859 „ 83
Barbié du Bocage, Madagascar . . . . . 1859 „ 356
Hartlaub, Ornitholog. Beitrag zur Fauna Madagaskars 1861 „ 166
Anderson, Descriptive account of Mauritius . . 1859 „ 488

IV. AUSTRALIEN UND POLYNESIEN.

Abkürzungen: A.: Aufsätze; N.: Notizen; L.: Literatur.

1. Australien und Polynesien im Ganzen.

N. Census von Australien, Neuseeland und Tasmania 1857 1857 S. 486
Die Bevölkerung von Australien und Polynesien . 1860 „ 407
Die Bevölkerung der Australischen Kolonien 1861 . 1862 „ 36
L. Bibliographie . 1857 S. 114, 155, 224, 235, 238, 276, 363, 366,
　　442, 493, 496, 541. — 1858 S. 78, 85, 86, 176, 264, 266, 302,
　　391, 394, 439, 524, 535, 538, 567, 594, 596. — 1859 S. 320,
　　322, 399, 402, 530. — 1860 S. 212, 283, 323, 424, 447.—
　　1861 S. 87, 88, 167, 244, 326, 403. — 1862 S. 116, 199, 318,
　　399. — 1863 S. 238. — 1864 S. 78, 197, 318, 397.
The rise and progress of Australia, Tasmania and
　　New Zealand . . . . 1857 S. 54
Papers relative to Crown Lands in the Australian Colonies 1857 „ 114
v. Sydow, Wandkarte von Australien . . . 1856 „ 308
Petermann, Karta von West-Australien, Tasmania und
　　Neu-Seeland . . . . 1863 S. 27; 1864 „ 155

2. Das Australische Festland, Reisen durchs Innere.

A. Petermann, Zur politischen und statistischen Geographie
　　von Australien im Allgemeinen und von der Provinz
　　Victoria im Besonderen . . . . . 1855 S. 262
Petermann, Zur Geographie von Australien und Tas-
　　mania (Statistisches) . . . . . . 1856 S. 439
Browne, Die Eingebornen Australiens . . . . 1856 „ 443
Stuart's Reise durch das Innere, 1860 . . 1861 S. 38 u. 174
Stuart's und Burke's Reisen durch das Innere, 1861 . 1862 S. 57
Die Expeditionen von McKinlay und Stuart durch
　　Australien, 1861/62 . . . . . . 1863 „ 147
N. Der kartograph. Standpunkt Südost-Australiens 1861 1862 „ 112
Neue Karte von Australien von Petermann . . 1863 „ 153
Murchison über die Goldlager Australiens . . 1857 „ 341
Die Hebung des Australischen Kontinents, nach Becker 1858 „ 477
Australien der älteste Kontinent der Erde . . 1859 „ 207

N. Das Innere von Australien . . . . 1855 S. 127
Ausdehnung der Dampfschifffahrt im Innern 1859 S. 208; 1862 „ 152
Strenge Witterung in Australien 1855 . . . . 1856 „ 158
Wilhelmi über Nahrungs- und Nutzpflanzen Australiens 1857 „ 527
Ferd. Müller's Gutachten über den Baumwollenbau . 1861 „ 403
Der Weinbau in Australien . . . . 1861 „ 477
Die Chinesen in Australien . . . . 1855 „ 333
Akklimatisation von Alpacas in Australien . . . 1863 „ 103
Der Telegraph von Europa nach Australien . . . 1860 „ 198
Leichhardt's Schicksal . . . . 1857 „ 225
A. Gregory's Überlandreise von Sydney nach Adelaide 1858 S. 568, Nr. 9
Kameele zur Erforschung des Innern . . . . 1860 S. 79
Stuart's, Tolmer's und Burke's Abreise ins Innere . 1860 „ 45
Tolmer's Reise verschoben . . . . 1860 „ 157
Crawford's Untersuchung der Barrier- und Grey-Berge 1860 „ 157
Burke's Expedition . . . . 1861 S. 120 u. 399; 1862 „ 433
Stuart's Karte seiner Route durch Australien . . 1861 „ 357
Stuart's zweite Reise durch das Innere, 1861 . . 1861 „ 479
Stuart's dritte Reise durch das Innere, 1862 1862 S. 311; 1863 „ 109
Die Kosten der Süd-Australischen Expeditionen . . 1864 „ 152
L. Major, Early voyages to Terra Australis . . . 1860 „ 244
van Dijk, Twee togten naar de Golf van Carpentaria 1860 „ 244
Sidney, Geschichte von Neu-Süd-Wales, Victoria und
     Süd-Australien . . . . 1855 „ 171
Büchele, Australien in der Gegenwart . . . . 1855 „ 334
Bruhn, Die Australischen Kolonien . . . . . 1856 „ 40
Meidinger, Die Britischen Kolonien in Australien . 1861 „ 124
Waugh's Australian Almanac for 1858 . . . . 1858 „ 567
Odernheimer, Das Festland Australiens . . . . 1861 „ 403
Papers relative to the discovery of gold . . . . 1857 „ 276
Davison, Discovery of gold deposits in Australia . 1861 „ 167
Clarke, Recent geological discoveries . . . . 1862 „ 318
Zuchold, Dr. Ludwig Leichhardt, biographische Skizze 1857 „ 155
Mundy, Wanderungen in Australien und Vandiemensland 1856 „ 491
The Burke and Wills exploring expedition . . . 1862 „ 319
Supplementary pamphlet to the Burke exploring expedit. 1862 „ 399
Australian exploring expedition (Burke) . . . . 1862 „ 400
Wills, Exploration through the interior . . . . 1863 „ 240
Berichte über die Reisen durchzulaufen 1862 S. 464; 1863 S. 73, 193
Stuart, Journal of Australian Exploration, 1859 u. 1860 1862 S. 319
Hardman, The journals of J. McD. Stuart, 1858—62 1864 „ 318
Davis, Tracks of McKinlay across Australia . . 1864 „ 78
Grad, L'Australie intérieure . . . . 1864 „ 79
Heywood, A vacation tour at the antipodes . . . 1863 „ 239
Kartographischer Standpunkt Südost-Australiens 1861 1862 „ 112
Die Publikationen der Englischen Admiralität 1855 S. 76; 1858 „ 524;
     1861 S. 430.
Black's General map of Australia . . . . . 1857 „ 155
Petermann, Karte von Australien . . 1863 S. 153; 1864 „ 155
Map of discovery by J. McD. Stuart, 1860 . . . 1861 „ 357

3. Queensland.

A. Queensland, die neue Britische Kolonie . . . 1861 S. 32
Dalrymple's Expedition nach dem Burdekin, 1860 . 1861 „ 385
N. Frau Bingmann über d. Eingebornen u. Produkte des Landes 1861 „ 244
Daboc über das Klima der Widebay-Distriktes . 1862 „ 318
Dalrymple's Entdeckung des McKay- u. O'Connell-Flusses 1863 „ 69
Der untere Lauf des Burdekin-Flusses . . . . 1863 „ 271
Die Rockingham-Bai u. ihre Verbindung mit dem Inneren 1864 „ 391
Eine Niederlassung an d. Torres-Strasse 1863 S. 70; 1864 S. 397 (Bowen)

4. Neu-Süd-Wales.

N. Kohlenproduktion von Neu-Süd-Wales . . . . 1864 S. 34
Statistik von Riverina . . . . 1864 „ 488
Crawford's Untersuchung der Barrier- und Grey-Berge 1860 „ 137
Cadell über den Paroo-Fluss . . . . 1862 „ 399
Krefft, Die Schlangen der Umgegend von Sydney . 1862 „ 395
Krefft's neuere Arbeiten über Australische Reptilien . 1864 „ 152
L. Description of the colony of New South Wales . 1858 „ 567
Clarke, Researches in the southern goldfields . . 1861 „ 124
Catalogue of the products of New South Wales . 1862 „ 399
Pearson, Map of New South Wales . . . . . 1862 „ 319
County Maps of New South Wales . . . . . 1864 „ 80

5. Victoria.

A. Petermann, Zur politischen und statistischen Geographie
     von Victoria . . . . 1855 S. 263
Petermann, Zur physikalischen Geographie von Victoria 1855 „ 345
N. Die Landesvermessung der Kolonie . . . . 1863 „ 486
Ulrich über die geognostischen Aufnahmen . . . 1856 „ 580
Goldreichthum der Kolonie Victoria . . . 1857 S. 55 u. 210
Entdeckung reicher Goldlager durch die Chinesen . 1860 S. 196
Statistisches, 1853—54 . . . . 1857 „ 114
Die Austral. Alpen, Müller's Forschungen 1855 S. 353; 1856 „ 156;
     1859 S. 208.
Becker's projektirte Expedition nach den Austral. Alpen 1860 „ 46
v. Schenk's und Wilhelmi's Reise in den Crampians . 1857 „ 204
Das Aussterben der Eingebornen . . . . . 1863 „ 110
Die Royal Society von Victoria . . . . . . 1860 „ 199
Entdeckung einer Riesenschlange mit Füssen . . 1858 „ 43
L. Statistics of the colony of Victoria etc. . . . 1857 „ 114
Westgarth, Victoria in 1857 . . . . 1857 „ 442
Hannaford, Jottings in Australia . . . . . 1858 „ 567
Description of the colony of Victoria . . . . 1858 „ 567
Third meteorological report . . . . 1860 „ 244
Neumayer, Results of magnetical observations, Melbourne 1862 „ 199
Transactions of the Philosophical Institute of Victoria 1861 „ 124
Transactions of the Royal Society of Victoria . . 1863 „ 240
Condition and prospects of the goldfields . . . 1862 „ 319
Report on the resources of the colony . . . . 1862 „ 319
Die Kolonie Victoria, ihre Hülfsquellen u. s. w. . 1862 „ 400
Catalogue of the Victorian Exhibition, 1861 . . 1863 „ 238
Müller, The Plants indigenous to the colony . . 1863 „ 239

6. Süd-Australien.

A. Die neuesten Entdeckungen in Australien (Hack) . 1856 S. 373
Die neuesten Entdeckungen im Innern von Australien
     (Hack, Warburton, Babbage, Stuart, 1857—58) . 1859 „ 129
Das Torrens-Becken und die umliegenden Landstriche
     (nach Eyre, Frome, Sturt, Goyder, Freeling, Babbage,
     Warburton, Stuart, Gregory, Selwyn, McDonnell,
     Hack, Parry, Stuckey) . . . . 1860 S. 291 u. 373
Der Eyre-See und sein südwestliches Flussgebiet (nach
     Goyder, Stuart u. A.) . . . . 1863 S. 299
N. Süd-Australische Flora, nach Behr . . . . 1856 „ 255
Babbage über den Weinbau in Süd-Australien . . 1858 „ 362
Die Regenmenge in Süd-Australien, 1839—59 . . 1860 „ 241
Die Kupferproduktion von Süd-Australien, nach Brues 1862 „ 311
Die Deutschen in Süd-Australien . . . . . 1862 „ 434
Young's Reise nach Port Augusta, 1854 . . . 1857 „ 114
Hack's Reise 1857 . . . . 1857 S. 443; 1858 „ 373
Stuart's Reise 1859 . . . . 1859 „ 485
Holroyd's Reise in Süd-Australien, 1859 . . 1860 S. 46 u. 78
McDonnell's Reise ins Innere . . 1860 S. 241, 299, 375, 562
Warburton's Reise nach der Streaky Bay, 1860 . 1861 S. 168
McFarlane's Reise 1863 . . . . 1864 „ 229
Die Kosten der Süd-Australischen Expeditionen . 1864 „ 152
L. Description of the colony of South Australia . 1856 „ 567
Sinnett, Account of South Australia . . . . 1862 „ 319
Higginson and Painter, Map of South Australia . 1856 „ 306

7. West-Australien.

A. Neue Karte von West-Australien von Petermann . 1863 S. 17
Frank Gregory's Reise in Nordwest-Australien, 1861 1862 „ 291
Dempster's Reise ins Innere, 1861 . . . . . 1863 „ 96
Lefroy's Reise ins Innere, 1863 . . . . . . 1864 „ 295
N. Hargraves über die Geologie von West-Australien 1864 „ 79
Austin's Reise ins Innere von West-Australien, 1854 1857 „ 519
Müller über die Pflanzensammlung der Gregory'schen
     Expedition von 1861 . . . . 1863 „ 239
Expeditionen von Dempster und Lefroy . . . 1863 „ 351
Eine Ansiedelung am Glenelg-Fluss in NW.-Australien 1864 „ 151

8. Nordküste von Australien.

A. A Gregory's Expedition in Nord-Australien, 1855—56,
Müller's Bericht . . . . 1857 S. 199
Die Besiedelung von Arnhem's Land . . . 1864 S. 21 u. 94
Die Flussgebiete des Albert, Nicholson und Leichhardt
(nach Stokes, Leichhardt, Gregory, Landsborough und
M'Kinlay) . . . . 1864 S. 175 u. 241
Gründung einer Kolonie in Nord-Australien . . 1864 S. 334
N. A. Gregory's Expedition in Nord-Australien 1855 S. 328; 1857 „ 155;
1864 S. 179.
Murchison über die Kolonisation der Nordküste . 1857 „ 341
Wilson über Geologie u. Klima von Nord-Australien 1858 S. 568, Nr. 10
Chinmo's Reise nach dem Albert-Fluss, 1856 1857 S. 225 u. 443;
1864 S. 181.
Flood's Fahrt auf dem Albert-Fluss, 1857 1859 S. 84 ; 1864 S. 181
L. Earl, Handbook for colonists in tropical Australia . 1864 „ 79
Flood , Ascent of the Albert River . . . 1859 „ 84

9. Tasmania.

A. Petermann, Zur Geographie von Tasmania . . . 1856 S. 441
Neue Karte von Tasmania von Petermann . . 1863 „ 31
N. Zur Phyto-Geographie von Tasmania . . . 1855 „ 331
Erforschung von Tasmania . . . . . 1860 „ 46
Die Inseln der Bass-Strasse und ihre Bewohner . 1863 „ 156
L. Mundy , Wanderungen in Australien u. Vandiemensland 1856 „ 491
Description of the colony of Tasmania . . . 1858 „ 567

10. Neu-Seeland.

A. Haast, Dr. Hochstetter's Reise durch die nördl. Insel, 1859 1860 S. 107
v. Hochstetter, Geographische Skizze von Neu-Seeland 1862 „ 367
v. Hochstetter, Der Isthmus von Auckland . . 1862 „ 81
v. Hochstetter, Roto mahana oder der Warme See 1862 „ 263
v. Hochstetter, Die Provinz Nelson . . . 1863 „ 13
Neue Karte von Neu-Seeland von Petermann . 1863 „ 31
Haast's Forschungen in den Alpen Neu-Seelands . 1863 „ 214
Ein Pass in den Alpen Neu-Seelands (nach Haast) . 1863 „ 375
Whitcombe's Reise durch die Südlichen Alpen . 1864 „ 216
N. Stand der Landesvermessung im Jahre 1859 . 1860 S. 107 Anm.
Kartographischer Standpunkt von Neu-Seeland . 1863 S. 351
Politische Eintheilung und Bevölkerung 1861 . 1862 „ 435
Neu-Seeland, ein günstiges Auswanderungs-Gebiet . 1858 „ 478
Porter, Census der Provinz Canterbury . . . 1857 „ 395
Die neue Provinz Southland . . . 1861 S. 403 ; 1864 „ 34
Die Novara-Expedition auf Neu-Seeland . . . 1859 „ 407
v. Hochstetter's Forschungen in Neu-Seeland . . 1860 „ 40
Expedition in der Provinz Nelson (Haast, Mackay u.s.w.) 1860 „ 199;
1861 S. 19; 1862 S. 36.
Haast's Erforschung der Alpen Neu-Seelands 1862 S. 36; 1863 „ 73;
1864 S. 157.
Hector's Forschungen in Neu-Seeland . . . 1864 „ 79
Die erste Eisenbahn auf Neu-Seeland . . . 1864 „ 153
Entdeckung eines Kohlenlagers in der Bay of Islands . 1864 „ 353
Ein neues Goldfeld am Pelorus . . . . 1864 „ 353
L. Taylor , Ika a Maui . . . . . . 1856 „ 163
Cooper, The New Zealand Settler's Guide . . 1857 „ 224
Hursthouse, New Zealand . . . . . 1857 „ 442
Swainson, New Zealand and its colonisation . . 1859 „ 444
v. Hochstetter, Neu-Seeland . . . . . 1864 „ 79
Shortland, Traditions of the New Zealanders . . 1857 „ 276
Thomson, The Story of New Zealand . . . 1860 „ 244
Descriptions of the provinces of New Zealand . . 1858 „ 567
Beschreibung v. Neu-Seeland für die Weltausstellung 1864 S. 157, 567
Shaw, A gallop to the Antipodes . . . . 1859 S. 279
New Zealand, Native affairs, 1863 u. 1864 . . 1864 „ 197
Haast, Exploration of the Nelson Province . . 1862 „ 37
Haast, Geological survey of Mt. Pleasant . . 1862 S. 399

L. Haast, Address to the Philos. Institute of Canterbury 1863 „ 239
Kartographischer Standpunkt von Neu-Seeland . . 1863 „ 351
v. Hochstetter und A. Petermann, Atlas von Neu-Seeland 1864 „ 80
Publikationen der Englischen Admiralität 1855 S. 76; 1857 „ 443;
1858 S. 176, 524.
Map of the province of Auckland, 1859 . . . 1859 „ 444
Map of the province of Otago . . . . . 1862 „ 319
Browning, Map of the province of Canterbury . 1864 „ 80

11. Neu-Guinea und Aru-Inseln.

N. Expedition des „Etna" nach Neu-Guinea 1858 S. 254 u. 470; 1863 S. 239
Bernstein's Expedition nach Neu-Guinea . . . 1861 „ 120
Politische Verhältnisse von Neu-Guinea . . . 1859 „ 190
Die Paradiesvögel, nach Wallace . . . . 1863 „ 192
Wallace über die Arru-Inseln . . . 1858 S. 558, Nr. 28
L. Nieuw Guinea, ethnogr. en natuurkundig onderzocht 1858 1863 S. 239

12. Die kleineren Inselgruppen Polynesiens.

A. Behm, Das Amerikanische Polynesien und die politischen
Verhältnisse in den übrigen Theilen des Grossen
Oceans im Jahre 1859 . . . 1859 S. 173; 1860 S. 485
Hague, Die Guano-Inseln des Grossen Oceans . . 1863 „ 81
Die Viti- oder Fiji-Inseln im Grossen Ocean . . 1861 „ 67
Petermann, Die Viti- oder Fiji-Inseln . . . 1862 „ 262
Salerio über die Inseln im Osten von Neu-Guinea . 1862 „ 341
N. Bevölkerung von Micronesien, nach Gulick . . 1863 „ 435
Notizen über die Sandwich-Inseln . . 1856 S. 570, Nr. 19
Erweiterung des Reiche Kamehameha's . . . 1859 S. 188
Besitznahme der French Frigate's Shoal durch die Ver-
einigten Staaten . . . . . . 1859 „ 189
Harvey's Aufnahmen im Sandwich-Archipel . . 1861 „ 82
Paty's Erforschung der Inseln nordwestl. d. Hawai-Gruppe 1857 „ 526
Die Französischen Kolonien in der Südsee . . 1859 „ 191
Neu-Caledonien . . . . 1857 „ 541
Pancher's u. Vieillard's Berichte über Neu-Caledonien 1858 S. 569, Nr. 17
Chambeyron's u. Marchant's Reisen auf Neu-Caledonien 1863 S. 340
Bevölkerung der Marquesas-Inseln . . . . 1857 „ 530
Die Tuamotu-Inseln . . . . . . 1864 „ 391
Die Clipperton-Insel Französisch . . . . 1859 „ 188
Die Bonin-Inseln . . . . 1859 „ 189
Die Marianen und Karolinen . . . . . 1859 „ 190
Gulick über die Insel Ponape von den Karolinen 1858 S. 569, Nr. 15
Die Novara bei der Insel Puynipet . . . 1859 S. 405
Die Novara beim Stewart-Atoll . . . . 1859 „ 406
Die Novara bei Tahiti . . . . . . 1859 „ 408
Die Viti-Inseln, eine Englische Kolonie . . . 1861 „ 235
Seemann's Besuch der Insel Kantavu, Viti-Gruppe . 1861 „ 326
Suva, die künftige Hauptstadt der Viti-Inseln . . 1861 „ 359
Nachrichten über die Fiji-Inseln, nach Egerström . 1864 „ 229
Zur Ornithologie der Schiffer-Inseln, nach Mills . 1855 „ 332
Die Cook-Inseln, nach Royle . . . . . 1861 „ 156
Christmas Island im Grossen Ocean . . . . 1858 „ 427
Neue Entdeckungen im Amerikanischen Polynesien . 1860 „ 485
Die Fanning-Insel von England in Besitz genommen . 1861 „ 398
Ein Besuch bei den Union-Inseln . . . . 1861 „ 478
Die Pitcairn-Insel und ihre Bewohner . . . 1856 „ 386
Die Belgische Expedition nach den Salomons-Inseln . 1862 „ 36
Entdeckung einer neuen Strassenart auf Birara . . 1858 „ 43
L. Gulick, Micronesia of the Pacific Ocean . . . 1862 „ 399
Hill, Travels in the Sandwich and Society Islands . 1856 „ 347
Hopkins, Hawaii . . . . 1862 „ 400
Vieillard et Deplanches, Essais sur la Nouv.-Calédonie 1863 „ 240
Rowe, Fiji and the Fijians . . . . . 1859 „ 167
Correspondence relative to the Fiji Islands . . 1862 „ 400
Carte de la Nouvelle-Calédonie . . . . 1857 „ 155

V. AMERIKA.

Abkürzungen: A.: Aufsätze; N.: Notizen L.: Literatur.

1. Nord- und Süd-Amerika.

A. Scherzer, Bericht über eine Reise nach Nord- und
Mittel-Amerika . . . . 1856 S. 241
N. Kohl's Arbeiten über die Geschichte der Entdeckungen
und Reisen in Amerika . . . . 1857 „ 267
Welches ist der höchste Berg der Neuen Welt? . 1858 „ 43
Geograph.-statistische Übersicht der Staaten Amerika's 1858 „ 381
Geographische Verbreitung der Papageien in Amerika . 1856 „ 386
Reisen und Betriebsamkeit von Italienern in Amerika . 1855 „ 328
L. Helps, The Spanish Conquest in America . . 1856 „ 345
Smyth, History of the New World by Benzoni . 1857 „ 444
Kohl, Plan of a depot for the history of America . 1857 „ 444
Kohl, Catalogue of maps relating to America . 1857 „ 444
de Varnhagen, Vespuce et son premier voyage . 1858 „ 486
d'Avezac, Les voyages d'Améric Vespuce . . 1858 „ 570
Kunstmann, Die Entdeckung Amerika's, mit Atlas . 1859 „ 357
Kletke, A. v. Humboldt's Reisen in Amerika und Asien 1858 „ 581
r. Humboldt's Reise in die Äquinoktial-Gegenden des
Neuen Kontinents. Deutsch von Hauff . . 1860 „ 362
Hill, Travels in Peru and Mexico . . . . 1860 „ 362
Vigne, Travels in Mexico, South America etc. . 1864 „ 199
Ludewig, The literature of American aboriginal languages 1858 „ 78
Objects and organization of the American geogr. Society 1857 „ 444
Transactions of the Academy of Science of St. Louis . 1857 „ 444
v. Sydow, Wandkarte von Nord- und Süd-Amerika . 1856 „ 308
Die Publikationen der Engl. Admiralität 1855 S. 77; 1857 „ 445;
1858 S. 122, 525, 571; 1859 S. 277; 1861 S. 430.

2. Nord-Amerika.

A. Schmidt, Grundzüge der westl. Hälfte Nord-Amerika's 1856 S. 260
N. Areal von Nord-Amerika . . . . . . 1855 „ 142
Welches sind die Kulminationspunkte der Vereinigten
Staaten und ganz Nord-Amerika's? . . . 1864 „ 354
Whittlesey, Niveau-Veränderungen der grossen See'n . 1857 „ 382
Die Heimath des Zucker-Ahorns . . . . 1855 „ 330
Die Eisenbahnen in den Verein. Staaten u. Canada, 1857 1857 „ 280
Telegraphische Längenbestimmungen in Nord-Amerika 1860 „ 242
L. Bibliographie   1856 S. 163, 306. — 1857 S. 55, 114, 156, 225,
235, 238, 278, 363, 366, 444, 493, 496, 542. — 1858 S. 85,
88, 122, 264, 266, 302, 392, 434, 486, 525, 535, 538, 570,
594, 596. — 1859 S. 390, 322, 400, 402, 530, 532. — 1860
S. 122, 124, 283, 284, 323, 324, 447, 448. — 1861 S. 87, 88,
168, 245, 326, 403. — 1862 S. 118, 200, 319, 484. — 1863
S. 277. — 1864 S. 197, 318, 398.
Russell, North America, its culture and climate . 1857 S. 444
Marcou, Geology of North America . . . . 1858 „ 570
Murray, Lands of the slave and the free . . 1857 „ 444
A trip through the Lakes of North America . 1858 „ 122
Fröbel, Aus Amerika . . . . 1858 „ 122
Shea's Library of American Linguistics . . 1862 „ 397
Fisher, Statistical supplement to Dinsmore's American
Railway Guide . . . . 1857 „ 278
Appleton's Handbook of American travel . . 1857 „ 444
Appleton's Railway and Steam Navigation Guide . 1857 „ 444
v. Sydow, Wandkarte von Nord-Amerika . . 1855 „ 120
Rogers and Johnston, Atlas of North America . 1857 „ 225
Monk's New American Map . . . . . 1857 „ 542

3. Russisches Nord-Amerika.

A. Die neueren Aufnahmen und Forschungen im nordwest-
lichsten Theil von Nord-Amerika. Zum Theil nach
dem Eskimo-Geographen Erk-sin-ra . . . 1859 S. 41
N. Das Russische Amerika, Bewohner und Eintheilung . 1863 „ 70
Ertrag der Russischen Besitzungen am Stillen Ocean . 1856 „ 486
Sagoskin's Reise, 1842—1844 . . . . . 1857 „ 211
Kiriby's Reise nach der Mündung des Jukon, 1862 . 1863 „ 278
Magnetische Störungen u. Nordlicht zu Point Barrow 1857 „ 390

N. Die Luft-Temperatur zu Point Barrow . . 1857 S. 390
Meteorologische Beobachtungen zu Ikogmut . 1860 S. 362, Nr. 1
L. Golowin, Über die Russischen Kolonien in Amerika . 1863 S. 277
Tiebmenieff, Historische Übersicht der Russisch-Ameri-
kanischen Kompagnie . . . . . . 1864 „ 280
Vessélofski, Sur le climat d'Ikogmut . . . 1860 „ 362
Russische Seekarten vom nördlichen Grossen Ocean . 1858 „ 74

4. Britisches Nord-Amerika und Bermudas-Inseln.

A. Marcou, Geologie der Vereinigten Staaten und der Eng-
lischen Provinzen . . . . 1855 S. 149
Palliser's Erforschungs-Expedition, 1857—59 . 1860 „ 11
Die Canadische Expedition nach dem Red River, 1857—58 1860 „ 32
Lieber, Die astronom. Expedition nach Labrador, 1860 1861 S. 78, 213
Reichel, Labrador, Bemerkungen über Land und Leute 1863 S. 121
Charakteristik von Neu-Fundland, nach Perley . 1863 „ 242
Britisch-Columbia und Vancouver-Insel . . 1858 „ 502
Der San Juan- oder Haro-Archipel . . . 1859 „ 491
Der Fraser River in Britisch-Columbia . . 1860 „ 49
Der Stikin-Fluss im Brit. Nord-Amerika, nach Blake 1864 „ 171
N. Handel und Schifffahrt von Canada, 1855 . . 1857 „ 278
Städte-Bevölkerung von Canada, 1861 . . 1861 „ 357
Die Erdöl-Quellen in West-Canada   1861 S. 245 (Western Canada)
Bevölkerung v. Canada u. den benachbarten Kolonien, 1861 1862 S. 351
Die Manitoulin-Insel im Huron-See . . . 1863 „ 70
Bevölkerung der Hudsonbai-Länder . . . 1858 „ 72
Zur Charakteristik des Territoriums der Hudsonbai-
Kompagnie: umherziehende Forts; wo ist Fort Nascopie? 1858 „ 379
Palliser's Expedition 1857—59   1858 S. 525, Nr. 2, S. 577, Nr. 24
Thompson's Arbeiten über die Hudsonbai-Länder 1860 S. 37 Anm.
Mason's Winterreise von der York-Faktorei nach Churchill 1857 S. 227
Kennicott's Exped. durch die Hudsonbai-Länder 1859—62 1864 „ 357
Die Red-River-Kolonie, nach Ross . . . 1856 „ 234
Die Kakabeka-Fälle . . . . 1858 „ 117
Smith über eine Eisenbahn durch Britisch-Nord-Amerika 1862 „ 320
Vorstudien zur Telegraphenlinie durch Brit.-N.-Amerika 1864 „ 354
Hall's Erforschung der Frobisher-Bai in Nord-Amerika 1860 „ 486;
1863 S. 110, 319.
Das Klima von Neu-Fundland . . . . 1861 „ 151
Cape Race, das Ostende des Amerik. Telegraphensystems 1861 „ 403
Grant's Beschreibung der Vancouver-Insel . 1858 „ 119
Meteorol. Beobachtungen zu New Westminster 1863 S. 277 (Jamea)
Die Britische Kolonie Stickeen . . . . 1863 S. 237
L. Neueste Literatur über Canada . . . . 1856 „ 161
Kohl, Reisen in Canada . . . . . . 1856 „ 347
Hutton, Canada . . . . 1857 „ 225
Traill, The Canadian Settler's Guide . . . 1857 „ 225
Tables of the trade and navigation of Canada . 1857 „ 277
The Canadian Naturalist and Geologist . . 1857 „ 277
Sabine, Magnetical observations at Toronto . 1858 „ 122
The Canada Directory for 1857—58 . . . 1858 „ 570
Meidinger, Canada's rasches Aufblühen . . 1858 „ 570
Canada, eine Darstellung d. natürlichen Verhältnisse u. s. w. 1858 „ 570
French, Anweisung für Ausiedler in Canada . 1859 „ 84
La Canada, courte esquisse etc. . . . . 1859 „ 84
Jacques Cartier's Reise nach Canada 1535—36 . 1864 „ 73
Geological Survey of Canada . . . . 1864 „ 197
Morris, Nova Britannia . . . . . . 1858 „ 570
Report of the committee on the Hudson's Bay Company 1858 S. 302, 440
Return to an Address resp. the Hudson's Bay Company 1858 S. 570
Hind, Canadian Red River Expedition of 1857 . 1861 „ 125
Hind, Reports of the Saskatchewan Expedition . 1861 „ 168
Ross, The Red River settlement . . . . 1856 „ 306
Literatur über Britisch-Columbia u. Vancouver-Insel 1858 S. 514 Anm.
Mayne, Four years in British Columbia . . 1863 S. 278
Bermuda, a colony, a fortress and a prison . 1857 „ 114
Jones, The Naturalist of Bermuda . . . 1859 „ 168
Maps of Canada, bel. to report of the Commissioner of
Crown Lands . . . . 1858 „ 571

5. Vereinigte Staaten.

A. Petermann, Die Hauptresultate des Census von 1850 . 1855 S. 128
Der achte Census, 1860, und die neuen Territorien Colorado, Nevada und Dakota . . . . . 1861 S. 194, 397
Marcou, Geologie der Vereinigten Staaten und der Englischen Provinzen . . . . 1855 S. 149
Gumprecht, Der Weinbau in den Vereinigten Staaten . 1856 „ 222
Verbreitung der Kultur-Produkte in den Verein. Staaten 1856 „ 408
Forschungen u. Messungen im Gebirgssystem d. Alleghanies 1860 „ 263
Geographische Beschreibung von Kansas . . . 1855 „ 259
Das Innere des Nord-Amerikanischen Kontinents, Résumé der Forschungen Lieut. Warren's 1855 und 1856 . 1858 „ 272
Marcy's Erforschung des Quellgebietes des Big Witchita und Brazos . . . . 1859 „ 36
Die Erforschung der Black Hills durch Warren u. Hayden 1860 „ 53
Bartlett, Zur Thier-Geographie von Texas, Neu-Mexico, Californien u. s. w. . . . . 1855 „ 121
Douai, Geographisches von Texas . . . . 1864 „ 121
Schmidt, Das Thal des Grossen Salzsee's von Utah und die Heerstrasse nahe dem 41. und 42. Parallel nach demselben . . . . 1858 „ 280
v. Richthofen, Die Metall-Produktion Californiens Ergbd. III, Nr. 14

N. Areal der Flussgebiete, nach Abert . . . 1855 S. 141
Ausdehnung der Flussschifffahrt, nach Abert . . 1855 „ 142
Länge der Küsten, nach Bache . . . . 1855 „ 142
Kosten der Küsten-Vermessung . . . . 1859 „ 519
Eisenbahnen im Jahre 1855 . . . . . 1855 „ 332
Verkehrslinien im Jahre 1856 . . . . 1857 „ 56
Handel und Industrie der Vereinigten Staaten 1855—56 1858 „ 381
Der Briefverkehr in den Vereinigten Staaten, 1855 . 1858 „ 44
Statistik der Natur-Erzeugnisse, 1855 . . . 1856 „ 194
Hopfenbau in den Vereinigten Staaten . . . 1856 „ 78
Die geographische Verbreitung des Mesquite-Baumes . 1858 „ 45
Die Städte Nord-Amerika's und ihre Nomenclatur . 1856 „ 156
Längenbestimmungen von Sternwarten u. s. w. 1862 S. 485 (Report)
Graham's Positionsbestimmungen in den nordwestlichen Staaten . . . . 1862 S. 484 (Graham)
Statistik der Indianer-Stämme 1789, 1825, 1853, 1863 1855 S. 130; 1864 S. 231.
Die Fremden in den Vereinigten Staaten 1860 . 1864 „ 231
Die Sterblichkeit in den verschiedenen Theilen der Ver. St. 1863 „ 272
Spiller über die Einwanderung d. Deutschen, Statistisches 1863 „ 278
Zur Religions-Statistik Nord-Amerika's . . 1855 S. 134, 331
Grossartigkeit und Luxus der Amerikan. Reisewerke . 1858 S. 119
Das grosse Eisenbahn-Projekt über die Rocky Mountains 1856 „ 77
Strassen nach dem Grossen Ocean . . . 1858 „ 72
Die Hauptrouten nach dem Stillen Ocean . . 1859 „ 308
Einwohnerzahl der New York, 1700—1855 . . 1855 „ 303
Cook über das Sinken der Küste von New Jersey . 1857 „ 380
Guyot, Höhenmessungen d. White Hills v. New Hampshire 1857 „ 386
Guyot's hypsometrische Messungen in den Alleghanies 1857 „ 527
Taylor's Schilderung des Catskill-Gebirges . . 1861 „ 78
Die Rapp'sche Kolonie in Pennsylvanien . . 1857 „ 227
Die Erdöl-Quellen in Pennsylvanien, Virginien und Ohio 1861 „ 151
Vorkommen des Paraguay-Thee's in Nord-Carolina . 1858 „ 422
Die Jagd auf den Teufelsfisch in Süd-Karolina . 1859 „ 123
Hunt über die Korallenriffe bei Florida . . 1863 „ 277
Whittlesey über den alten Bergbau am Oberen See . 1857 „ 383; 1864 S. 398.
Die Stadt Evansville in Indiana . . . 1858 S. 575, Nr. 14
Swallow's Geologische Karte des Staates Missouri . 1857 S. 387
Swallow über den Weinbau in Missouri . . 1858 S. 577, Nr. 29
Die Artesischen Brunnen zu St. Louis und Louisville . 1859 S. 307
Die Stadt Burlington in Iowa . . . . 1857 „ 448
Wachsende Erhöhung des Mississippi-Bettes . . 1857 „ 546
Positionen und Höhen in Texas, nach De Cordova . 1858 „ 419
Der Alligator von Texas . . . . . 1856 „ 383
Die Perlen-Fischerei in Texas . . . . 1857 „ 526
Forshay über die Erscheinung des „Norther" in Texas 1857 „ 382
Die Territorien der Vereinigten Staaten . . 1856 „ 77
Hayden über das Alter der Felsengebirge an den Missouri-Quellen . . . . 1862 „ 319
Vegetation des Felsengebirges am South Clear Creek . 1863 „ 313
Die Dacotas und ihre Unterabtheilungen . . 1858 „ 279

N. Bache über die Winde an der Californischen Küste . 1857 S. 381
Zur Hyetographie Californiens . . . . 1858 „ 45
Statistisches über Californien, 1856 . . . 1857 „ 280
Ein Californischer Baum (Sequoia gigantea) . . 1855 „ 89
Die erste Eisenbahn Californiens . . . 1855 „ 303
Hebung der landwirthschaftlichen Kultur in Californien 1856 „ 159
Geologische und naturhistorische Aufnahme Californiens 1863 „ 113
Die Höhe des Mount Shasta in Californien . . 1863 „ 389
Aufnahmen in der Californischen Sierra Nevada . 1864 „ 70
Whitney über die höchsten Gipfel der Sierra Nevada . 1864 „ 354
v. Richthofen's geolog. Arbeiten in den westlichen Staaten 1864 „ 357
Snake River Falls, ein Seitenstück zum Niagara-Fall . 1864 „ 70
Die Silberminen im westlichen Utah . . . 1862 „ 154
Prince über die Indianer von Utah . . 1858 S. 303, Nr. 6
Davis über die Pueblo- und Nabajos-Indianer . 1857 S. 115
Antisell, Beiträge zur Geologie des Gadsden-Gebietes . 1857 „ 383
L. Handelmann, Geschichte der Amerikan. Kolonisation 1856 S. 39, 199
American Almanac . . . . 1856 S. 83; 1857 S. 225
Büchele, Land und Volk der Vereinigten Staaten . 1855 „ 236
Messages from the President of the U. S. . 1857 S. 225, 278; 1858 S. 570, 571.
Reports of the Superintendent of the Coast Survey 1857 S. 277, 541; 1858 S. 570; 1860 S. 362; 1864 S. 198, 398.
Report of the Commissioner of Patent for 1854 . . 1857 S. 277
Report on the commerce and navigation of the U. S. . 1857 „ 541
Homans, The foreign commerce of the U. S. . 1858 „ 122
Report of the Secretary of the Treasury . . 1857 „ 541
Reports of the Board of the Smithsonian Institution . 1857 „ 277; 1858 S. 302; 1859 S. 489; 1862 S. 486.
Smithsonian Contributions to Knowledge 1857 S. 55, 541; 1861 „ 404
Smithsonian Miscellaneous Collections . . 1862 „ 486
Amerikanische Sendung der Smithsonian Institution . 1861 „ 361; 1862 S. 397.
Rhees, Account of the Smithsonian Institution . 1857 „ 541
In Vorbereitung begriffene Amerikanische Werke . 1863 „ 113
Bulletin of the American Geogr. and Statist. Society 1857 „ 541
Journal of the American Geogr. and Statist. Society . 1859 „ 357
Blodget, Climatology of the U. S. . . . 1857 „ 542
Coolidge, Sickness and mortality in the army 1857 S. 541; 1861 „ 403
Espy, Fourth meteorological report . . . 1858 „ 570
Results of meteorol. observations, 1854—1859 . . 1862 „ 485
Bache and Hilgard, Terrestrial Magnetism in the U.S. 1857 „ 444
Jay, Statistical view of American agriculture . . 1859 „ 277
Gray, Statistics of the Flora of the U. S. . . 1857 „ 444
Jay, America free — or America slave . . . 1857 „ 278
Löher, Land u. Leute in der Alten u. Neuen Welt, 3. Bd. 1858 „ 570
Poor, Notes on a map of the U. S. . . . 1859 „ 84
Lieber, Vocabulary of the Catawba language . . 1859 „ 444
Humphreys and Abbot, The Mississippi River . . 1862 „ 485
Reports on a Railroad to the Pacific Ocean 1856 S. 200; 1858 S. 273, 570; 1859 S. 489; 1860 S. 362; 1861 S. 125, 404.
Kohl, Die Märsche u. Entdeckungen von Fernando de Soto 1862 S. 485
Reports of the governors of the alms house, New York 1857 „ 541
Report on the improvement of the Central Park, New York 1857 „ 541
Report on the criminal statistics of New York . . 1857 „ 541
West, On an earthquake in Western New York . . 1859 „ 84
Report on the condition of the Dudley Observatory etc. 1862 „ 485
Bache, Magnetic survey of Pennsylvania . . 1864 „ 398
First annual report of the Evansville Board of Trade . 1858 „ 570
Emmons, Geol. report of North Carolina . . 1857 „ 114
Stirling, Letters from the Slave States . . 1857 „ 444
Le Conte, On the agency of the Gulf Stream in the formation of the peninsula and keys of Florida . 1857 „ 225
Fairbanks, The city of St. Augustine, Florida . 1858 „ 570
Graham, Harbor improvements of Lake Michigan etc. 1857 „ 541; 1861 S. 404.
Graham, Positions in the Northwest of the U. S. . 1862 „ 484
Whittlesey, Ancient mining on the shores of Lake Superior 1864 „ 398
Kohl, Reisen im Nordwesten der Vereinigten Staaten 1857 „ 277
Ritchie, Wisconsin and its resources . . . 1858 „ 78
Pelz, Nachrichten über Minnesota . . . 1859 „ 168
Parker, The Minnesota Handbook for 1856—57. . 1857 „ 444
Parker, The Iowa Handbook for 1856 . . . 1857 „ 444
Olshausen, Der Staat Iowa . . . . 1855 „ 272
Hall and Whitney, Geological Survey of Iowa . 1860 „ 362

L. Whitney, Geological survey of the Upper Mississippi lead region . . . . 1863 S. 278
Owen, Geolog. survey of Wisconsin, Iowa and Minnesota 1857 „ 277
Owen, Geological Survey in Kentucky . . . 1857 „ 541
Owen, Geological reconnoissance of Arkansas . . 1861 „ 404
Münch, Der Staat Missouri . . . . . 1859 „ 358
Hayden, The Indian tribes of the Missouri Valley . 1863 „ 277
Greene, The Kanzas Region . . . . . 1856 „ 200
Gladstone, Bilder und Skizzen aus Kansas . . 1857 „ 444
Olmsted, A journey through Texas . . . . 1857 „ 114
de Cordova, Texas . . . . 1858 „ 570
Domeneck, Missionary adventures in Texas and Mexico 1858 „ 570
Uhde, Die Länder am unteren Rio bravo del Norte . 1862 „ 487
Kohl, Physical features of the West Coast . . 1858 „ 486
Kohl, Notes on the Bay of San Francisco . . 1858 „ 486
Kohl, On a history of maritime discovery on the W. Coast 1859 „ 277
Knight, Almanac for the Pacific States . . . 1862 „ 485
Davis, El Gringo or New Mexico . . . . 1857 „ 114
Emory, U. S. and Mexican Boundary Survey . . 1857 „ 541
Möllhausen, Reise vom Mississippi nach der Südsee . 1858 „ 542; 1858 S. 307.
Möllhausen, Reisen in die Felsengebirge . . . 1861 „ 125
Schiel, Reise durch die Felsengebirge nach d. Stillen Ocean 1860 „ 362
Ives, Report upon the Colorado River of the West . 1862 „ 485
Veatch, Visit to the Mud Volcanoes in the Colorado Desert 1859 „ 84
Küstenkarten der Vereinigten Staaten . . . 1859 „ 358
Kriegskarten des „New York Tribune" 1861 S. 327 (Seat of War)
v. Steinwehr, Map showing the distribution of slaves . 1861 S.245
Lindenkohl, New York City and environs . . 1861 „ 125
Warren, Map of the territory of the U. S. from the Mississippi to the Pacific Ocean. 2 Bl. . . 1858 „ 273
Warren, Ethnographische Karte der Vereinigten Staaten 1859 „ 489
Warren, Reconnoissances in the Dacota Country . 1858 „ 273
Lindenkohl, Map of the Bay of San Francisco . . 1861 „ 125

6. Mittel - Amerika.
(Mexiko, Central-Amerika, West-Indische Inseln.)

L. Bibliographie . 1856 S. 163, 200. — 1857 S. 55, 114, 156, 225, 235, 238, 278, 363, 366, 444, 493, 496, 542. — 1858 S. 78, 85, 88, 132, 264, 266, 392, 394, 439, 486, 525, 535, 538, 594, 596. — 1859 S. 320, 322, 400, 402, 530, 532. — 1860 S. 122, 174, 283, 323, 447, 448. — 1861 S. 87, 88, 168, 245, 327, 405. — 1862 S. 119, 260, 320, 356, 487. — 1863 S. 279. — 1864 S. 199, 318, 398.
Kohl, Geschichte der Entdeckung des Golfs von Mexiko 1864 S. 199
Brasseur de Bourbourg, Histoire des nations civilisées du Mexique et de l'Amérique centrale 1857 S. 444; 1858 „ 439; 1859 S. 84.
Ludewig, Über Alt-Amerikanische Hieroglyphen-Schriften 1857 „ 444
Fröbel, Aus Amerika . . . . 1858 „ 122
v. Tempsky, Mitla, journey in Mexico etc. . . 1858 „ 486
Corbette, Voyage de Mexico à Guatémala . . 1859 „ 358
v. Sivers, Über Madeira nach Mittel-Amerika . 1861 S. 287, 405
Kiepert, Map of Tropical America, 6 Bl. . . 1858 S.525

7. Mexiko.

A. Berendt, Vermessungs-Arbeiten in Mexiko . . 1862 S.171
Berendt, Maasse und Gewichte in Mexiko . . 1862 „ 215
Berendt, Der Handel von Veracruz . . . 1862 „ 216
Berendt, Die Cochenille-Produktion des Staates Oaxaca 1758—1858 . . . . 1862 „ 256
Berendt, Die Mexikanische geogr. Literatur seit 1850 1862 „ 336
Besteigung des Popocatepetl durch Truqui und Craveri 1856 „ 358
v. Humboldt, Über die Höhe des Popocatepetl . 1856 „ 479
Heller, Der Mexikanische Staat Tabasco . . 1856 „ 399
Heller, Der Vulkan Orizaba und seine Umgegend . 1857 „ 367
Xántus' Reise durch die Californische Halbinsel, 1858 1861 „ 133
N. v. Humboldt über den Flächeninhalt des jetzigen Mexiko . . . . 1858 S. 578, Nr. 30
Volkszählung von Mexiko im Jahre 1857 . . 1860 S.199
Berendt's Arbeiten über Mexiko . 1862 S. 152, 397; 1863 „ 353

N. Französische wissenschaftliche Expedition nach Mexiko 1864 S. 154
v. Müller's Höhenmessungen des Orizaba u. Popocatepetl 1857 „ 487
v. Müller's Besteigung des Pik von Orizaba . . 1858 „ 419
Sonntag's Höhenmessung d. Popocatepetl 1858 S. 421; 1861 S. 126, Nr. 3
Sonntag's magnetische Beobachtungen in Mexiko . 1861 S. 126
de Saussure's Entdeckung eines neuen Vulkans . 1858 „ 120
Burkart über einen anderen neuen Vulkan 1858 S. 120, 488, Nr. 13
Burkart über den Ausbruch des Jorullo im Jahre 1759 1857 S.533
Sevin's Reise in Nordwest-Mexiko . . . . 1859 „ 124
Berendt, Baumwollenbau in Yucatan . . . 1863 „ 389
Die Sandfrucht von Sonora . . . . . 1855 „ 331
Das Mexikanische Kletter-Stachelschwein . . 1863 „ 353
L. Alaman, Historia de Méjico . . . . 1862 „ 336
Suarez y Navarro, Historia de Mexico . . 1862 „ 337
de la Portilla, La revolucion de Mexico . . 1862 „ 337
de la Portilla, Méjico en 1856 y 57 . . . 1862 „ 337
Cuevas, Porvenir de Mexico . . . . 1862 „ 337
Adorno, Analisis de los males de Mexico . . 1862 „ 337
de Tejado, Apuntes historicos de Veracruz . . 1862 „ 338
Icazbalceta, Carta inedita de Hernan Cortez . . 1862 „ 338
Icazbalceta, Documentos para la historia de Mexico . 1862 „ 338
Werke über Mexico von Icazbalceta, Pimentel, Romero 1862 „ 352
Payno, Cuadro sinoptico de la historia de Mexico . 1862 „ 339
Documentos para la historia de Méjico 1853—57 1862 „ 339
Mayer, Observations on Mexican history and archaeology 1857 „ 277
v. Richthofen, Die politischen Zustände von Mexiko 1859 „ 277
Weishofer, Die Republik Mexiko . . . . 1862 „ 479
Biondelli, Sull' antica lingua azteca . . . 1860 „ 479
Sonntag, Observations on terrestrial magnetism in Mexico 1861 „ 125
Lempriere, Notes in Mexico in 1861 and 1862 . 1863 „ 279
de Saussure, Coup d'œil sur l'hydrologie de Mexique . 1863 „ 279
Romero, Trabajos de la Sociedad de geografia en 1862 1864 „ 199
Domeneck, Missionary adventures in Texas and Mexico 1858 „ 487
Uhde, Die Länder am unteren Rio bravo del Norte . 1862 „ 487
Charnay, Cités et ruines américaines . . . 1863 „ 279
Hermesdorf, On the Isthmus of Tehuantepec . . 1863 „ 279
Kiepert, Umgebung von Mexico bis Veracruz . 1862 „ 320

8. Central - Amerika.

A. Samwer, Die Gebiets-Verhältnisse Central-Amerika's . 1856 S.257
Berghaus, Bemerkungen zu der Karte v. Central-Amerika 1856 „ 270
Wagner, Über einige wenig bekannte Vulkane im tropischen Amerika . . . . . . 1862 „ 408
Fröbel, Die Britische Kolonie Belize . . . 1858 „ 129
Squier, Der See Yojoa oder Taulebé in Honduras . 1859 „ 169
v. Reden, Das Mosquito-Gebiet, die Bai-Inseln und die Insel Tigre, Kriegsfragen zwischen England und den Vereinigten Staaten . . . . . 1856 „ 250
v. Frantzius, Beiträge zur Kenntnis der Vulkane Costarica's . . . . 1861 S. 329, 381, vergl. 1862 „ 408
v. Frantzius, Das rechte Ufer des San Juan-Flusses in Costarica . . . . . . 1862 S. 83, 205
N. England u. Amerika in ihren Stellungen zu den Central-Amerikanischen Staaten . . . . 1856 S. 74
v. Seebach's Reise nach Central-Amerika . . 1864 „ 488
Mirelet's Erforschung des Peten-See's in Guatemala . 1860 „ 117
Der Volcan de Fuego in Guatemala, nach Salvin . 1861 „ 395
Die Blutquelle bei Virtud in Honduras . . 1856 „ 231
Taylor's Reise nach Yojoa-See in Honduras . . 1861 „ 396
Grösse und Bevölkerung der Republik San Salvador . 1856 „ 232
Das grosse Erdbeben von San Salvador . . 1855 „ 55
Die Indigenesse an St. Miguel in San Salvador 1858 S. 487, Nr. 5
Höhenbestimmungen in San Salvador, nach Sonnenstern 1859 S.490
Pim's Projekt einer Transitroute durch Nicaragua 1862 S.356 (Pim)
Valentini, Zur Geographie von Costarica . . 1861 S.358
v. Frantzius' neue Arbeiten und Reisen in Costarica . 1862 „ 190
L. Squier, Notes on Central America . . . 1856 „ 200
Squier, Die Staaten von Central-Amerika . . 1856 „ 307
Squier, The states of Central America . . . 1858 „ 570
Oersted, Voyage dans l'Amérique centrale, 1846—48 . 1862 „ 483
Scherzer, Wanderungen durch Mittel-Amerika . 1857 „ 55
Wells, Explorations and adventures in Honduras . 1857 „ 444
Squier, The Xicaque Indians of Honduras . . 1859 „ 84

L. v. Sonnenstern, Descripcion del Estado del Salvador . 1859 S. 489
Beil, The Mosquito Territory . . . . . 1863 „ 279
Belly, Percement de l'isthme americain . . . 1859 „ 358
Wagner und Scherzer, Die Republik Costa Rica . . 1855 „ 378
Palmer, Map of Central America . . . . 1857 „ 542
Kiepert, Map of Central America. 4 Bl. . . 1858 „ 525
v. Sonnenstern, Mapa de America central. 4 Bl. . 1861 „ 168

9. West-Indische Inseln.

N. Statistisches über Kuba . . . . . 1857 S. 56
Ein meteorologisches Observatorium zu Havanna . 1857 „ 546
Beeber und Peschel über Guanabani des Columbus . 1857 „ 281
Die Zustände auf der Insel Hayti . . . . 1861 „ 79
Der Handel von St. Thomas . . . 1861 S. 327 (St. Thomas)
Bevölkerung der Niederl. West-Indischen Inseln, 1857,
    1859, 1860, 1861 . 1858 S. 477; 1861 S. 431 : 1862 S. 480;
    1863 S. 484.
Besitznahme der Isla de Aves durch Venezuela . . 1856 „ 193
Der Handel von Martinique, 1855 u. 56 . 1858 S. 440, Nr. 5
Rohrbach über den Krater des Morne Garon auf
    St. Vincent . . . . . 1858 S. 124, Nr. 10
Die Bevölkerung der Insel Trinidad . . . 1858 S. 350
Die Gebirge der Insel Trinidad . . . . 1858 „ 377
Die Regenmenge auf der Insel Trinidad . . . 1858 „ 423
Temperatur der Insel Trinidad . . . . 1858 „ 424
Rohrbach über den Asphalt-See in Trinidad . 1858 S. 303, Nr. 8
L. Deville, Météorologie des Antilles . . . 1861 S. 168
Sivers, Cuba, die Perle der Antillen . . . 1861 „ 125
Dana, To Cuba and back, a vacation voyage . 1859 „ 444
Oersted, Jamaica, en Naturskildring . . . 1857 „ 444
Grisebach, Vegetation der Karaiben . . . 1858 „ 122
de Verteuil, Trinidad . . . . . 1858 „ 525
de Arévalo, Plano del Puerto de la Habana . . 1857 „ 445

10. Süd-Amerika.

A. Foetterle, Die Geologie von Süd-Amerika . . 1856 S. 187
de Castelnau's Expedition, 1843—47 . . . 1857 „ 159
N. Kartographische Arbeiten in Süd-Amerika . . 1857 „ 110
Positionsbestimmungen und Höhenmessungen von Lisia
    und Friesach . . . . 1862 S. 191; 1863 „ 79
Reich, Über einige Nahrungs- und Genussmittel der
    Süd-Amerikaner . . . . . 1862 „ 312
Reise der Österr. Corvette Carolina nach Süd-Amerika 1859 „ 409
de Moussy's Reisen in Süd-Amerika . . . 1859 „ 520
Spanische Expedition durch Süd-Amerika . . 1863 „ 316
Bonpland über die Verbreitung des Mate-Baumes 1858 S. 579, Nr. 37
L. Bibliographie 1857 S. 55, 114, 156, 225, 235, 238, 278, 364, 366,
    444, 494, 496, 542. — 1858 S. 78, 66, 88, 122, 264, 266, 302,
    392, 394, 439, 525, 536, 538, 595, 596. — 1859 S. 320, 322,
    400, 530, 532. — 1860 S. 122, 124, 284, 324, 447, 448. —
    1861 S. 88, 245, 327, 405. — 1862 S. 119, 200, 320, 357, 488.
    — 1863 S. 279, 318. — 1864 S. 200, 318, 399.
Klunzinger, Antheil der Deutschen an der Entdeckung
    Süd-Amerika's . . . . . 1858 S. 486
Geologische Literatur über Süd-Amerika . . 1856 „ 188
Gerstäcker, Achtzehn Monate in Süd-Amerika . 1862 S. 156, 357
Hinchliff, South American sketches . . . 1862 S.318
v. Martius, Über die Pflanzennamen in der Tupi-Sprache 1858 „ 486
v. Martius, Die Thiernamen in der Tupi-Sprache . 1861 „ 246
v. Sydow, Wandkarte von Süd-Amerika . . . 1855 „ 120
Sturz, Golpe de Vista Geologico do Brazil . . 1855 „ 56

11. Westliche Küstenstaaten, Andes.

A. Wagner, Über einige wenig bekannte Vulkane im tro-
    pischen Amerika . . . . 1862 S. 408
Wagner, Physisch-geographische Skizze des Isthmus
    von Panama . . . . . Ergbd. I, Nr. 5
Wagner, Reise in das Innere der Landenge von San
    Blas und der Cordillere von Chepo in der Prov. Panama 1862 S. 128

A. Wagner, Höhenbestimmungen in den Provinzen Panama
    und Veragua . . . . . 1862 S. 140
Wagner, Die Provinz Chiriqui, ihre Erforschung und
    Bedeutung . . . . . 1863 „ 16
Wagner, Physisch-geogr. Skizze der Provinz Chiriqui 1863 „ 281
Wagner, Neue Mittheilung aus der Provinz Chiriqui 1863 „ 370
Petermann, Der Isthmus von Panama . . . 1862 „ 261
Ficker, Die Bevölkerung von Chile, 1854 . . 1860 „ 185
Die sogenannte Wüste Atacama u. die grossen Plateau-Bil-
    dungen der Andes südl. v. 19° S. Br., nach Philippi 1856 „ 52
Das Meteor-Eisen von Atacama . . . . 1856 „ 64
Philippi, Die Provinz Valdivia . . . . 1860 „ 125
Philippi, Exkursion nach den Bädern und dem neuen
    Vulkan von Chillan in Chile . . . 1863 „ 241
Burmeister, Reise durch die Cordilleren zwischen Cata-
    marca und Copiapó im März 1860 . 1860 S. 369; 1863 „ 111
Burmeister, Der San Francisco-Pass . . . 1864 „ 86
v. Tschudi, Reise durch die Andes, von Cordova nach
    Cobija, 1858 . . . . . Ergbd. I, Nr. 2
Frick, Der Rüñihue-See in Chile u. der Pass bei demselben 1864 S. 47
N. Morata über die geographische Länge der Westküste . 1857 „ 281;
    1858 S. 441, Nr. 14, 526, Nr. 9.
Zur Geographie der Pflanzen und Vögel in den Andes,
    nach Jameson . . . . . 1856 „ 79
Pürkler's Forschungen in den Andes . . . 1858 „ 350
v. Tschudi's Forschungsreisen in den Andes . . 1858 „ 478
Positionen in den Andes, nach v. Tschudi . . 1860 „ 342
v. Tschudi über elektrische Erscheinungen in den Cor-
    dilleren . . . . . 1860 S. 308, Nr. 14
Handel von Neu-Granada, 1855—56 . . . 1857 S.546
Neue Eintheilung der Republik Neu-Granada . 1858 S. 440, Nr. 8
Die Vereinigten Staaten von Columbia, Areal und Be-
    völkerung . . . . 1862 S. 320 (Columbia)
Geologie des Isthmus von Panama, nach de Bourheporn 1859 S.486
Codazzi über die Kanalprojekte auf dem Isthmus von
    Panama . . . . . 1856 „ 74
Die Postdampfer-Linien von und nach Panama . 1861 „ 79
Wagner's Untersuchungen auf dem Isthmus von Panama 1861 „ 79
Seemann's Aufenthalt in Panama . . . 1861 „ 235
Die Ergebnisse der Chiriqui-Expedition, 1860 . 1861 „ 152
Battersby über die Vortheile des Atrato-Flusses . 1857 „ 342
Amerikanische des Atrato . . . . 1860 „ 341
Caldwell's Reise über den Isthmus von Darien, 1856 1858 S.124, Nr. 9
Remy's Besteigung des Chimborazo . . 1857 S. 157, 449
Spruce über die Llanganati-Berge in Ecuador . 1862 S.357
Zur Geographie von Peru: politische Eintheilung; Po-
    sition der Departements-Hauptstädte . . 1858 „ 426
Mineral-Produkte der Provinz Tarapara in Peru . 1857 „ 281
Die Deutsche Kolonie am Pozuzu-Fluss in Peru . 1860 S. 47 Anm.
Peru's Guano-Produktion 1862 S.200
Einiges über die Chincha-Inseln . . . 1863 „ 271
Morata's Reise nach Peru . . . . 1860 „ 79
Markham über die Peruanische Provinz Caravaya . 1862 „ 357
Church, Besteigung des Vulkans von Candarave in Peru 1863 „ 112
Raped, zur Verbindung von Lima mit dem Amazonenstrom 1864 „ 73
Gerstäcker über Cerro de Pasco u. die Wirkung der Coca 1861 „ 327
Die Bevölkerung von Bolivia im Jahre 1858 . 1860 „ 199
Die höchsten Berge in Bolivia, nach Ondarza's Karte . 1860 „ 320
Das Chile-Bolivia-Peruanische Grenzgebiet . . 1856 „ 389
Der aufblühende Zustand der Republik Chile . 1856 „ 79
Chile, sein Wein, Salz, Kohle und Kupfer . 1861 S. 45 (Chili)
Bildung einer neuen Provinz (Llanquihue) in Chile 1862 S.152
Philippi über den Alerce-Baum (Fitzroya) in Chile . 1860 „ 133
Philippi, Das Aussterben der Araucanier in Chile . 1861 „ 155
Philippi, Ausflug nach dem Ranco-See in Valdivia . 1861 „ 154
Philippi über den Nahuelhuapi-Pass . . 1860 S. 127 Anm.
Die Fahrstrasse über die Andes beim See Nahuelhuapi,
    Cox's Expedition 1857 S.527
Der neue Vulkan von Chillan in Chile 1861 S. 430; 1862 „ 439
Cox's Expedition über die Andes von Chile . . 1863 „ 317
Pissis' Höhenmessung des Aconcagua . . . 1855 „ 271
Der Aconcagua u. andere vermeintliche Vulkane der Andes 1863 „ 35
Neue Guanolager und die Nordgrenze von Chile . 1863 „ 354
Rosales über die Wüste Atacama . . . 1856 „ 390
Larroque's Bereisung der Wüste Atacama . . 1863 „ 193

N. Der Rio Jaguè, Nachtrag zu Burmeister's Reise . . . 1863 S. 111
L. Wagner's Arbeiten über Panama und die Andes . . . 1864 „ 234
Karsten, Über die Vulkane der Anden . . . . 1857 „ 114
Grandidier, Voyage dans l'Amérique du Sud . . . 1861 „ 405
Kennish, A ship canal to connect the Atlantic and
   Pacific Oceans . . . . 1856 „ 240
Paterson, Central America (Darien) . . . . 1857 „ 225
Kelley, Explorations through the valley of the Atrato . 1857 „ 278
Strain's Zug durch den Isthmus von Darien . . . 1857 „ 444
Michler, Survey for a ship canal near the isthmus of
   Darien . . . . 1862 „ 488
Holton, New Granada . . . . 1857 „ 55
Berg, Physiognomie der Vegetation Neu-Granada's . 1856 „ 124
Bollaert, Researches in New Granada, Equador etc. . 1861 „ 125
Reclus, Voyage à la Sierra Nevada de Sainte Marthe . 1861 „ 405
Villavicencio, Geografia de la Republica del Ecuador . 1859 „ 444
Jameson, Journey from Quito to Cayambe . . . 1862 „ 357
Spruce, Expedition to procure seeds of the Cinchona . 1862 „ 357
Condemarin, Cenni storici ec. del Peru . . . 1860 „ 274
Ledesma, Outlines of the geography of Peru . . . 1857 „ 278
El Peru y la influenza europea . . . . . 1863 „ 280
Markham, Cuzco and Lima . . . . . . 1856 „ 164
Markham, Travels in Peru and India . . . . 1863 „ 359
Gillius, Eclipse of the sun observed near Olmos, Peru . 1860 „ 362
Raimondy, Apuntes sobre la provincia litoral de Loreto 1862 „ 488
Reck, Die Salpeter- und Boraxlager im Süden von Peru 1863 „ 318
Forbes' geolog. Arbeiten über Bolivia und Peru . 1864 S. 35, 235
Perez-Rosales, Essai sur le Chili . . . . 1857 S. 444
Gillies' The U. S. Naval astronomical Expedition . 1856 „ 163;
   1857 S. 278.
Philippi, Reise durch die Wüste Atacama . . . 1861 „ 125
Philippi, Botanische Reise nach Valdivia . . . 1858 „ 571
Gerstäcker, Gen Patagonien . . . . . 1861 „ 405
Neumann, Das Chilenische Kolonisations-Territorium an
   der Magalhaens-Strasse . . . . . . 1858 „ 122
Codazzi et Kiepert, Carte de l'isthme de Panama et de
   Darien et de la province du Choco. 2 Bl. . . 1858 „ 525
Ponce und Pas, Karten der Vereinigten Staaten von
   Columbia . . . . 1864 „ 446
Chile, Publicado por Black. 2 Bl. . . . . 1859 „ 277
Plano de la ciudad de Valparaiso . . . . 1855 „ 172
Pissis, Plano topogr. y geolog. de la provincia de
   Santiago . . . . 1858 S. 423; 1859 „ 277
Pissis' Karten der Provinzen Aconcagua und Valparaiso 1861 „ 82

12. La Plata-Staaten, Patagonien, Feuerland,
   Falkland-Inseln.

A. v. Reden, Die Staaten im Stromgebiet des La Plata in
   ihrer Bedeutung für Europa . . . . 1856 S. 1
Burmeister, Die Regenverhältnisse der Argentinischen
   Republik . . . . 1864 „ 9
Burmeister's Reise in Uruguay, 1856 . . . 1857 „ 407
Burmeister, Die Artesischen Brunnen bei Buenos Ayres 1863 „ 92
Fluss-Aufnahmen von Day, Sulivan, Sidney und Page 1857 „ 401
Descalzi's Aufnahme des Rio negro de Patagones . 1856 „ 32
Jacques, Erforschung des Rio Salado . . . . 1858 „ 229
N. Burmeister's Reisen in Süd-Amerika 1856 S. 344; 1857 S. 149, 449
Grashoff's Reise durch die Pampas und über die Cordillere 1864 S. 200
Die Auswanderung nach dem La Plata-Ländern . 1858 „ 423
Amerikan. Aufnahmen im Gebiete des La Plata . 1858 „ 45
Flora der Umgegend von Buenos Ayres . . . 1856 „ 487
Der Hafen von Maua an der Küste von Buenos Ayres 1857 „ 449
Wünner, Areal und Bevölkerung von Uruguay . 1862 „ 438
Raffo über die Waldenser-Kolonie in Uruguay . 1863 „ 316
Ausdehnung und Bevölkerung von Paraguay . . 1861 „ 476
Cracroft über die Falkland-Inseln . . . . 1864 „ 200
L. Andree, Buenos Ayres und die Argentin. Provinzen . 1856 „ 347
Mansfield, Paraguay, Brazil and the Plate . . . 1856 „ 392
Mancequin, Les Provinces Argentines et Buenos-Ayres 1857 „ 156
La Constitution de la Confédération Argentine . . 1857 „ 156
de Moussy, Description de la Confédération Argentine 1860 „ 362
Page, Exploration of the river „La Plata" . . . 1857 „ 156
Moure, La rivière Paraguay . . . . . 1861 „ 405

L. Balcarce, Buenos-Ayres . . . . . 1857 S. 156
Rejistro estadistico del Estado de Buenos Aires . . 1857 „ 444
Andree, Die Argentinische Provinz Entre Rios . . 1857 „ 278
Burmeister, Geognostische Skizze des Erzgebirges von
   Uspallata . . . . 1858 „ 571
Poucel, La province de Catamarca . . . . 1864 „ 399
The republic of Uruguay . . . . . . 1863 „ 319
Du Graty, La république du Paraguay . . . 1862 „ 320
Koner, Paraguay . . . . 1862 „ 357
Jones, Notes on two maps of Patagonia . . . 1862 „ 357
Snow, A two years cruise of Tierra del Fuego . . 1857 „ 542
Phillips, The Missionary Martyr of Tierra del Fuego . 1862 „ 119
Coffinières, Carte générale du Bassin de la Plata . 1857 „ 156
Aiapnrua, Carta esferica del Rio de la Plata . . 1857 „ 156
Page's Aufnahmen im Gebiet des La Plata . . . 1859 „ 277
Page, Track Survey of the River Paraguay. 6 Bl. . 1858 „ 571
De la Vega, Planta corografica de la Provincia Oriental 1857 S. 156, 406
Reyes, Carta topographica de Uruguay . . 1857 „ 156, 406
Monchez, Carte de la partie méridionale du Paraguay . 1862 S. 358
Mouchez, Carte de la république du Paraguay . . 1863 „ 319

13. Brasilien.

A. Heusser und Claraz, Physikalische und geologische
   Forschungen in Brasilien . . . . . 1859 S. 447
Heusser und Claraz, Thierleben in der Provinz Rio de
   Janeiro . . . . 1860 „ 247
v. Tschudi, Die Provinz Minas geraes . . Ergbd. III, Nr. 1
N. v. Tschudi's Reisen in Brasilien . . . . 1858 S. 383
Schultz's Reisen und Arbeiten in Brasilien 1859 S. 126; 1860 „ 159;
   1862 S. 486.
Piagge's Reise in das Gebiet der Guajajara-Indianer . 1857 „ 204
Die Expedição scientifica unter Prof. Allemão . . 1862 „ 38
Ziegler, Die Brasilianische Expedição scientifica und die
   Arbeiten des Herrn Gonçalves Dias . . . 1863 „ 71
Neue Goldländer, Brasilien . . . . . 1855 „ 119
Die Kultur des Chinesischen Thee's in Brasilien . 1858 „ 422
Vegetation und Blüthezeit am Amazonen-Strom . 1855 „ 171
Die Gewinnung des Kautschuk am Amazonen-Strom . 1855 „ 330
Die vegetabilischen Öle im Gebiete des Amazonen-Stroms,
   nach Spruce . . . . 1856 „ 82
Die Sassaparille des Rio Negro, nach Spruce . . 1856 „ 82
Die Dampfschifffahrt auf dem Amazonen-Strom 1860 S. 364, Nr. 9
Eröffnung des Innern von Süd-Amerika für den Welt-
   handel . . . . 1863 S. 192
Regenmenge in Rio de Janeiro, 1851—54 1857 S. 148; 1858 „ 421
Die Brasilianische Provinz Maranhão, nach Piagge . 1858 „ 73
Die Deutsche Kolonie Dona Franciska 1857 S. 447; 1861 „ 405
Niemeyer, Die Kolonie Dona Francisca . . . 1862 „ 437
Die Deutsche Kolonie Blumenau . . . 1858 S. 577, Nr. 21
Die Indianer der Provinz Mato-Grosso, nach Moure . 1862 S. 437
Die Grenze zwischen Französisch-Guyana und Brasilien 1858 „ 121,
   578, Nr. 35.
L. Wilberforce, Brazil viewed through a naval glass . 1856 S. 240
Mansfield, Paraguay, Brazil and the Plate . . . 1856 „ 392
Reybaud, Brasilien . . . . 1857 „ 114
Kidder and Fletcher, Brazil and the Brazilians . . 1858 „ 78
Handelmann, Geschichte von Brasilien . 1859 S. 148; 1860 „ 362
d'Avezac, Considérations géogr. sur l'histoire du Brésil 1858 „ 78
La Hure, L'empire du Brésil . . . . . 1863 „ 280
Hörmeyer, Süd-Brasilien . . . . . . 1858 „ 446
Avé-Lallemant, Reise durch Süd-Brasilien . . 1860 „ 362
Avé-Lallemant, Reise durch Nord-Brasilien . . 1860 „ 362
Kletke, Reise des Prinzen Adalbert von Preussen nach
   Brasilien . . . . 1858 „ 570
v. Martius, Agavese . . . . . . 1857 „ 278
Prospekt zu v. Martius' Flora Brasiliensis . . . 1857 „ 542
Wiedemann, Die Deutsche Kolonie Petropolis . . 1856 „ 392
Berichte des Kolonisationsvereins in Hamburg 1857 S. 444; 1861 „ 405
Die Deutsche Kolonie Blumenau, 1857 . . . 1858 „ 570
Prestien, Das Ansiedlerleben in der Kolonie Blumenau 1858 „ 570
Köhler, Die Deutschen Kolonien in Santa Catharina . 1860 „ 362
Revista do Instituto geographico do Brasil . 1864 S. 200, 319
Gerber, Carta da provincia de Minas Geraes, 4 Bl. . 1864 S. 318

14. Guiana und Venezuela.

A. Kappler, Holländisch-Französische Expedition ins Innere
von Guiana, 1861 . . . . . . 1862 S. 173, 246
N. Bevölkerung von Surinam, 1855, 1859, 1860 .   1858 S. 477;
1861 S. 431; 1862 S. 480.
Volta' geologische Forschungen in Surinam . . 1855 „ 328
Statistisches über Surinam, 1854 . . . 1857 „ 228
Die Grenze zwischen Franz.-Guiana u. Brasilien 1858 S. 121, 578, Nr. 35

N. Mora excelsa, ein Nutzholzbaum . . . 1856 S. 78
Handelsbewegung auf dem Orinoco, besonders in Ciudad
Bolivar . . . . . . 1856 „ 196
Holmes und Campbell's Reise nach den Goldgruben
von Carstal . . . . 1858 S.578, Nr. 31
Seemann's Forschungen in Venezuela, 1864 . 1864 S. 235
L. Benoît, Voyage à Surinam . . . . 1859 „ 489
Mission de Cayenne et de la Guyane Française . 1858 „ 570
Bollaert, The expedition of Pedro de Ursua . 1862 „ 488

VI. POLAR-REGIONEN.

Abkürzungen: A.: Aufsätze; N.: Notizen; L.: Literatur.

1. Nord - Polar - Region; Polarfahrten.

A. Über die physikalische Geographie der arktischen Region,
nach Torell . . . . . 1861 S. 49
Mühry, Die Meteorologie der nördlichen Polarzone .   1861 „ 289
Mühry, Zur Vertheidigung der Oceanität am Nordpol .   1864 „ 424
Petermann, Die Entdeckungen im Arktischen Archipel
der Parry-Inseln bis zum Jahre 1855 (Belcher, Osborn,
Richards, M'Clintock, Hamilton, M'Cormick, Kellet) 1855 „ 99
Kane's Expedition nach dem Nordpol, 1853 — 55 .   1855 „ 291;
1856 S. 46.
M'Clintock's Expedition, 1857—59 . . . 1859 „ 471
N. Der Nordpol und die Seefahrer, die demselben am
nächsten gekommen sind . . . 1855 „ 303
Hopkins über die Möglichkeit, den Nordpol zu erreichen 1861 „ 246
Franklin's Schicksal, Aussagen Mistegan's . 1855 „ 28
Zweite Expedition der Hudsons-Bai-Compagnie zur
Aufsuchung Franklin's . . . 1855 S. 303 u. 377
Rae über Franklin's Expedition . . 1857 S.367
Force über Franklin's Entdeckung der Nordwest-Passage 1858 „ 580
Der Winter in den arktischen Regionen, nach Kane   1855 „ 90
Kane's Expedition, Auszug aus dem Reisewerk . 1856 „ 582
Rink's Kritik der Kane'schen Angaben   1857 S. 451; 1858 „ 580
Positionsbestimmungen und Fluthbeobachtungen der
Kane'schen Expedition . . 1861 S. 404 (Smithsonian)
Flora des Grinnell-Landes zwischen 78° u. 82° N.Br. 1864 S. 487
M'Clintock's arktische Expedition . . 1857 „ 343
Hayes' Nordpol-Expedition   1859 S. 126; 1860 S. 442; 1861 „ 435;
1862 S. 200.
Noch eine Franklin-Expedition (Snow's Projekt) .   1860 „ 407
Polarfahrten der Amerikaner Ford und Hall, 1860 .   1860 „ 486
Hall's zweite Polarfahrt, 1864 . . . 1864 „ 223
Exploration der „Atalante" im Arktischen Meere .   1855 „ 332
Die Strömungen im westlichen Polar-Meere . 1855 „ 332
Rodger's Entdeckungen bei der Herald-Insel . 1855 „ 375
Über ein Land nordwestlich von der Insel Kuintschi   1857 „ 437
L. Bibliographie   1855 S. 298. — 1857 S. 235, 282, 363, 450, 493,
547. — 1858 S. 85, 124, 264, 392, 535, 594. — 1859 S. 530.
— 1860 S. 122, 263, 323, 447. — 1861 S. 87, 246, 327, 447.
— 1862 S. 119, 200, 358, 489. — 1863 S. 319. — 1864 S. 235,
319, 399.
Froriep, Das Klima am Nordpol . . 1857 S.282
Haskins, The open Polar Sea . . 1858 „ 527
Müller, Die Polarwelt . . . 1858 „ 488
Hartwig, Der hohe Norden . 1859 S. 168; 1860 „ 83
Richardson, The Polar Regions . 1860 „ 83, 180; 1861 „ 247
Henry Hudson, the Navigator . . 1861 „ 447
Brandes, Sir J. Franklin und die nordwestl. Durchfahrt 1855 „ 28
King, The Franklin Expedition . . 1856 „ 306
Findlay, On the probable course of Franklin . 1857 „ 282
Brown, The North-West Passage . . 1858 „ 580
Die Franklin-Expedition und ihr Ausgang . 1861 „ 127
Schmucker, Arctic explorations and discoveries .   1857 „ 450
M'Dougall, The voyage of the „Resolute", 1852—54   1857 „ 450
Armstrong, Discovery of the North-West Passage .   1857 „ 450
Kane, The U. S. Grinnell Expedition . 1855 „ 92
Kane, Zwei Polarpol-Reisen. Deutsch von Seybt .   1857 „ 547
Petersen, Erindringer fra Polarlandene, 1850—55   1857 „ 547
Kiesewetter, Kane's Nordpolar-Fahrten . 1858 „ 488

L. Brandes, Die letzten Arktischen Expeditionen   1859 S. 279
M'Clintock, The voyage of the „Fox" in the Arctic Seas 1860 „ 365
M'Clintock, Meteorolog. observations in the Arctic Seas 1864 „ 399
Dufferin, Letters from high latitudes . 1857 „ 450
Edmond, Voyage dans les mers du Nord . 1858 „ 124
Babinet, L'Océan Islandais . . 1856 „ 124
Vogt, Nord-Fahrt von Dr. Georg Berna, 1861 .   1863 „ 319
Englische Seekarten vom Arktischen Meer . 1855 „ 77

2. Grönland.

A. Rink, Die Vegetation von Nord-Grönland . 1855 S. 57
Petermann, Notizen über die physikalische Geographie
des nördlichen Grönlands . . 1856 „ 48
N. Warmes Wetter in Grönland während der grossen
Kälte 1854/55 . . . 1855 „ 303
Mühry, Die milde Winter-Temperatur in Grönland   1864 „ 35
Der Ertrag Grönlands . . . 1856 „ 115
Expeditionen nach Grönland zum Betrieb des Bergbau's 1856 „ 118
Rink's Forschungen auf Grönland; d. Humboldt-Gletscher 1857 „ 207
Literatur und Kunst in den arktischen Regionen   1860 „ 79
L. Rink, Grönland . . . 1857 „ 282
v. Etzel, Die Entwickelung der Handelsdistrikte in
Süd-Grönland . . 1862 „ 489
Lütken, Oversigt over Groenlands Echinodermata   1858 „ 488
Koladlit Okalluktuailait . 1860 S. 79; 1861 „ 246
Rink, Karte des Disko-Fjord . . 1860 „ 79
Kleinschmidt, Karte des Distrikts Fiskernaess .   1860 „ 79
Skizze Kaart over den sydlige Deel af Grönland .   1864 „ 235

3. Island.

N. Nenestes aus Island . . . 1862 S. 228
L. Winkler, Island . . . 1861 „ 447
Lindsay, The flora of Iceland . 1861 „ 447
Olsen, Carte d'Islande à 4 feuilles . 1857 „ 8

4. Spitzbergen.

A. Die Schwedische Expedition nach Spitzbergen 1861
Geodätische Arbeiten, Gradmessung . 1863 S. 24
Botanische Untersuchungen von Malmgren . 1863 „ 47
Magnetische Beobachtungen von Chydenius . 1863 „ 212
Vogel-Fauna von Malmgren . 1863 „ 401
Ortsbestimmungen von Nordenskjöld . 1864 „ 14
Geographische Beschreibung des nordöstlichen Theils
und der Hinlopen-Strasse von Nordenskjöld .   1864 „ 127
Geognostische Beschreibung des nordöstlichen Theils und
der Hinlopen-Strasse von Nordenskjöld . 1864 „ 208
N. Die Schwedische Expedition unter Torell 1859 S.125; 1861 „ 156,
201, 350 u. 399; 1862 S. 193.
Die Gradmessung auf Spitzbergen . 1864 „ 67
Lamont's Reise nach Spitzbergen, 1858 . 1859 „ 309
L. Arbeiten der Schwedischen Expedition unter Torell   1862 „ 483
Das Hauptwerk über die Schwedische Expedition .   1864 „ 157

5. Süd - Polar - Region.

A. Neue Karte der Süd-Polar-Regionen von A. Petermann 1863 S. 407
Antarktische Entdeckungsgeschichte . . . . 1863 „ 408
Geographische und physikalische Hauptmomente . 1863 „ 413
Verbreitung des Treibeises . . . . . 1863 „ 416

A. Thermische Verhältnisse . . . . . 1863 S. 418
Höhen und Tiefen . . . . . 1863 „ 421
Zukünftige Erforschung der antarktischen Regionen . 1863 „ 423
N. Projectirte Erforschung der antarktischen Regionen
(Maury) . . . . . 1860 „ 487
L. Petermann, Karte der Süd-Polar-Regionen . . 1863 „ 407

VII. OCEANE, ZERSTREUTE INSELN, NAUTIK.

Abkürzungen: A.: Aufsätze; N.: Notizen- L.: Literatur.

1. Mehrere Oceane.

A. Petermann, Die grössten Meerestiefen . . 1855 S. 84
N. Farbenwechsel der See . . . . 1856 „ 236
Witt, Das specifische Gewicht des Wassers der Oceane 1857 „ 387
Das specifische Gewicht des Wassers in verschiedenen
Meeren . . . . 1858 S. 127, Nr. 15
Eintheilung und Grenzen der südlichen Oceane . 1863 S. 413
Bodenrelief der Australischen Meere . . 1863 „ 421
Zeit der grössten Tageswärme auf den Tropischen
Meeren 1860 S. 321; 1861 S. 481 (Schrenck); 1862 S. 358 (Lenz)
Merkwürdige Seereise einer Flasche . . . 1860 S. 242
Sondirungs - Expedition des Schiffes „Cyclops" unter
Pullen 1857 S. 486; 1858 S. 565, Nr. 23; 1859 „ 207;
1862 S. 358, 489; 1863 S. 320.
Ehrenberg's Untersuchungen von Tiefgrundproben 1861 S. 206, 247;
1864 S. 235.
Gether, Übersicht über die von der Weser aus betriebene
Grönländische und Südsee-Fischerei . . 1863 S. 311
Maury über Meeresboden und Telegraphenkabel 1859 S. 445, Nr. 5
v. Littrow's Tiefenkarten des Meeres . . . 1861 S. 82
L. Bibliographie 1857 S. 232, 284, 359, 452, 489, 548. — 1858 S. 81,
125, 258, 386, 530, 590. — 1859 S. 315, 395, 525. — 1860
S. 118, 282, 322, 446. — 1861 S. 85, 206, 247, 327, 446. —
1862 S. 119, 200, 358, 489. — 1863 S. 319. — 1864 S. 235,
319, 399.
Maury, Explanations and Sailing Directions . 1859 S. 279
Maury, The physical geography of the sea . . 1861 „ 206
Maury, Physische Geographie des Meeres . . 1856 „ 160
Maury, The barometer at sea . . . 1861 „ 207
van Gogh, De Waarnemingen op den Ocean . 1856 „ 307
Pilots und Directories der Britischen Admiralität 1859 „ 445
Anuario de la Direccion de Hidrografia . . 1864 „ 235
Gosse, The Ocean . . . . 1861 „ 247
Dana, Note on the currents of the ocean . . 1859 „ 85
Ohlert, Zur Theorie der Strömungen des Meeres und
der Luft . . . . 1859 „ 361
Möbius, Das Meerleuchten . . . 1861 „ 207
Brett, On the submarine telegraph . . . 1858 „ 304
Graff, Die Leuchtthürme der ganzen Erde . . 1858 „ 541
Domke und Engel, Verzeichniss der Seeleuchten . 1861 „ 127
Maury, Wind and current charts . . . 1860 „ 366
Andriveau-Goujon, Carte des courants de la mer . 1864 „ 238

2. Atlantischer Ocean und Kaspisches Meer.

A. Petermann, Die Tiefen-Messungen im Atlantischen Ocean 1856 S. 377
Maury, Das Telegraphen-Plateau des Nord-Atlant. Oceans 1857 „ 507
Topographie des Seebodens um Nordwest-Europa . 1864 „ 15
Vibe, Küsten und Meer Norwegens . . Ergbd. I, Nr. 1
Karte vom Mittelländischen Meer von Petermann . 1864 S. 182 u. 268
Topographie des Mittelländischen Meeres . . 1864 „ 167 u. 271
Das Adriatische Meer . . . . 1859 S. 323
Petermann, Die Meerenge von Gibraltar . . 1862 „ 259
Iwaschinzoff, Aufnahme des Kaspischen Meeres . 1863 „ 53
N. Ansiedelung der Transatlantischen Dampfschifffahrt 1856 „ 296
Der Dampfschiff-Verkehr im nördlichen Atlant. Ocean 1864 „ 488
Bailey's Mikroskopische Untersuchung von Grundproben
des Atlantischen Meeres . . . 1857 „ 229
Houghton, Fluth und Ebbe an den Irischen Küsten und
Tiefe des Oceans . . . . 1857 „ 388

N. Maury über die Stürme des Atlantischen Oceans . 1858 S. 427
Jülfs, Die Stürme des Nord-Atlantischen Oceans und
der Golfstrom . . . . 1862 „ 229
Durocher, Beobachtungen auf dem Nord-Atlant. Ocean 1860 „ 160
Andrau über die Temperatur des Atlantischen Oceans . 1861 „ 155
Mann und Maury über die Strömungen des Atlantischen
Meeres . . . . 1863 „ 320
Massen todter Fische unweit der Küste von Neu-
Braunschweig . . . . 1856 „ 195
Ein Seebeben in der Nähe der Azoren . . 1858 „ 428
Die Milne-Bank im Nord-Atlantischen Ocean . 1864 „ 231
Russell über die Entstehung des Golfstroms 1858 S. 587, Nr. 28
Lindenkohl, Der Golfstrom . . . 1859 S. 522
Das Sargasso-Meer im Atlantischen Ocean . . 1858 „ 428
Irminger's Beobachtungen über das Sargasso-Meer . 1859 „ 521
Ehrenberg über Passatstaub aus dem Dunkelmeer . 1862 „ 358
Untiefen im Atlantischen Meer . . . 1857 „ 229
Die Europäischen Eismeere: Das Weisse Meer, die Ost-
see und das Asow'sche Meer . . 1855 „ 54
Untersuchungen über die physikalische Geographie des
Oceans an den Norwegischen Küsten . . 1858 „ 294
Der Mael-Strom, nach Taylor . . . 1857 „ 479
Der Coirebhreacain an der Westküste von Schottland . 1864 „ 348
Schiffbrüche an der Englischen Küste 1856 S. 297; 1858 S. 173, Nr. 14
Dayman's Tiefen-Messungen auf d. Telegraphen-Plateau 1858 S. 151
M'Clintock's Untersuchungen im Nord-Atlant. Ocean . 1861 „ 206
Der Meeresboden westlich von Irland mit Rücksicht auf
den Atlantischen Telegraphen . . 1863 „ 35
Telegraphenlinie zwischen Frankreich u. Neu-Fundland 1864 „ 391
Der Devil Rock im Biscayischen Meerbusen 1858 S. 173, Nr. 15
Tiefe Bodensenkung in der Bai von Biscaya . 1861 S. 314
Die Ebbe und Fluth in der Ostsee . 1856 S. 296; 1857 „ 325
v. Sass, in der Ostsee beobachteten Meerleuchten . 1862 „ 108
v. Sass über d. Niveau-Verschiedenheiten d. Ostseespiegels 1864 „ 236
Tiefen-Messungen im Mittelländischen Meer . 1857 „ 516
Tiefe des Meeres um Italien . . . 1863 „ 233
Spratt's Sondirungen in der Osthälfte des Mittelländi-
schen Meeres . . . . 1857 „ 433
Temperatur des Mittelmeers in verschiedenen Tiefen . 1863 „ 431
Fluthmessungen im Mittelländischen Meere . . 1860 „ 154
Meeresleuchten im Golf von Neapel . . 1860 „ 192
v. Baumbauer's Analysen von Seewasser aus der Strasse
von Gibraltar . . . . 1862 „ 358
Aufnahme von Schwarzen und Asow'schen Meere . 1855 „ 232
Wissenschaftliche Untersuchung des Asow'schen Meeres 1862 „ 274
Ermittelung der Strömungen im Schwarzen Meer . 1864 „ 305
Niveau-Unterschied des Kaspischen u. Schwarzen Meeres 1861 „ 197
Das Kasp. Meer, Beschaffenheit des Wassers, Fischereien 1855 „ 167
Zur physik. Geographie d. Kaspischen Meeres, nach Baer 1856 „ 75
L. Dove, Über die Temperatur der Ostsee und des Atlan-
tischen Meeres . . . . 1858 „ 433
Maury, Gales in the Atlantic . . . 1858 „ 427
Kohl, Ältere Geschichte der Atlantischen Strömungen . 1862 „ 118
v. Lowtzow, Die Nordsee . . . 1857 „ 149
Lorenz, Brakwasser-Studien an der Elbe-Mündung . 1864 „ 448
v. Baer, Über ein neues Projekt, Austernbänke an der
Russischen Ostsee-Küste anzulegen . . 1861 „ 448
Smyth, The Mediterranean . . . 1855 „ 56
Böttger, Das Mittelmeer . . 1859 S. 85, 279
Schaub, Über Ebbe und Fluth bei Triest . 1861 S. 121
Lorenz, Physikal. Verhältnisse im Quarnerischen Golf . 1864 „ 39
Brito Capello, Winds and currents of the Gulf of Guinea 1862 „ 358

L. Englische Seekarten vom Atlantischen Meer   1855 S. 76;   1858 S. 516
Becher, Bottle Chart of the Atlantic Ocean   .   1857 „ 548
Chart of the submarine telegraph between New Found-
    land and Ireland   .   .   .   .   .   1857 „ 452
Englische Seekarten über die Nordsee   .   .   1858 „ 541
Englische Seekarten über die Ostsee   .   .   1855 „ 75
Schwedische Karten von der Ostsee   .   .   1857 „ 6
Englische Seekarten über Mittelländ. Meer 1855 S. 75; 1858 „ 516
Lange, Land- u. Seekarte des Mittelländ. Meeres, 9 Bl.   1859 „ 361
Petermann, Karte vom Mittelländ. Meer, 2 Bl. 1864 S. 162, 266, 478
Atlas des Adriatischen Meeres, 29 Bl.   .   .   1857 S. 22
Englische Seekarten vom Schwarzen Meer   .   .   1855 „ 76

3. Inseln des Atlantischen Oceans.

A. Die Insel Tristan da Cunha, nach Denham   .   1855 S. 79
N. Der Rockall im Nord-Atlantischen Ocean   .   1861 „ 350
Flora und Fauna von St. Helena   .   .   1858 „ 411
Einwanderung Weisser Ameisen auf St. Helena   .   1864 „ 310
Nachrichten von der Insel Tristan da Cunha   .   1862 „ 436
Die Aurora-Inseln im Süd-Atlantischen Ocean   .   1857 „ 449

4. Indischer Ocean.

A. Berghaus, Gegenwärtige und künftige Wege nach Ost-
    Indien   .   .   .   .   1863 S. 143
N. Tiefenmessungen im Indischen Ocean   .   .   1859 „ 207
Walfischfang im Indischen Ocean   .   .   1862 „ 351
Mühry, Die Meeresströmungen an der Südspitze Afrika's   1864 „ 34
Earl über die submarinen Plateaux zwischen Asien und
    Australien   .   .   1858 S. 522, Nr. 9
Das „Milchmeer" bei den Molukken   .   1861 S. 148
Tages- u. Nachtzeit auf dem Rothen Meer, nach Burton   1856 „ 74
Die Wärme des Rothen Meeres, nach Buist   .   1860 „ 197
Das untersensche Terrain des Rothen Meeres   .   1861 „ 358
L. Englische Seekarte vom Indischen Ocean   .   1857 „ 452
Walker, Chart of the Bay of Bengal   .   .   1858 „ 494

5. Inseln des Indischen Oceans.

A. Petermann, Die sogenannten „König Max - Inseln",
    Kerguelen, St. Paul und Neu - Amsterdam, Prinz
    Edward-Insel u. s. w.   .   1858 S. 17
N. Entwirrung der Geographie von Neu - Amsterdam und
    St. Paul .   .   .   1855 „ 56
Scherzer über St. Paul und Neu - Amsterdam   .   1858 „ 170

N. Positionsbestimmung von St. Paul durch die „Novara"   1858 S. 426
Die Inseln Neu - Amsterdam und St. Paul 111 Jahre
    früher entdeckt, als bisher angenommen   .   .   1861 „ 398
Die Natchendall-Insel im Indischen Ocean   .   1862 „ 237
Englische Besitznahme der Keeling-Inseln   .   1857 „ 529
L. v. Frauenfeld, Notizen zur Kenntniss über Neu-Amsterdam   1861 „ 448

6. Grosser Ocean.

A. Petermann, Der Grosse Ocean (neuere Aufnahmen und
    Karten, Tiefenmessungen, Strömungen, Meeres-Tem-
    peratur, Luftströmungen, Politisches)   .   .   1857 S. 27
Denham's Aufnahmen im Korallen - Meer   .   1861 „ 36
N. Mittlere Tiefe des Stillen Oceans   .   1856 „ 119
Die grossen Tiefenmessungen im Stillen Ocean   .   1861 „ 201
Tiefenmessung zwischen Philippinen u. Marianen 1861 S. 206 (Ehrenberg)
Ein vulkanisches Phänomen im Grossen Ocean   .   1863 S. 112
L. Meinicke, Die Torres - Strasse   .   1857 „ 541
Englische Seekarten vom Chinesischen Meer   .   1855 „ 76
Russische Seekarten vom Behring's-Meer und nördlichen
    Grossen Ocean   .   .   1858 „ 74

7. Inseln des Grossen Oceans.

N. Entdeckung einer Felsengruppe im Japanischen Meer   1855 S. 326
Die Antipoden-Insel, nach Darley   .   .   1859 „ 354

8. Polar-Meere.

N. Die Strömungen im westlichen Polar - Meere   .   1855 S. 332
Exploration der „Atalante" im Arktischen Meere   .   1855 „ 532
Über die Temperatur des nördlichen Polar-Meeres   .   1857 „ 158
Irminger über die arktische Strömung um Grönland   .   1857 „ 283
M'Cormick, Die Fauna des Wellington - Kanals   .   1855 „ 117
Verbreitung des antarktischen Treibeises   .   1863 „ 416
Temperatur des antarktischen Meeres   .   1863 „ 418
L. Englische Seekarten vom Arktischen Meere   .   1855 „ 77

9. Nautik.

L. Metzger, Nautische Geographie   .   1857 S. 547; 1858 S. 580
v. Freeden, Handbuch der Nautik   .   .   1864 „ 319
Deichmann, Great Circle Sailing   .   1857 „ 547
Reports of the Liverpool Compass Committee   .   1856 „ 125
Heybrock und Ratzeburg, Nautischer Hand-Atlas   .   1857 „ 452

VIII. ALLGEMEINES.

Abkürzungen: A.: Aufsätze; N.: Notizen; L.: Literatur.

1. Geographische Gesellschaften, Versammlungen, Stiftungen, Personalien.

A. v. Reden, Die Geographischen Gesellschaften in Europa   1856 S. 106
Die 1857er wissenschaftlichen Kongresse zu Montreal,
    Dublin und Bonn   .   .   1857 „ 379
Bernhardt Perthes, Biographie   .   .   1857 „ IX
v. Bourman's Leben, Reisen und Tod   1861 S. 369; 1864 „ 25
Kertheny, Biographische Skizzen von Csoma, Jerney,
    Reguly, Duka und Vaubéry   .   1864 „ 385
N. Murchison's Jahresbericht an die Geographische Gesell-
    schaft in London, 1857   .   1857 „ 322
Jahresberichte der Geographischen Gesellschaft zu Paris   1857 „ 116;
    1858 S 441, Nr. 9.
Jahresbericht der Asiat. Gesellschaft in Paris für 1856/57   1857 „ 537
Jahresbericht des Real Istituto Lombardo 1861   1863 S. 116 (Curioni)
Jahresbericht d. St. Petersburger Akademie für 1857 1858 S. 588, Nr. 37
Jahresberichte der K. Russischen Geograph. Gesellschaft   1857 S. 533;
    1858 S. 545, Nr. 30; 1859 S. 441, Nr. 11; 1862 S. 315; 1864 S. 78, 280

N. Sitzungen der K. Russ. Geogr. Gesellschaft 1857/59 1858 S. 105 u. 295;
    1859 S. 204.
Gründung einer Geographischen Gesellschaft in Wien   .   1855 S. 375
Sitzungen der Geograph. Gesellschaft in Wien, 1856 .   1856 „ 36,
    71, 113, 192 u. 481.
Die K. K. Geographische Gesellschaft in Wien   .   1857 „ 530
Gründung einer Geographischen Gesellschaft in Leipzig   1861 „ 282
Erste Sitzung der Geograph. Gesellschaft zu Leipzig   1862 „ 31
Preisfrage der Geographischen Gesellschaft zu Leipzig   1863 „ 65;
    1864 S. 310.
Die Geographische Gesellschaft zu New York   .   1857 „ 445
Der Werner-Verein   .   .   1857 „ 398
Der Londoner Alpine Club   .   1864 „ 432
Der Österreichische Alpen-Verein   .   1862 S. 270; 1864 „ 432
Der Italienische Alpen -Verein   .   1864 „ 433
Der Schweizer Alpen-Verein   .   1864 „ 433
Die Humboldt-Stiftung   .   .   1864 „ 71
Die Carl Ritter-Stiftung   .   1861 „ 230
Zweigverein der Asiatischen Gesellschaft in Lahore   .   1864 „ 156

N. Das K. Niederländische Institut für Sprach-, Land-
　u. Völkerkunde von Niederländ.-Indien zu Delft　1858 S. 556, Nr. 9
Die Royal Society von Victoria . . . . . . 1860 S. 199
Philosophical Institute of Canterbury, New Zealand . 1863 „ 73
Instituto histórico-geográfico del Rio de la Plata . 1857 „ 546
Geographische Personal-Nachrichten . . . 1856 S. 113, 192
Geographische Nekrologie des Jahres 1854/55 . . 1855 S. 305
Geographische Nekrologie des Jahres 1855/56 1856 S. 113, 293, 482
Geographische Nekrologie des Jahres 1857 . . . 1858 S. 33
Geographische Nekrologie des Jahres 1858 . 1859 S. 44; 1860 „ 41
Geographische Nekrologie des Jahres 1859 . 1860 „ 40; 1861 „ 45
Geographische Nekrologie des Jahres 1860 . 1861 „ 44; 1862 „ 30
Geographische Nekrologie des Jahres 1861 . 1862 „ 29; 1863 „ 33
Geographische Nekrologie des Jahres 1862 . 1863 „ 32; 1864 „ 31
Geographische Nekrologie des Jahres 1863 . . . 1864 „ 30
Anderson, Nekrolog . . . . 1857 „ 332
Beechey, Nekrolog . . . . 1857 „ 330
Bilharz, Nekrolog . . . . 1862 „ 275
Buckland, Nekrolog . . . . 1857 „ 331
Castrén, Biographisches . . . . . . 1856 „ 391
Earl of Ellesmere, Nekrolog . . . . . 1857 „ 330
Graves, Nekrolog . . . . 1857 „ 532
v. Harnier, Biographisches 1862 S. 274; Ergbd. II, S. (125) u. (141)
Jervis, Nekrolog . . . . 1857 S. 332
Munzinger, Biographisches . . . . . 1861 „ 43
v. Neimans', des Afrikanischen Forschers, Tod . . 1858 „ 165
Robert Schomburgk, Biographisches . . . 1857 „ 322
Tibell, Biographie . . . . . . 1860 S. 449 Anm.
Wahlberg, Nekrolog 1857 S.207
Tod des Prof. Roth in Palästina . . . . 1858 „ 342
Der grösste Arabische Geograph (Moqaddasy), nach
　Sprenger . . . . 1864 „ 355
L. Henschling, Congrès de Statistique tenu à Vienne 1857　1858 „ 170
Österreich auf dem Statistischen Kongress zu Wien . 1858 „ 171
Ficker, Die Versammlung des statistischen Kongresses
　zu Wien . . . . 1858 „ 516
Veth, Het Bataviaasch Genootschap van kunsten en
　wetenschappen . . . . 1858 „ 174
Reports of the Board of the Smithsonian Institution . 1857 „ 277;
　1858 S. 302; 1859 S. 469.
Rhees, Account of the Smithsonian Institution . . 1857 „ 541
Romero, Trabajos de la Sociedad Mexicana de geografía 1864 „ 199
Poggendorff, Biographisch-literarisches Handwörterbuch 1858 „ 441
Zuchold, Dr. Ludwig Leichhardt, biographische Skizze 1857 „ 155
Autobiography of Lutfullah . . . . . 1857 „ 451
Olmsted, Life and labours of W. C. Redfield . . 1858 „ 304
Keilhan's Biographie . . . . . . 1858 „ 488
Elder, Biography of Elisha Kent Kane . . . 1858 „ 488
Wagner, Denkrede auf Johannes Rudolf Roth . . 1859 „ 361
Carl Ritter, Ein Lebensbild von G. Kramer . . 1864 „ 400
de Veer, Prinz Heinrich der Seefahrer und seine Zeit 1864 „ 196

2. Mathematische und physikalische Geographie.

L. Bibliographie . 1856 S. 163, 164, 200, 240. — 1857 S. 56, 157,
　228, 231, 283, 359, 452, 488, 548. — 1858 S. 81, 125, 256,
　385, 488, 527, 530, 581, 590. — 1859 S. 315, 394, 524. —
　1860 S. 118, 281, 322, 445. — 1861 S. 85, 207, 247, 328, 480.
　— 1862 S. 120, 240, 358, 490. — 1863 S. 77, 320, 357. — 1864
　S. 237, 319, 399.
Steinhauser, Grundzüge der mathematischen Geographie 1857 S. 228
Birnbaum, Grundzüge der astronomischen Geographie 1862 „ 120
Prestel, Das astronomische Diagramm . . . 1860 „ 366
v. Humboldt über den 4. Band seines Kosmos . . 1857 „ 400
v. Humboldt, Kosmos. 4. und 5. Band 1858 S. 125; 1863 „ 72
Sabine, Notes on the IV. volume of Kosmos . . 1859 „ 85
Greenwood, Rain and River . . . . . 1857 „ 451
v. der Decken, Die Naturkunde als Einheitswissenschaft 1858 „ 527
Bruhns, Telegraphische Längenbestimmungen zwischen
　Berlin, Königsberg und Brüssel . . . 1856 „ 539
Prediger, Über die Genauigkeit barometrischer Höhen-
　messungen . . . . 1861 „ 127
Yates, What is the best unit of length? . . . 1858 „ 581

3. Mathematische Geographie, Gradmessungen.

A. Steinhauser, Neue Berechnung der Dimensionen des
　Erdsphäroids . . . . 1858 S. 465
Keber, Flächeninhalt und Küstenlänge . . . 1863 „ 309
Bothe, Schumann, Steinhauser, Über die Beziehungen
　zwischen Flächeninhalt und Grenzlänge der Länder . 1863 „ 406
Keber's Einwand gegen Dr. Bothe's Vorschlag . . 1864 „ 91
v. Prondzynski's Erörterung und Vorschlag . . 1864 „ 92
Bothe's Erwiderung auf erhobene Bedenken . . 1864 „ 232
Die Russisch-Skandinavische Breitengrad-Messung . 1857 „ 315
v. Blaramberg, Die Vermessung des Parallelbogens von
　52° N. Br. durch ganz Europa . . . 1861 „ 209
Die Mittel-Europäische Gradmessung . . . 1863 „ 66
Rogg, Die trigonometrischen und barometrischen Höhen-
　messungen . . . . 1861 „ 409
N. Untersuchungen über specifisches Gewicht und Abplat-
　tung der Erde . . . . 1857 „ 285
v. Schubert über die elliptische Form des Äquators 1859 S. 446, Nr. 6;
　1861 S. 247 (Struve).
Steinhauser über die Grösse der Geographischen und
　Österreichischen Meile . . . . 1858 S. 306, Nr. 15
Länge und Breite der Haupt-Sternwarten . . . 1858 S. 46
H. v. Schlagintweit's Skalenrädchen . . . . 1864 „ 71
Vincent über die Gradmessung des Eratosthenes . 1857 „ 455
Die Gradmessung auf Spitzbergen . . . . 1864 „ 67
Rogg, Tafel der zuverlässigsten Breitengrad-Messungen 1864 „ 311

4. Kartenzeichnen, Kartensammlungen, Atlanten,
Weltkarten.

A. Berghaus, James' und Babinet's Entwurfs- Arten für
　Planigloben . . . . 1858 S. 63
Brügmann, Benutzung der Karten zu den „Geogr. Mitth.” 1864 „ 41
N. v. Streffleur über das Terrain auf Karten . . 1856 „ 36
Steinhauser, Schichtenkarten . . . . . 1863 „ 390
v. Sydow, Einfluss der Spezialtopographie auf die
　Kartenzeichnung . . . . . . 1858 „ 146
Pauliny's Relief- Karten . . . . . . 1861 „ 157
v. Littrow's Tiefenkarten des Meeres . . . 1861 „ 62
Eine neue Weltkarte (von Berghaus) . . . 1864 „ 356
Die Scharnhorst'sche Karten - Sammlung in Berlin . 1857 „ 210
L. Bibliographie . 1856 S. 28, 56, 92, 120, 148,
　1858 S. 86, 264, 392, 536, 595. — 1859 S. 320, 400, 530. —
　1860 S. 123, 284, 324, 447. — 1861 S. 88, 207, 248, 328, 406,
　482. — 1862 S. 120, 360. — 1863 S. 80, 360. — 1864 S. 240,
　320, 400.
Voorschrift ter vervaardiging van Kaarten . . 1857 S.452
Signaturen behufs Auszeichnung von Plan-Zeichnungen 1858 „ 561
Adam, Das Entwerfen geographischer Kartennetze . 1859 „ 85
Babinet, Système homalographique . . . . 1857 „ 283
James, Geometrical projection of two thirds of the sphere 1857 „ 452
v. Egloffstein, New Style of topogr. drawing . . 1858 „ 125
Cybulz, Anwendung der Plastik beim Terrainzeichnen 1859 „ 159
Guggenberger, Vereinfachte Höhen- u. Tiefendarstellung 1859 „ 279
Hébert, Système général d'immatriculation . . 1858 „ 433
Ziegler, Über topographische Karten . . . 1862 „ 171
Unschuld, Leitfaden zur darstellenden Statistik auf Karten 1859 „ 445
Verlagswerke von Justus Perthes . 1855 S. 28, 56, 92, 120, 148,
　172, 236, 272, 305, 334. — 1856 S. 84, 124, 164, 308, 348. —
　1857 S. 116, 158,
Stieler's Hand-Atlas . . . . . 1855 S. 26, 56, 272
Stieler's Schul-Atlas 1856 S.164
Bericht zu Stieler's Hand-Atlas, 7. Aufl. . . . 1857 „ 157
Neue Bearbeitungen zu Stieler's Hand-Atlas . . 1858 „ 516
Neue Karten in Stieler's Hand-Atlas . . . 1864 „ 155
v. Sydow, Orographischer Atlas . . . . 1855 „ 56
v. Sydow, Hydrotopischer Atlas . . . . 1855 „ 305
v. Sydow, Oro-hydrographischer Atlas . . . 1856 „ 164
v. Sydow, Schul-Atlas . . . . . 1856 S. 164, 348
v. Sydow, Wand-Atlas in Russischer Sprache . . 1857 S. 157
v. Sydow, Hydrographischer Atlas . . . . 1858 „ 527
Ziegler, Hypsometrischer Atlas . . . . 1857 „ 157
Ziegler, Allgemeiner Atlas in 29 Bl. . . . 1857 „ 452

L. Dufour, Atlas universel . . . 1857 S. 452
Kiepert, Neuer Hand-Atlas . . . 1858 „ 126
Ewald, Hand-Atlas der allgemeinen Erdkunde . 1858 „ 581
Schade, Illustrirter Hand-Atlas . . . 1859 „ 361
Meyer's Neuester Hand-Atlas . . . 1861 „ 400
Johnston's Royal Atlas of modern geography . 1861 „ 248
Geographischer Atlas, herausgegeben vom Kais. Russ.
Kriegstopographischen Dépôt . . . 1861 „ 482
The Standard Atlas of the World, 100 maps . 1864 „ 240
Cassell's complete Atlas, 260 maps . . . 1864 „ 240
v. Spruner, Atlas antiquus . . . 1855 „ 306
v. Spruner-Menke, Atlas antiquus . . . 1862 „ 360
v. Spruner, Historisch-geogr. Hand-Atlas, 2. Ausgabe 1855 „ 172
v. Spruner, Historico-geographical Hand-Atlas . 1861 „ 248
v. Spruner, Historisch-geographischer Schul-Atlas 1855 „ 306
Spruner-Bretschneider, Historisch-geogr. Wand-Atlas 1856 S. 84, 348
Woerl, Atlas der Schlachten, revidirt von v. Dürrich . 1858 S.581
Vogel, Kleiner Schul-Atlas . . . 1855 „ 92
Vogel's Schul-Atlas mit Randzeichnungen. 9. Aufl. 1861 „ 408
Vogel und Delitsch, Wandkarte auf Wachstuch . 1859 „ 490
Delitsch, Netzatlas auf Wachspapier . . . 1858 „ 527
v. Liechtenstern und Lange, Ergänzungshefte zum Schul-
Atlas . . . 1855 S. 92; 1857 „ 548
Morse and Colby, The Diamond Atlas . . . 1857 „ 228
Lund, Skolekort ved mathematiske og physiske geographi 1858 „ 489
Civelli, Atlante geografico popolare . . 1861 S.112, 208
Kozenn, Geographischer Schul-Atlas . . . 1861 S.406
Barral, Atlas du Cosmos . . . 1861 „ 208
Marcou, Carte géologique de la terre, 8 Bl. . 1862 „ 360
Müllerus, Strabonis rerum geographicarum tabulae . 1858 „ 527
v. Sydow, Wand-Atlas. 1. Bl. Erdkarte . 1858 „ 527
Berghaus und v. Stülpnagel, Chart of the World, 8 Bl. 1861 „ 402;
1863 S. 482.
Berghaus, Allgemeine Weltkarte . 1861 S. 407; 1864 S. 356, 486
Chatelain, Carte des voies de communication. 4 Bl. 1863 S.360
Franke, Planiglob in zwei Weltkarten, 18 Bl. . 1861 „ 406
James, Geometrical projection of two thirds of the sphere 1857 „ 452
Babinet, Mappe-monde, système homalographique . 1857 „ 548
Church Missionary Atlas . . . 1857 „ 452
Atlas der Evangel. Missionsgesellschaft zu Basel . 1858 „ 126
Reichel, Missions-Atlas der Brüder-Unität . 1861 „ 248
Petri, L'orbe cattolico, Atlante etc. . . 1859 „ 198
Grundemann, Missions-Weltkarte, 6 Bl. . 1863 „ 360
Kartenbeilagen zur Allgemeinen Auswanderungs-Zeitung 1858 „ 581
Pauliny, Terminologische Relief-Karten . 1861 „ 157
Eckhardt, Neue Stern-Karte . . . 1859 „ 86

5. Klimatologie, Meteorologie.

A. Petermann, Die Englischen wissenschaftlichen Luftschiff-
fahrten 1852 . . . 1856 S. 333
Glaisher's Luftballon-Fahrten, 1862 und 1863 . 1864 „ 161
Prestel, Beobachtungen über die mit der Höhe abneh-
mende Temperatur der unteren Luftschichten . 1860 „ 415
Prestel, Über die meteorolog. Beobachtungs-Systeme
zu maritimen Zwecken . . . 1862 „ 4
Prestel, Ergebnisse der neuesten auf das Gesetz der
Stürme gerichteten Untersuchungen . . 1862 „ 401
Mühry, Das geographische System der Winde . 1859 „ 146
Mühry, Die geographische Vertheilung des Regens . 1860 „ 1
Chop, Einige Bedenken über die mittlere Windrichtung
nach der Lambert'schen Formel . 1864 „ 298
N. Arbeiten des Meteorologischen Instituts in Utrecht . 1857 „ 266
Glaisher's wissenschaftliche Luftballon-Fahrten . 1862 „ 490
Einfluss des Mondes auf Temperatur und Regenmenge 1857 „ 390
Der Himmel als Wetterprophet . . . 1860 „ 80
Meech, Intensität der Sonnenwärme vor 10.000 Jahren 1859 „ 79
Walferdin's Versuche über die Temperatur der Erde . 1857 „ 285
Dove über die Wärme der Flüsse . 1858 S. 490, Nr. 12
Dove über die Lage des physischen Äquators . 1858 „ 586, „ 23
Andrau's Theorie der Wirbelstürme in höheren Breiten 1862 S.397
Dove über Andrau's Theorie der Wirbelstürme . 1863 „ 68

Mühry, Über die geographische Änderung der Achse der
meteorischen Windrose an der östlichen Seite der
beiden grossen Kontinente . . . 1862 S.192
N. Mühry, Zwei Wind-Pole auf der nördlichen Hemisphäre 1863 „ 157
Thomson über die grossen Ströme der Luftcirkulation 1857 „ 390
Prestel, Über den Werth der nach der Lambert'schen
Formel berechneten mittleren Windsrichtung für die
Meteorologie . . . 1861 „ 252
Durocher, Beobachtungen auf dem Nord-Atlant. Ocean 1860 „ 160
Maury über die Stürme des Atlantischen Oceans . 1858 „ 427
Jülfs, Die Stürme des Nord-Atlantischen Oceans und
der Golfstrom . . . 1862 „ 229
Zeit der grössten Tageswärme auf den Trop. Meeren . 1860 „ 321;
1861 S. 481 (Schrenk); 1862 S. 358 (Lenz).
Tages- u. Nachtzeit auf dem Rothen Meer, nach Burton 1856 „ 74
Die Wärme des Rothen Meeres, nach Buist . 1860 „ 197
Einwirkung des Kanonendonners auf die Regenbildung 1862 „ 113,
312, 439.
L. Reimann, Das Luftmeer . . . 1857 „ 56
Schmid, Lehrbuch der Meteorologie . . . 1861 „ 127
Schmid, Grundriss der Meteorologie . . . 1862 „ 490
Herschel, Meteorology . . . 1861 „ 480
Gmiton, Meteorographica . . . 1863 „ 357
Mühry, Grundzüge der Noso-Geographie . . . 1856 „ 305
Mühry, Klimatologische Untersuchungen . . . 1858 „ 304
Mühry, Allgemeine geographische Meteorologie . 1861 „ 127
Mühry, Klimatographische Übersicht der Erde . 1862 „ 490
Mühry, Beiträge zur Geophysik und Klimatographie . 1863 „ 357
Dove, Klimatologische Beiträge . . . 1858 „ 441
Kämtz, Repertorium für Meteorologie 1861 S. 159, 328; 1863 „ 357
Meech, Intensity of the heat and light of the Sun upon
different latitudes . . . 1857 „ 283
Prestel, Beobachtungen über die mit der Höhe zuneh-
mende Temperatur . . . 1860 „ 84
v. Sonklar, Über die Änderung d. Temperatur mit der Höhe 1863 „ 357
Friedmann, Graphische Darstellung der jährl. Temperatur 1863 „ 357
Dove, Einfluss der Richtung der Gebirge auf die
Regenmenge . . . 1864 „ 38
v. Sonklar, Über den Zusammenhang der Gletscher-
schwankungen mit den meteorologischen Verhältnissen 1859 „ 46
v. Gräfe, Über Orkane . . . 1856 „ 174
Wilkes, Theory of the Winds . . . 1856 „ 200
Chappelsmith, Über Minimal-Barometerstände u. Stürme 1858 „ 125
Oblert, Zur Theorie der Strömungen des Meeres und
der Luft . . . 1859 „ 361
Maury, Gales in the Atlantic . . . 1858 „ 427
Maury, The winds at sea . . . 1860 „ 366
Maury, Force of the trade-winds of the southern
hemisphere . . . 1860 „ 366
Maury, The barometer at sea . . . 1861 „ 207
Prestel, Das geographische System der Winde über
dem Atlantischen Ocean . . . 1863 „ 357
Hassakarl, Meteorol. Waarnemiugen op eene reis van
Lima naar Makassar . . . 1857 „ 283
Guyot, Tables meteorological and physical . 1858 „ 570
Andriveau-Goujon, Carte des courants de l'atmosphère 1864 „ 238
Europa.
A. Mühry, Wetter-Bewegung des Januar 1864 in Europa,
mit einer Bemerkung zur Theorie der Stürme . 1864 S.138
Berger, Der Wisper- und der Bodenthal-Wind . 1864 „ 201
Kofitka, Die klimat. Verhältnisse d. Hohen Tatra Ergbd. III, Nr. 12, S. 23
Mühry, Schweizer meteorol. Beobachtungen, 1863/64 . 1865 S. 380
N. Friedmann, Die Witterungs-Verhältnisse Europa's im
Juli 1864 . . . 1864 „ 306
Mühry, Die Wetterwende in Europa Mitte Januar 1861 1861 „ 71
Mühry, Die meteorolog. Verhältnisse der Hoch-Alpen 1863 „ 354
Geographisches aus dem Hospiz des Gr. St. Bernhard 1855 „ 302
Prestel, Die Nordwest-Deutsche Niederung als Glied des
Regengebiets über dem Nord-Atlantischen Ocean 1864 „ 111
Prestel, Der Moorrauch der Jahre 1857 und 1860 . 1858 „ 106;
1861 S. 313.
Krause, Noch Einiges über den Moorrauch . . 1858 „ 315
Das Schwarza-Gebiet im Thüringer Wald . 1859 „ 194
Zur Meteorologie von Koburg . . . 1864 „ 67
Loeff's meteorolog. Beobachtungen zu Gotha, 1846—59 1860 „ 112

N. Meteor-Phänomen in Böhmen 5. Oktober 1856 . . 1856 S. 489
Vertheilung der Wärme über die Britischen Inseln . 1857 „ 390
Resultate der meteorol. Beobachtungen in Schottland 1858 S. 517, Nr. 6
Die Vertheilung des Regens in Italien . . . 1863 S. 386
Dürer, Regenmenge in Mailand und am Comer See . 1864 „ 305
Die geringe Regenmenge in der Krim . . . . 1858 „ 70
Meyerson, Zur physikalischen Geographie Astrachans . 1858 „ 327
Dürrung und Heuschrecken-Plage in Astrachan, 1860 1860 „ 440
L. Fuchs, Die epidemischen Krankheiten in Europa . . 1860 „ 488
Prestel, Verbreitung der Gewitter in Mittel-Europa . 1858 „ 539
Dove, Einfluss der Alpen auf das Klima Europa's . 1864 „ 38
Kreil, Jahrbücher der Central-Anstalt für Meteorologie 1857 „ 110;
    1858 S. 539; 1861 S. 288.
Fritsch, Phänomenologische Übersichten von Österreich 1858 „ 298
Übersicht der Witterung in Österreich 1862 . . 1864 „ 358
Kornhuber, Klimatische Verhältnisse Presburgs . . 1861 „ 121
Zeithammer, Meteorologische Beobachtungen zu Agram 1859 „ 486
Haidinger, Der Meteorit von Kakova bei Oravitza . 1858 „ 271
Prestel, Die Thermische Windrose für NW.-Deutschland 1861 „ 443
Prestel, Das Gewitter des Jahres 1855 zu Emden . 1857 „ 436
Stohlmann, Über die klimat. Verhältnisse Gütersloh's 1861 „ 321
Galle, Grundzüge der Schlesischen Klimatologie . 1858 „ 46
Lamont, Meteorol. Beobachtungen zu München, 1825—36 1860 „ 200
Plantamour, De la température à Genève, 1836—1855 1858 „ 46
Plantamour, Resumé météorol. de l'année 1855 et 1856
    pour Genève et le Grand Saint-Bernard . . 1858 „ 46
Edlund, Meteorologiska Iaktagelser i Sverige 1861 S. 121; 1863 „ 76;
    1864 S. 74.
Publikationen des Niederl. Meteorologischen Instituts . 1859 „ 85
Meteorologische Waarnemingen in Nederland 1859 S. 85; 1861 „ 445;
    1863 S. 396.
Reports of the Meteorolog. Department 1857 S. 451; 1859 „ 85
Publikationen des Meteorol. Departem. des Board of Trade 1859 „ 85
Annuaire de la Société météorologique de France . 1858 „ 581
Résumé des observations dans le bassin de la Saône . 1859 „ 486;
    1861 S. 323.
Drian, Observations météorolog. faites à Lyon . . 1859 „ 486
Magrini, Sulla fondazione di una società meteorologica 1863 „ 117
Zantedeschi, Le leggi del clima Milanese . . . 1861 „ 284
Massa, Sulle intemperie di Sardegna . . . . 1861 „ 350
Kupffer, Compte-rendu de l'observatoire physique . 1859 „ 279;
    1860 S. 366; 1861 S. 127.

Asien.

A. Roth's meteorologische Beobachtungen in Palästina . 1857 S. 413
Die Temperatur-Verhältnisse Indiens. Nach H. v. Schlag-
    intweit . . . . 1863 „ 382
N. Nardi, Klimatische Verhältnisse von Jerusalem . 1858 „ 37
Physikal.-geogr. Beobachtungen in Jerusalem, n. Barclay 1858 „ 296
Palmer's meteorologische Beobachtungen zu Jerusalem 1860 „ 481
Blau, Der Winter 1863/64 in Klein-Asien . . 1864 „ 295
Meteorologische Beobachtungen in Trans-Baikalien . 1858 „ 333
Meteorol. Beobachtungen zu Nikolajewsk am Amur 1860 S. 367, Nr. 8
Maximowicz's Reise im Amur-Land . . . . 1861 S. 315
Die Regenmenge in Indien, nach Buist . . . 1860 „ 196
Stewart über Flora und Klima des Peschawer-Thales . 1864 „ 159
de Castelnau über Erdbeben u. Feuchregen zu Singapore 1861 „ 325
Die meteorol. Beobachtungen in Niederländisch-Indien 1858 „ 469
Die physikal. Verhältnisse der Lutschu-Inseln, nach Fürst 1860 „ 156
L. Liévin, Die Monsune des Indischen Meeres . . 1857 „ 283
Redfield, Cyclones of the Western Pacific . . . 1858 „ 304
Friedel, Klima und Krankheiten Ost-Asiens . . 1864 „ 113

Afrika.

A. Brun-Rollet, Meteorologisches Tagebuch auf dem Bahr
    el ghasal . . . . . . Ergbd. II, S. (23)
Kreil, Kinzelbach's meteorologische Beobachtungen in
    Ost-Afrika . . . . Ergbd. III, Nr. 15, S. 29
Berghaus, Das Klima der Kolonie Natal . . . 1855 S. 272
Klima des Inneren von Süd-Afrika . . . . 1858 „ 196
N. Beobachtungen über das Klima Ägyptens . . 1857 S. 426, 523
Waitz v. Eschen, Temperatur-Beobachtungen auf dem
    unteren Nil . . . . 1864 S. 192
Meteorol. Beobachtungen am oberen Nil, nach Kreil . 1859 „ 305
Zur physikalischen Geographie Abessiniens . . 1855 „ 169
Vogel, Zur Meteorologie von Tripolitanien und Fessan 1855 „ 250

N. Duveyrier, Meteorologisches aus Ghardaja . . 1860 S. 55
Rigby, Das Klima von Zanzibar . . . . 1861 „ 253
Das Klima am Ukerewe-See, nach Speke und Grant . 1863 „ 388
Regenmenge in Sierra Leone . . . . . 1855 „ 146
Meteorol. Beobachtungen am Kap der Guten Hoffnung 1858 „ 42
Regenmenge in Natal, 1855—58 . . . . 1857 „ 527
L. Uhle, Der Winter in Ober-Ägypten . . . . 1858 „ 560
Ferrini, Sul clima della città di Tunisi . . . 1861 „ 350

Australien.

A. Die klimatischen Verhältnisse des Torrens-Beckens . 1860 S. 308
Das Klima des Inneren von Australien . . . 1861 „ 190
Klimatisches über den Nordwesten von Süd-Australien 1863 „ 308
Das Klima von Arnhem's Land in Nord-Australien . 1864 „ 98
N. Meteorologische Beobachtungen zu Melbourne . 1855 „ 352
Hague, Klima des Amerikanischen Polynesien . . 1863 „ 82
Strenge Witterung in Australien 1855 . . . 1856 „ 158
Die Regenmenge in Süd-Australien, 1839—59 . 1860 „ 241
Das Klima des Kennedy-Distrikts in Queensland . 1861 „ 389
Duboc über das Klima d. Widebay-Distriktes in Queensland 1862 „ 318
Das Klima von Nordwest-Australien, nach Gregory . 1862 „ 284
L. Neumayer, Results of magnetical observations Melbourne 1862 „ 199

Amerika.

A. Douai, Das Klima von Texas . . . . . 1864 S. 123
v. Tschudi, Klima von Minas geraes . . Ergbd. III, Nr. 9, „ 10
Burmeister, Die Regenverhältnisse der Argent. Republik 1864 „ 9
N. Die Luft-Temperatur zu Point Barrow . . . 1857 „ 390
Meteorol. Beobachtungen zu Ikogmut in Russ.-Amerika 1860 S. 362, Nr. 1
Das Klima von Neu-Fundland . . . . . 1861 S. 151
Meteorol. Beobachtungen in Britisch-Columbia 1863 S. 277 (James)
Bache über die Winde an der Kalifornischen küste . 1857 S. 381
Forslay über die Erscheinung des „Norther" in Texas 1857 „ 382
Klima der Provinz Chiriqui . . . . . 1863 „ 286
Regenmenge auf der Insel Trinidad . . . . 1858 „ 423
Temperatur der Insel Trinidad . . . . . 1858 „ 424
Regenmenge in Rio de Janeiro, 1851—54 1857 S. 148; 1858 „ 421
L. Espy, Fourth meteorological report . . . . 1858 „ 570
Meteorol. Observations in the U. S., 1854—59 . 1862 „ 485

Polar-Regionen.

A. Mühry, Die Meteorologie der nördlichen Polarzone . 1861 S. 289
Mühry, Zur Vertheidigung der Oceanität am Nordpol
    in meteorologischer Hinsicht . . . . 1864 „ 424
N. Kellett, Das Klima der Melville-Insel . . . 1855 „ 117
Warmes Wetter in Grönland während der grossen
    Kälte 1854/55 . . . . 1855 „ 303
Mühry, Die milde Winter-Temperatur in Grönland . 1864 „ 85
Gewitter in Grönland . . . . . . 1859 „ 125
Thermische Verhältnisse der antarktischen Regionen . 1863 „ 418
L. Froriep, Das Klima am Nordpol . . . . 1857 „ 282
M'Clintock, Meteorol. observations in the Arctic Seas . 1864 „ 399

6. Erdmagnetismus.

A. Chydenius, Magnetische Beobachtungen auf Spitzbergen 1863 S. 212
N. Nardi, Deklination in der Nord- u. Ostsee, 1858 1858 S. 519, Nr. 14
Magnetische Phänomen im Finnischen Meerbusen . 1860 S. 272;
    1862 S. 480 (Lenz).
Magnet. Beobachtungen im Mittelländischen, Schwarzen
    und Rothen Meere . . . . . . 1858 „ 111
Vogel's magnetische Beobachtungen in Nord-Afrika und
    Kuka . . . . 1855 „ 258
Sabine über die magnet. Beobachtungen zu Toronto . 1857 „ 285
Magnetische Störungen und Nordlicht zu Point Barrow 1857 „ 390
Olmstedt über eine seculäre Periode des Nordlichts . 1857 „ 55
Neumayer, Das Südlicht in Australien . . . 1858 „ 424
Sonntag's magnetische Beobachtungen in Mexiko 1861 S. 126, Nr. 3
Fuchs über den Zusammenhang zwischen Epidemien
    und Erdmagnetismus . . . . 1860 S. 489, Nr. 1
L. Lamont, Détermination des constants magnétiques . 1858 S. 516
Lamont, Die zehnjährige Periode in der täglichen Be-
    wegung der Magnetnadel . . . . 1863 „ 76
Lamont, Untersuchungen über den Erdmagnetismus in
    Europa . . . . 1860 „ 200

L. Schanb, Magnet. Beobachtungen im östlichen Mittelmeer 1858 S. 581
Kreil, Magnetische Ortsbestimmungen im südöstl. Europa 1863 „ 74
Schweizer, Die bei Moskau stattfindende Lokal-Attraktion 1863 „ 400
Sabine, Magnetical and meteorol. observations at Toronto 1858 „ 122
Sabine, Magnetical and meteorol. observations at St. Helena 1861 „ 127
Bache and Hilgard, Terrestrial magnetism in the U. S. 1857 „ 444
Bache, Magnetical observations at Philadelphia . 1864 „ 399
Scoresby, Voyage round the world for magnetical research 1860 „ 84

7. Zoologisches, Geograph. Verbreitung der Thiere.

N. Die geographische Verbreitung der Elektrischen Fische 1856 S. 81
Benutzung Elektrischer Fische su Heilzwecken . 1857 „ 391
Die Wanderungen der Zugvögel, nach v. Middendorf . 1856 „ 193
Ziegler über die Verbreitung u. Wanderzüge der Heringe
und das Knacken der Rennthiere . . . . 1857 „ 418
Lenz, Die ausser-Europäischen Ameisen . . 1862 „ 237
L. Owen, On the classification and distribution of the
Mammalia . . . . 1861 „ 480
Jan, Iconographie générale des Ophidiens . . 1861 „ 480
Möbius, Die echten Perlen . . . . . 1860 „ 366

Europa.
N. Zur Ornithologie von Thüringen . . . 1855 S.376
Geographische Verbreitung der Schlangen in Baden . 1855 „ 267
Zur Charakteristik der Thierwelt von Ungarn . . 1861 „ 448
Krause, Asiatische Hühner im nordwestl. Deutschland . 1864 „ 32
Die geographische Verbreitung der Elenn in Norwegen 1862 „ 145
Geographische Verbreitung der Irischen Riesen-Hirsches 1855 „ 89
L. Speyer, Geographische Verbreitung der Schmetterlinge
Deutschlands und der Schweiz . . . . 1858 „ 539
Strobel, Distribution des Mollusques dans la Lombardie 1856 „ 46

Asien.
N. Roth, Krokodile in Palästina . . . . 1856 S. 112
Über das Vorkommen des Tigers in Nord-Asien . . 1857 „ 487
Die menschengefährlichen Raubthiere Indiens . . 1860 „ 196

Afrika.
A. v. Heuglin, Fauna des Rothen Meeres u. der Somali-Küste 1861 S. 11
v. Heuglin's Zoolog. Arbeiten in den Nilländern, 1861—64 1861 „ 310;
1862 S. 25, 144, 244, 386, 427; Ergbd. II, S. (108), (151) u. (161);
Ergbd. III, Nr. 15, S. 31.
Zur Zoogeographie Süd-Afrika's . . . . 1858 S. 410
N. Der Bahr el Dud in Fessan und seine Fauna . 1855 „ 245
Vögel, Fauna am Tsad-See . . . . . 1856 „ 168
v. Heuglin, Fauna der Bajuda . . . . 1859 „ 470
Die naturhistorischen Sammlungen der v. Heuglin'schen
Expedition in den Bogos-Ländern . . . 1862 „ 277
Zur physikalischen Geographie Abessiniens . . 1855 „ 169
Zwerg-Affe (Galago marinus, Murray) aus West-Afrika 1860 „ 198
Das Verbreitungsgebiet des Gorilla . . . 1864 „ 151
Die Tsetse-Fliege, die grosse Plage Süd-Afrika's . 1857 „ 526
Flora und Fauna von St. Helena . . . . 1858 „ 411
Einwanderung Weisser Ameisen auf St. Helena . 1864 „ 310
L. Hartlaub, Ornitholog. Beitrag zur Fauna Madagaskars 1861 „ 166

Australien.
A. Fauna der Kolonie Victoria . . . . 1855 S. 353
Fauna des Torrens-Beckens in Australien . . 1860 „ 312
Hague, Fauna der Amerikanischen Polynesien . 1863 „ 83
N. Akklimatisation von Alpacas in Australien . . 1863 „ 103
Krokodile in Queensland . . . . . 1861 „ 389
Krefft, Die Schlangen der Umgegend von Sydney . 1862 „ 395
Krefft's neuere Arbeiten über Australische Reptilien . 1864 „ 152
Die Paradiesvögel, nach Wallace . . . . 1863 „ 192
Entdeckung einer neuen Straussart auf Birara . 1858 „ 43
Zoologische Funde in den Alpen Neu-Seelands . 1863 „ 217
Zur Ornithologie der Schiffer-Inseln, nach Mills 1855 „ 332

Amerika.
A. Bartlett, Zur Thier-Geographie von Texas, Neu-Mexiko,
Californien u. s. w. 1855 S.121
Heusser und Claraz, Thierleben in der Brasilianischen
Provinz Rio de Janeiro . . . . . 1860 „ 247

A. v. Tschudi, Zoologisches über Minas geraes Ergbd. III, Nr. 9, S. 15
N. Geographische Verbreitung der Papageien in Amerika . 1856 „ 386
Fauna von Labrador . . . . . . 1863 „ 124
Verbreitung der Thiere am Missouri . . . 1858 „ 277
Die Jagd auf den Teufelsfisch in Süd-Carolina . 1859 „ 133
Der Californische Sperht (Melanerpes formicivorus) 1856 „ 78
Das Mexikanische Kletter-Stachelschwein . . 1863 „ 358
Fauna der Provinz Chiriqui . . . . 1863 „ 295
Zur Geographie der Vögel in den Andes, nach Jameson 1856 „ 79
Der Amerikanische Jaguar als Fischfänger . . 1855 „ 332
Fauna der Chapaden und Cattinga-Wälder in Brasilien 1859 „ 466
L. Wagner, Die Thierwelt in Amerika . . . 1857 „ 444
Report on the purchase of camels . . . 1858 „ 304

Polar-Regionen.
A. Fauna der arktischen Zonen, nach Torell . . 1861 S. 54
Malmgren, Vögel-Fauna von Spitzbergen . . 1863 „ 401
N. Fauna der Melville-, Eglinton- und Prins Patrick-Inseln 1855 „ 112,
115, 116.
M'Cormick, Die Fauna des Wellington-Kanals . 1855 „ 117
L. Lütken, Oversigt over Groenlands Echinodermata . 1858 „ 488

8. Botanisches, Geogr. Verbreitung der Pflanzen.

N. Die Palmyra-Palme . . . . . . 1856 S. 300
Zur Geschichte der Pflanzen-Wanderung, nach Zaya . 1856 „ 294
Unger über die Nahrungs - Pflanzen und ihre geogra-
phische Verbreitung . . . . . 1857 „ 455
Die nördliche Grenze der Kartoffel . . . 1859 „ 125
Eigenthümlichkeiten einiger tropischen Pflanzen . 1856 „ 119
Die Orchideen und ihre geographische Verbreitung . 1856 „ 194
L. Decandolle, Géographie botanique . . . 1856 „ 121
Heller, Kleine pflanzengeographische Studien . 1857 „ 548
Müller, Das Buch der Pflanzenwelt . . . 1858 „ 488
Linné, 1826—1858 . . . . . . 1856 „ 237
Göppert, Beiträge zur fossilen und lebenden Flora 1861 „ 480
Stur, Über den Einfluss des Bodens auf die Vertheilung
der Pflanzen . . . . . . 1858 „ 581
Rossmann, Die Heimath der wichtigsten Getreide-Arten 1861 „ 323
Seemann, Die Palmen. Deutsch von Bolle . 1857 „ 548
Seemann, Die Kokos-Palme . . . . 1857 „ 228
Mitscherlich, Der Cacao und die Chocolade . 1860 „ 366

Europa.
N. Nyman über die Flora Europa's . . . 1856 S. 39
Die Amerikanische Agave in Europa . . . 1855 „ 330
Ananas in Berlin, Brunnenkresse in Paris . . 1855 „ 267
Verbreitung der Cerealien in den Alpen, nach Stur . 1856 „ 386
Keil über die Vegetationsgrenze an der Kreuzkofel-
Gruppe . . . . . . 1860 S. 162, Nr. 3
Höhenangaben des Baumwuchses auf dem Böhmer Wald 1857 S.218
Wirtgen, Die Schneifel, ein Vegetationsbild . 1864 „ 103
Biela über Vegetationszonen in Sirbenbürgen . 1857 „ 217
Getreide-Ausfuhr von den Lofoten . . . 1861 „ 237
Die nördliche Brodlinie in Gross-Britannien . 1855 „ 54
Der Getreidebau in Schottland . . . . 1863 „ 154
Moore, Die Pflanzen, welche die Irischen Torfmoore bilden 1857 „ 392
Der Weinbau in Russland, nach Beketow . . 1858 „ 324
v. Sass, Pflanzengeographische Verhältnisse Osells . 1861 „ 282
Ruprecht's Reise in Kaukasus . . . . 1862 „ 184
L. Müller, Über das relative Alter der Alpenflor . 1858 „ 561
Schweinfurth, Vegetationsskizze der Umgegend von
Strassburg . . . . . . 1862 „ 158
Schübeler, Geographische Verbreitung der Obsthäume
in Norwegen . . . . . . 1858 „ 480
Schübeler, Die Kulturpflanzen Norwegens . . 1863 „ 115

Asien.
N. Die Manna der Israeliten . . . . 1864 S. 390
Hooker über die Cedern des Libanon . . . 1862 „ 115
Hanbury über den Storax . . . . 1857 „ 286
Stewart über Flora und Klima des Peschawer-Thales . 1864 „ 159
Zur botanischen Geographie und Orographie von Central-
Asien, nach Lehmann's Reise nach Buchara . 1855 „ 163

N. Botanische Ergebnisse der Ost-Sibirischen Expedition . 1864 S. 226
Schmidt, Botanische Nachrichten über Sachalin . . 1862 „ 149
L. Kotschy, Vertheilung der Pflanzen auf dem Bulghar Dagh 1859 „ 520
v. Baer, Dattelpalmen an den Ufern des Kaspischen
Meeres . . . . 1859 „ 274

Afrika.

A. Vogel, Zur botanischen Geographie von Tripolitanien
und Fessan . . . . 1855 S. 246
Steudner's botan. Beobachtungen in Unter-Ägypten 1861 S. 277, 309
Vegetation und Verbreitung wichtigerer Pflanzen in
Süd-Afrika . . . . 1858 S. 203
Berghaus, Die Vegetation der Kolonie Natal . . 1855 „ 280
N. Lowe, Charakter der Vegetation bei Mogador . . 1861 „ 353
Vogel, Vegetation in der Umgegend von Kuka . . 1856 „ 167
Vogel, Vegetation in Musgu und Tuburi . . . 1857 „ 137
Barth über die wichtigsten Bäume Central-Afrika's . 1856 „ 381
Seemann, Die Palme von Timbuktu . . . . 1857 „ 324
Schweinfurth's Aufruf an Botaniker in Betreff seiner
Nilreise . . . . 1863 „ 349
Zur physikalischen Geographie Abessiniens . . . 1855 „ 169
Die Butter vom Shea-Baum in Afrika . . . . 1860 „ 241
Welwitschia mirabilis, der sonderbarste Baum Afrika's 1862 „ 118;
1863 S. 350.
Flora und Fauna von St. Helena . . . . . 1858 „ 411
Die Flora des Clarence Peak auf Fernando Po . . 1862 „ 151
L. Schweinfurth, Plantae niloticae quas collegit Hartmann 1862 „ 318

Australien.

A. Müller, Zur Flora der Kolonie Victoria . . . 1855 S. 353
Müller's botanische Beobachtungen in Nord-Australien 1857 „ 200
Müller, Flora des Torrens-Beckens in Australien . 1860 „ 311
Müller, Flora des nordwestl. Theils von Süd-Australien 1863 „ 307
N. Süd-Australische Flora, nach Behr . . . . 1856 „ 235
Müller über die Flora von Nordwest-Australien . . 1863 „ 239
Zur Phyto-Geographie von Tasmania . . . . 1855 „ 351
Vieillard über die Flora der Insel Neu-Caledonien 1858 S. 569, Nr. 17
Die Sago-Palme auf Viti Levu . . . . . 1861 S. 70

Amerika.

A. Verbreitung der Kultur-Produkte in den Vereinigten
Staaten . . . . 1856 S. 408
Wagner, Bemerkungen über Charakter u. geographische
Verbreitung der Flora auf dem Isthmus von Panama Ergbd. I,
Nr. 5, S. 8.
v. Tschudi, Botanisches über Minas geraes Ergbd. III, Nr. 9, S. 14
N. Flora von Labrador . . . . . 1863 S. 124, 127
Die Heimath des Zucker-Ahorns . . . . . 1855 S. 330
Hopfenbau in den Vereinigten Staaten und anderen
Ländern . . . . 1856 „ 78
Vorkommen des Paraguay-Thee's in Nord-Carolina . 1858 „ 422
Verbreitung der Pflanzen am Missouri . . . . 1858 „ 277
Vegetation des Felsengebirges am South Clear Creek . 1863 „ 313
Verbreitung des Mesquite-Baumes in Nord-Amerika . 1858 „ 45
Ein Californischer Baum (Sequoia gigantea) . . 1855 „ 89
Die Sandfrucht von Sonora. . . . . . . 1855 „ 331
Vegetationszonen am Vulkan von Chiriqui . . . 1862 „ 413
Flora und Vegetationszonen in der Provinz Chiriqui . 1863 „ 291
Physiognomie der Waldflora auf dem Isthmus v. San Blas 1862 „ 130
Zur Geographie d. Pflanzen in den Anden, nach Jameson 1856 „ 79
Vegetation und Blüthezeit am Amazonen-Strom . . 1855 „ 171
Die Vegetation des Rio Negro, nach Spruce . . 1856 „ 82
Die vegetabilischen Öle im Gebiete des Amazonen-Stromes,
nach Spruce . . . . 1856 „ 82
Bonpland über die Verbreitung des Mate-Baumes in
Süd-Amerika . . . . . . 1858 S. 379, Nr. 37
Philippi über den Alerce-Baum (Fitzroya) in Chile . 1860 S. 133
Flora der Umgegend von Buenos Ayres . . . 1856 „ 487
L. Gray, Statistics of the flora of the United States . 1857 „ 444
Grisebach, Vegetation der Karaiben . . . . 1858 „ 122
v. Martius, Agaveae . . . . 1857 „ 278
Prospekt zu v. Martius' Flora Brasiliensis . . . 1857 „ 542

Polar-Regionen.

A. Flora der arktischen Zonen, nach Torell . . . 1861 S. 60
Rink, Die Vegetation von Nord-Grönland . . . 1855 „ 57
Malmgrén, Flora von Spitzbergen . . . . . 1865 „ 47

N. Flora von Nord-Grönland . . . . . 1856 S. 50
Flora des Grinnell-Landes zwischen 78° und 82° N. Br. 1864 „ 487

9. Geologisches, Vulkanismus, Erdbeben.

A. Weiss, Über den Orthodromismus der Erhebungen . 1856 S. 286
Clement, Die ringförmige Bahn der Erdbeben . . 1857 „ 139
Clement's Theorie der Erdbeben, beleuchtet von Kluge 1857 „ 424
Kluge, Die Reaktionen des Erdinnern gegen die Erd-
oberfläche in den Jahren 1855 u. 1856 . . . 1858 „ 236
Torell, Die frühere weitere Ausdehnung der arktischen
Region . . . . 1861 „ 61
Volger, Das jüngste grosse Erdbeben in Central-Europa 1856 „ 85
(vergl. 1855 S. 232).
Schmidt, Eruption des Vesuv im Mai 1855 . . 1856 „ 125
Die Veränderungen des Vesuv-Gipfels, 1857—58 . 1859 „ 206
N. Das Alter unseres Planeten nach Ami Boué . . 1855 „ 91
Das glutflüssige Innere der Erde . . . . 1855 „ 333
Hennessey über die Veränderung des Meeresniveau's in
verschiedenen geologischen Perioden . . . 1857 „ 391
Die Steinkohlenlager der Welt . . . . . 1855 „ 91
Sorby über die Bildung des Granit . . 1858 S. 442, Nr. 13
Gerhard über Dolomit und Steinsalz . . . . 1857 S. 399
Heer über eine ehemalige Verbindung zwischen Europa
und Amerika . . . . 1857 „ 454
Tyndall über die Bewegung des Mer de Glace 1858 S. 548, Nr. 52
v. Humboldt über die Vulkane der Erde . . . 1858 S. 35
Kluge über die Periodizität vulkanischer Ausbrüche . 1862 „ 490
Das Erdbeben vom 15. Januar 1858 in Ungarn 1858 S. 549, Nr. 53;
1859 S. 486, Nr. 1.
Allmähliche Erhebung eines Theils der Küste von Sicilien 1856 S. 469
Boué über das Erdbeben vom Dezember 1857 und
Januar 1858 . . . . . . 1858 S. 587, Nr. 34
Schmidt, Die Veränderungen des Vesuv seit 1631 . 1857 S. 149
v. Tchihatcheff, Der Ausbruch des Vesuv im Dezbr. 1861 1862 „ 33
Schläfli, Das Erdbeben in Epirus, 1858 . . . 1859 „ 117
Abich über die Schlamm-Vulkane der Halbinseln Taman
und Apscheron . . . . 1857 „ 398
Ein Seebeben bei den Azoren, 25. November 1857 . 1858 „ 428
Der Vulkan Tambora, Ausbrüche von 1815 . . 1855 „ 147
v. Neimans' Bericht über das Erdbeben zu Kairo
12. Oktober 1856 . . . . 1856 „ 488
Die Hebung der Australischen Kontinente, nach Becker 1858 „ 477
Ausbruch des Mauna Loa auf Hawaii, 1855—56 . 1857 „ 443
Ein vulkanisches Phänomen im Grossen Ocean . . 1863 „ 112
Bell über Hebungen u. Senkungen in Britisch-Amerika 1864 „ 197
Das Erdbeben im Mississippi-Thal 1811—12 1858 S. 303, Nr. 5
Burkart über den Ausbruch des Jorullo im Jahre 1759 1857 S. 533
Das grosse Erdbeben von San Salvador . . . 1855 „ 55
L. Quenstedt, Sonst und Jetzt . . . . . 1856 „ 40
Pfaff, Schöpfungsgeschichte . . . . . . 1856 „ 198
v. Rongemont, Geschichte der Erde . . . . 1856 „ 491
Cotta, Geologische Bilder . . . . . . 1857 „ 283
Cotta, Geologische Fragen . . . . . . 1858 „ 125
Frankland, On the Glacial Epoch . . 1864 S. 237, 320
Lorenz, Parallelo-chromatische Tafeln . . . 1858 S. 527
Dunker und v. Meyer, Palaeontographica . . . 1858 „ 559
v. Meyer, Reptilien aus der Steinkohlen-Formation in
Deutschland . . . . 1858 „ 549
Harting, Die vorweltlichen Schöpfungen . . . 1859 „ 85
Murchison, Siluria . . . . 1859 „ 279
Göppert, Über die Boghead Parrot Cannelcoal . . 1858 „ 125
Boué, Über grosse geologische Karten . . . 1857 „ 111
Forbes, Papers on the theory of glaciers . . . 1860 „ 83
Landgrebe, Naturgeschichte der Vulkane . . . 1855 „ 56
Kluge, Über die Ursachen der Erdbeben von 1850—1857 1861 „ 460
Kluge, Über Bewegungen in Gewässern bei Erdbeben . 1862 „ 120
Kluge, Synchronismus und Anachronismus vulkanischer
Erscheinungen . . . . 1864 „ 237
Erman, Erschütterungen des Meeres durch vulkanische
Thätigkeit . . . . 1864 „ 237
Volger, Das Phänomen der Erdbeben in der Schweiz . 1858 „ 516
Memoria sullo incendio Vesuviano del mese di Maggio 1855 1856 „ 161

L.Schmidt, Die Eruption des Vesuv im Mai 1855 . . 1857 S. 53
Ehrenberg, Über die Ferdinands- oder Grahams-Insel. 1864 „ 277
Perrey, Tremblements de terre dans l'ile de Sumatra. 1862 „ 116
West, On an earthquake in Western New York . . 1859 „ 84
Jenzsch, La partie minéralog. des instructions pour
l'expédition brésilienne . . . . 1857 „ 548

10. Statistisches, Geograph. Lehr- und Handbücher.

A. Dieterici, Die Bevölkerung der Erde . . . . 1859 S. 1
Egli über Dieterici's Bevölkerungs-Summen der Erde . 1860 „ 47
N. Brügmann, Lineare Darstellung statist. Zahlengrössen 1862 „ 440
Metall-Produktion der ganzen Welt, 1854 . . . 1855 „ 353
Gold- und Silber-Produktion der Erde . . . . 1864 „ 192
Produktion von Zink, 1853—55 . . . . . . 1856 „ 294
Zahl der Nutzpflanzen, nach Goeppert . . . . 1856 „ 295
Seiden-Produktion der Erde . . . . . . 1856 „ 77
Die Schweinezucht in verschiedenen Ländern . . 1856 „ 232
Konsumtion v. Nahrungsmitteln in verschiedenen Ländern 1856 „ 294
Die Fortschritte der Rohrzucker-Produktion . . 1861 „ 202
Statistik der Französischen Kolonien, 1854 . . . 1858 „ 122
Statistik der Französischen Kolonien, 1856 . . . 1860 „ 280
Statistik der Französischen Kolonien, 1857 . . . 1861 „ 360
Statistik der Französischen Kolonien, 1859 . . . 1862 „ 351
Statistik der Französischen Kolonien, 1860 . . . 1863 „ 273
Statistische Übersicht der Britischen Kolonien, 1859 . 1862 „ 153
Statistische Übersicht der Britischen Kolonien, 1860 . 1863 „ 158
L. Bibliographie . 1857 S. 231, 232, 358, 488. — 1858 S. 80, 257,
385, 529, 589. — 1859 S. 314, 394, 424. — 1860 S. 117, 281,
322, 445. — 1861 S. 85, 207, 247, 328, 448. — 1862 S. 180,
239, 358, 489. — 1863 S. 77, 320. — 1864 S. 236, 319, 399.
Ritter, Geschichte der Erdkunde und der Entdeckungen 1861 S. 448
Ritter, Vorlesungen über allgemeine Erdkunde . 1863 S. 72, 77
Stein und Hörschelmann, Handbuch der Geographie.
7. Aufl. 1855 S. 148; 1860 S. 200; 1861 S. 121, 123; 1863 „ 77
v. Roon, Grundzüge der Erd-, Völker- und Staatenkunde 1853 „ 272
Hummel, Physische Geographie . . . . . 1856 „ 84
Maury, Physische Geographie des Meeres . . . 1856 „ 160
Nagel, Beiträge zum geographischen Unterricht . . 1856 „ 198
Malte-Brun, Géographie universelle illustrée . . 1857 S. 323, 500
Thomas, Bilder aus der Länder- und Völkerkunde . 1856 S. 347
v. Dürrich, Terrain-Lehre . . . . . . 1857 „ 283
Berghaus, Was man von der Erde weiss 1857 S. 451; 1858 „ 304;
1859 S. 279.
Schneider, Handbuch der Erdbeschreibung . . . 1857 „ 451
Lüdde, Kompendium der Allgemeinen Erdkunde . . 1857 „ 451
Vogel und Arenz, Katechismus der Geographie . . 1857 „ 451
v Seydlitz, Schul-Geographie. 8. Aufl. . . . . 1857 „ 547
Reusche, Handbuch der Geographie . 1857 S. 547; 1858 „ 580;
1859 S. 85, 279.
Metzer, Nautische Geographie . 1857 S. 547; 1858 „ 580
Gatti, Lage und Verhältnisse geschichtlich merkwürdiger
Orte . . . . 1857 „ 548
Warren, A system of physical geography . . . 1858 „ 125
Hoffmann, Encyklopädie der Erde-, Völker- und Staaten-
kunde . . . . 1858 „ 304
Locher, Allgemeine Erdkunde . . . . . 1858 „ 304
Schleppner, Hausschatz der Länder- und Völkerkunde . 1858 „ 304
Schwetzer, Précis de géographie élémentaire . . 1858 „ 441
v. Klöden, Handbuch der Erdkunde . 1858 S. 441; 1859 „ 279;
1861 S. 207; 1863 S. 77.
Somerville, Physical geography . . . . . 1858 „ 488
Kozenn, Grundzüge der Geographie . . . . 1858 „ 527
Thot, Lehrbuch der allgemeinen Erdbeschreibung 1858 S. 527, 580
Metzger, Der systematisch-methodische Unterricht in der
Geographie . . . . 1858 S. 580
Nicolay, The principles of physical geography . . 1858 „ 580
Staedler, Lehr- u. Handbuch der allgemeinen Geographie 1858 „ 580
Warlanek, Lehrbuch der Geographie, Geschichte und
Alterthumskunde . . . . 1859 „ 85
Daniel, Handbuch der Geographie 1859 S. 279, 445; 1861 „ 207;
1862 S. 489.
Volger, Das Buch der Erde . . . . . . 1860 „ 366
Pütz, Charakteristiken zur vergleichenden Erdkunde . 1860 „ 366

L. Eder, Handbuch der allgemeinen Erdkunde 1861 S.127; 1863 S. 77
Klun, Allgemeine und Handels-Geographie . . . 1861 „ 127
Erslev, Jordkloden og Mennesket . . . . . 1861 „ 127
Cassian, Lehrbuch der allgemeinen Geographie. 3. Aufl. 1861 „ 207
Hoffmann, Die Erde und ihre Bewohner. 6. Aufl. von
Berghaus . . . . 1861 „ 207
Ayer, Manuel de géographie statistique . . . 1861 „ 247
Egli, Praktische Erdkunde mit Illustrationen . . 1861 „ 448
Herschel, Physical geography . . . . . . 1861 „ 480
v. Sydow, Grundriss der allgemeinen Geographie . 1862 „ 120
Egli, Neue Handelsgeographie . . . . . 1862 „ 240
Andree, Geographie des Welthandels . . . . 1863 „ 77
Berr, Allgemeine Geschichte des Welthandels . . 1863 „ 77
Covino, Elementi di geografia . . . . . 1863 „ 320
Thomas and Baldwin, Pronouncing Gazetteer . . 1856 „ 164
Ein geographisches Dictionnaire von Vivien de St.-Martin 1857 „ 529
Longley, Pronouncing vocabulary of geogr. names . 1858 „ 580
Marmocchi, Dizionario di geografia . . . . 1860 „ 274
Ritter's geographisches Lexikon, 5. Aufl. von Stark . 1864 „ 236
Blanc's Handbuch des Wissenswürdigsten aus der
Natur u. s. w. . . . . 1857 „ 451
Sismonda, Elementi di storia naturale . . . 1860 „ 401
Latham, Descriptive Ethnology . . . . . 1859 „ 279
d'Halloy, Éléments d'ethnographie . . . . 1859 „ 279
Perty, Grundzüge der Ethnographie . . . . 1859 „ 445
Steinbach, Volksbibliothek der Länder- u. Völkerkunde 1856 „ 162
v. Reden, Die jetzige Aufgabe der Statistik . . 1857 „ 548
Kolb, Handbuch der vergleichenden Statistik . . 1857 „ 56
Programm für den Statistischen Kongress zu Wien . 1858 „ 516
Hewitt, Production of iron . . . . . . 1857 „ 541
Nikolai, Wegweiser durch den Sternenhimmel. 5. Aufl. 1862 „ 120

11. Reisen in mehreren Erdtheilen und um die Welt.

A. Die Weltumsegelung der Österreich. Fregatte Novara . 1859 S.403
N. Die Novara-Expedition von Triest nach Ceylon . 1857 „ 207;
1858 S. 121.
Die Novara-Expedition bei St. Paul u. Neu-Amsterdam 1858 S.170, 426
Die Novara-Expedition von Ceylon bis Shanghai . 1858 S. 479
Abschluss der Österreichischen Novara-Expedition . 1859 „ 354
Geographische Ortsbestimmungen der Novara . 1863 S. 71 u. 273
Jagor's Reise nach Ost-Indien und dem Grossen Ocean 1857 S. 267
Oberst Hitrow's Reise nach den Küsten des Gr. Oceans 1861 „ 120
Geographische Hiobsposten . . . . . . 1861 „ 398
L. Rateburg, Vier Abschnitte aus einer Reise um die Erde 1856 „ 304
Heine, Reise um die Erde nach Japan, 1853—55 . 1856 „ 305
Hawks, Expedition to the China Seas and Japan . 1856 „ 307
Habersham, The North-Pacific Expedition . . . 1857 „ 451
D'Ewes, China, Australia and the Pacific Isles . 1857 „ 451
v. Kittlitz, Reise nach dem Russischen Amerika u. s. w. 1858 „ 527
v. Kittlitz, Vegetations-Ansichten vom Stillen Ocean . 1863 „ 358
Svenska Fregatten Eugenies Resa omkring jorden . 1859 „ 279;
1862 S. 359.
v. Etzel, Erdumsegelung der Fregatte Eugenie . . 1856 „ 122
Neumann, Reisen des Johannes Schiltberger . . 1859 „ 279
Shaw, A gallop to the Antipodes . . . . . 1859 „ 279
Ireland, From Wall-Street to Cashmere . . . 1859 „ 445
Reise der Österreich. Fregatte Novara um die Erde . 1860 „ 47;
1861 S. 482; 1862 S. 483; 1863 S. 80, 277, 359.
Schmarda's Reise um die Erde, 1853—57 . . . 1861 „ 482
Thaulow, Reise um die Erde . . . . . . 1863 „ 80
Heine, Eine Weltreise um die nördliche Hemisphäre . 1864 „ 115
Wyschesiazew, Reise um die Welt, 1857—60 . . 1864 „ 240

12. Verschiedenes, Sammelwerke, Zeitschriften.

A. Murchison's Bericht über den Fortschritt der Geo-
graphie 1856-57 . . . . 1857 S.327
Petermann, Die Arbeiten der Britischen Admiralität . 1855 „ 71
Englische Admiralitäts-Vermessungen im Jahre 1856 . 1857 „ 333
Bemerkungen zu vier Spezialkarten von A. Petermann 1862 „ 258
Forbes, Der Gletscher und die Gletscher-Landschaft . 1855 „ 173
Geographische Verbreitung der Gletscher . . . 1855 „ 199

A. Wagner, Über die Nothwendigkeit neuer Fundamente
für die geographisch-historische Anthropologie . . 1863 S. 161
Zeithammer, Über Schreibung Slavischer Ortsnamen . 1860 „ 285
Geschichte des Gothaischen Hofkalenders, 1764—1863 1862 „ 475
Smyth, Ein Blick auf den Mond. Vergleichungspunkte
zwischen Mond- und Erdvulkanen . . . . 1858 „ 308
N. Die geographischen Jahresberichte . . . . . 1863 „ 356
Einrichtung der Literaturberichte der „Geographischen
Mittheilungen" seit 1861 . . . . . . 1861 „ 161
Versteigerung von Carl Ritter's Bibliothek . . . 1861 „ 203
Sprenger's Sammlung orientalischer Manuskripte 1858 S. 442, Nr. 12
Was England für die Wissenschaft thut . . . 1860 S. 400
Schaffner's Projekt eines Telegraphen um die Erde . 1855 „ 91
Die Menge fester Stoffe, die jährlich ins Meer geführt
werden . . . . 1855 „ 120
Einfluss des Windes auf die Küstenbildung . . . 1857 „ 337
Verschiedenheit der Nahrungsmittel auf der Erde . 1859 „ 309
Ziegler, Columbus und Martin Behaim . . . . 1858 „ 429
Zur Geschichte der Entdeckung Amerika's . . . 1864 „ 36
Der christliche Reisende in mohammedanischen Ländern 1855 „ 332
Cull, Bedeutung des Indo-Europäischen Elements in der
Finnischen Sprache . . . . 1857 „ 393
Europaens, Aufforderung an Sprachforscher u. Reisende 1864 „ 154
Einwanderung von Kulis nach Mauritius und West-
Indien . . . . 1858 S. 490, Nr. 14
Mond-Modell von Dickert . . . . . . 1855 S. 304
Das Asteroid Atalante . . . . 1855 „ 576
Bruhn's Entdeckung eines Kometen, 1855 . . . 1855 „ 576
Entdeckung des 46. Asteroiden . . . . . 1857 „ 390
Mädler über das System der Fixsterne . . . . 1857 „ 397
L. Bibliographie 1857 S. 56, 230, 232, 284, 358, 360, 452, 487, 489.
— 1858 S. 80, 81, 257, 258, 259, 384, 386, 529, 530, 589, 590.
— 1859 S. 314, 315, 394, 395, 524, 525. — 1860 S. 117, 119,
281, 282, 321, 322, 445, 446. — 1861 S. 85, 86, 207, 247, 328,
481. — 1862 S. 130, 240, 358. — 1863 S. 78, 358. — 1864
S. 238, 320, 400.
Schmidt, Bibliotheca historico-geographica . . . 1857 S. 226
Zuchold, Bibliotheca historico-naturalis . . . . 1857 „ 226
Engelmann, Bibliotheca geographica . . 1857 S. 56; 1858 „ 125
Kirchhoff's Bücher-Katalog, 1850—55 . . . . 1857 „ 157
Wuttig's Universal-Bibliographie . . . . . 1862 „ 154
Helwing, Übersicht der statist. Literatur des J. 1857 . 1858 „ 441
Répertoire de cartes . . 1855 S. 148; 1856 S. 347; 1859 „ 486
Bericht von J. Perthes' Geographischer Anstalt über die
in der Herstellung begriffenen Verlagswerke . . 1856 „ 494
Meyboom, Lijst van gedrukte kaarten . . . . 1858 „ 125
Türkische geographische Werke . . . . . 1862 „ 484
Catalogus van boeken etc. over de Nederl. Bezittingen 1858 „ 125
Norton's Literary Register . . . . . . 1857 „ 283
Trübner, Bibliogr. Guide to American Literature . 1859 „ 361
Trübner, Linguistical Catalogue . . . . . 1857 „ 228
Heinzelmann, Die Weltkunde . . . . . 1855 „ 305
Peschel, Geschichte des Zeitalters der Entdeckungen . 1858 „ 488
Vogel's Geographische Bilder . . . . . 1860 „ 366
Hartwig, Die Tropenwelt im Thier- und Pflanzenleben 1861 „ 127
Graesse, Orbis latinus . . . . 1861 „ 127
Andree, Geographische Wanderungen . . . . 1859 „ 85
Massadi's goldene Wiesen und Edelsteingruben . . 1862 „ 359
Galton, The art of travel . . . 1855 S. 172; 1860 „ 366
Jomard, Fragments sur divers sujets de géographie . 1857 „ 451
Pruner-Bey, Der Mensch im Raum und in der Zeit . 1859 „ 279
Nott and Gliddon, Indigenous races of the earth . 1857 „ 451
Die verschiedenen Völkerstämme aller Nationen, 4 Tafeln 1858 „ 125
v. Baer, Die ethnologisch-craniologische Sammlung zu
St. Petersburg . . . . 1858 „ 581
Europaens, Die Indo-Europäische Sprachfamilie . . 1864 „ 238
Waitz, Anthropologie der Naturvölker . . . . 1864 „ 239
Wagner, Die Gesetzmässigkeit in den menschlichen
Handlungen . . . . 1864 „ 447
Jansen, Die Bedingtheit des Verkehrs durch die Gestal-
tung der Erde . . . . 1861 „ 363
Mahn, Etymologische Untersuchungen über geographische
Namen . . . . . . 1856 S. 303; 1863 „ 79
Roy, Notice sur les colonies françaises, 1858 . . 1858 „ 581
Reports on Her Majesty's colonial possessions 1862 S. 359; 1864 „ 239

L. Reports on the trade of various countries 1857 S. 283; 1864 S. 236
Canale, Indicazione di opere e documenti sopra i viaggi,
le carte nautiche ecc. degl' Italiani nel medio evo . 1862 „ 240
Ule, Die Entdeckungen in Afrika, Australien und der
Polarwelt . . . . 1862 „ 360
Leake, On some disputed questions of ancient geography 1857 „ 157
Ellesmere, Essays on history, biography, geography etc. 1858 „ 581
Frisch, Joannis Keppleri opera omnia . . . . 1858 „ 304
Peschel's Programm einer Geschichte der Erdkunde . 1864 „ 358
Englische Seemannswegweiser . . . . . 1855 „ 78
Rapport sur l'Exposition universelle de 1855 . . 1858 „ 304
Englische Kataloge der Leuchtthürme . . . . 1855 „ 78
Report of the American Board of Commissioners for
foreign mission . . . . 1858 „ 570
Hahn, Geschichte der katholischen Missionen . . 1863 „ 79
Roscher, Kolonien, Kolonial-Politik und Auswanderung 1856 „ 239
Kruger, Wohin soll der Deutsche auswandern? . . 1857 „ 548
Fröbel, Die Deutsche Auswanderung . . . . 1858 „ 581
Tappan, The growth of cities . . . . . 1857 „ 541
Ziegler, Geschichte Deutscher National-Unternehmungen 1863 „ 360
Autobiography of Lutfullah . . . . . . 1857 „ 451
Guyot, Tables meteorological and physical . . . 1856 „ 570
Murchison, Addresses to the R. Geogr. Society . . 1857 „ 327;
1858 S. 541; 1859 S. 445; 1861 S. 481; 1863 S. 359; 1864 „ 320
Ashburton, Address to the R. Geogr. Society . . 1863 „ 78
Maury, Rapport fait à la Soc. de géogr. de Paris 1858 1858 „ 441
Malte-Brun, Rapport sur les progrès de la géographie
1861, 1863 . . . . . 1862 S. 120; 1864 „ 238
Barbié du Bocage, Revue géogr. de l'année 1861, 1862 1862 „ 240;
1863 S. 358.
Cortambert, Progrès de la géographie depuis 1800 . 1857 „ 283
Roth, Die Fortschritte der physikalischen Geographie
im Jahre 1854 . . . . 1858 „ 304
de Saint-Martin, L'année géographique 1863 S. 356; 1864 „ 239
Report of the 26th meeting of the British Association 1858 „ 304
Gosche, Wissenschaftlicher Jahresbericht . . 1857 S. 284, 548
Cannstatt's Jahresbericht über die Fortschritte der
Medicin . . . . 1864 S. 238
Jahresbericht der Rheinischen Missionsgesellschaft, 1857 1858 „ 527
Staatkundig en staathuishondkundig Jaarboekje . . 1857 „ 428;
1858 S. 581.
Almanac of the Society for the diffusion of knowledge 1858 „ 527
Wells, Annual of scientific discovery . . . . 1857 „ 228
Facts and figures, edited by Archer . . . . 1858 „ 441
Timbs, The year-book of facts in science and art . 1858 „ 441
Figuier, L'année scientifique et industrielle . . 1858 „ 488
Encyclopedia Britannica, 8. Ausgabe . . . . 1861 „ 288
Enciclopedia nazionale di Predari . . . . . 1863 „ 78
Taylor, Cyclopaedia of modern travel . . . . 1857 „ 451
Grube, Taschenbuch der Reisen . . . . . 1858 „ 488
Das Buch der Erfindungen, Gewerbe und Industrien . 1858 „ 488
Smithsonian Contributions to Knowledge 1857 S. 55, 541; 1861 „ 404
Smithsonian Miscellaneous Collections . . . . 1862 „ 486
Vacation tourists and notes of travel 1861 S. 203, 247; 1862 „ 157;
1864 S. 238.
Peaks, Passes and Glaciers . . . . 1862 S. 278, 359
Bibliotheca sacra, 1843—55 . . . . . 1856 S. 120
Burkhardt, Kleine Missions-Bibliothek . . . 1863 „ 78
Notizblatt des Vereins für Erdkunde zu Darmstadt . 1855 „ 235;
1856 S. 345; 1857 S. 530; 1858 S. 46; 1864 S. 73.
Jahrbücher u. Abhandlungen der K. K. Geol. Reichsanstalt 1855 „ 377;
1856 S. 492; 1857 S. 216, 530; 1858 S. 46; 1862 S. 157;
1864 S. 273, 358, 448.
Aus der Natur. Bd. 7, 8 . . . . . 1856 S. 40, 305
Linnaea, 1826—56 . . . . 1856 S. 237
Zeitschrift für Allgemeine Erdkunde, Neue Folge . 1856 „ 490
Zeitschrift für die gesammten Naturwissenschaften, 1856 1856 „ 492
Westermann's Illustrirte Deutsche Monats-Hefte . 1857 „ 228
Mittheilungen der K. K. Geogr. Gesellschaft 1858 S. 268; 1858 „ 46;
1861 S. 481; 1863 S. 79.
Murchison über die „Geographischen Mittheilungen" . 1857 „ 338
Heis, Wochenschrift für Astronomie, Meteorologie und
Geographie . . . . 1859 „ 361
Der Zoologische Garten . . . . . . 1861 „ 159
Illustrirte Zeitung, 1860 . . . . . . 1861 „ 208

L. Globus, Illustrirte Chronik der Reisen u. s. w. . . 1861 S. 400;
1862 S. 194.
Mittheilungen der Hydrograph. Anstalt der K. K. Marine 1862 „ 483
Jahresberichte des Vereins von Freunden der Erdkunde
au Leipzig . . . 1862 S. 483; 1863 S. 79, 358
Österreichische Revue . . . . . . 1863 S. 359
Mémoires de la Soc. de géogr. de Genève 1861 S. 157; 1863 „ 79
Verslagen en Mededeelingen der Akademie van Weten-
schappen . . . . . . 1857 „ 547
Bulletins de l'Académie des sciences de Belgique . 1857 „ 451
Langberg, Nyt Magasin for Naturvidenskaberne, 9. Bd. 1858 „ 171
Proceedings of the R. Geogr. Society of London . . 1856 „ 160
The journal of the R. Geographical Society 1857 S. 283; 1858 „ 581;
1861 S. 248; 1862 S. 276; 1863 S. 358.
Proceedings of the meetings of the British Association 1861 „ 481;
1864 S. 238.
The Alpine Journal, edited by the Alpine Club . 1863 „ 358
Bulletin de la Soc. de géographie de Paris, 1856, IX 1856 „ 345
Annuaire du Bureau des Longitudes . . . . 1858 „ 125
Annuaire des Deux Mondes . . . . 1858 „ 125
de Rosny, Revue orientale et américaine . . 1859 „ 445
Le Tour du Monde . . . . . . 1860 „ 366
Revue maritime et coloniale . . . . 1861 „ 203
Bulletin bibliographique algérien et oriental . 1862 „ 240
Journal de la Société de Statistique de Paris 1862 . 1863 „ 79
Il Crepuscolo, da Carlo Tenca . . . . . 1859 „ 513

L. Sacchi, Annali universali di statistica . 1860 S. 274; 1862 S. 160
1863 S. 117.
Il mondo illustrato . . . . . . 1860 „ 401
Effemeride della pubblica istruzione . . . . 1860 „ 402
Revista contemporanea, Vol. XXII . . . . 1860 „ 479
Museo delle missione cattoliche . . . . 1861 „ 112
La civiltà cattolica, anno XI . . . . . 1861 „ 284
Bulletino nautico e geografico di Roma . . . 1862 „ 240
Il Politecnico, Vol. XI . . . . . 1862 „ 359
Revista militare italiana . . . . . 1864 „ 239
Mémoiren (Sapiski) der Russischen Geographischen Ge-
sellschaft, Bd. 1—XI . . . . 1857 S. 210, 53
Mémoiren der Russ. Geogr. Gesellschaft, 1861—63 1861 S. 238, 447;
1862 S. 195; 1863 S. 160; 1864 S. 78.
Bote der K. Russ. Geogr. Gesellschaft, 1856 u. 1857 1857 S. 530
Extraits des Publications de la Soc. géogr. de Russie 1860 „ 42
Transactions of the Philosoph. Institute of Victoria . 1861 „ 124
Transactions of the Royal Society of Victoria . 1863 „ 240
The Canadian Naturalist and Geologist . . 1857 „ 277
Annals of the Botanical Society of Canada . . . 1861 „ 403
Transactions of the Academy of Science of St. Louis . 1857 „ 444
Bulletin of the American Geogr. and Statist. Society . 1857 „ 541
Journal of the American Geogr. and Statist. Society . 1859 „ 357;
1861 S. 158.
Proceedings of the American Geogr. Society of New York 1864 „ 239
Revista do Instituto geographico do Brasil . 1864 S. 200, 319

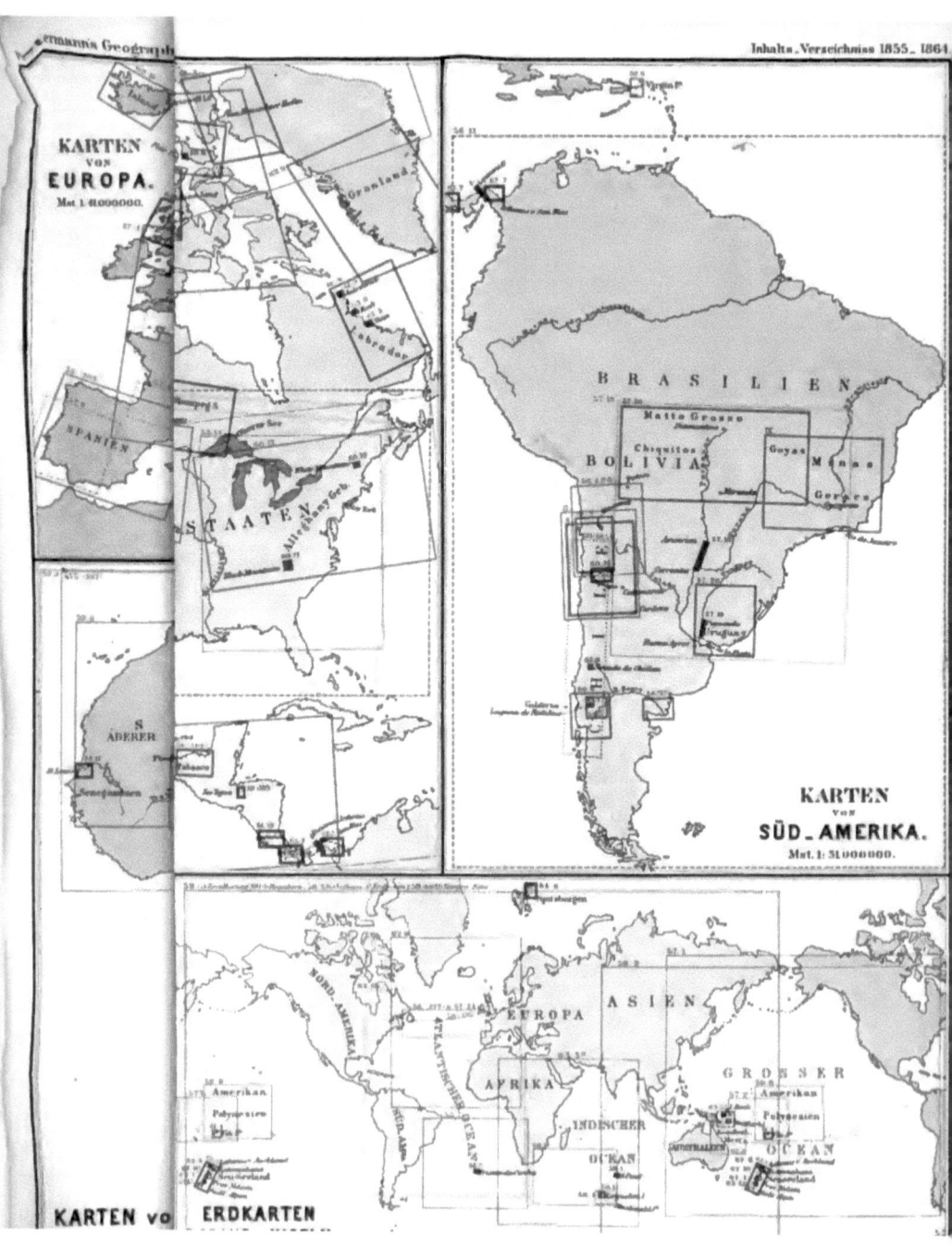

KARTEN
von
EUROPA.
Mst 1:8.000.000.

SPANIEN

S
ÄDERER

BRASILIEN

Matto Grosso

Chiquitos   Goyas
BOLIVIA   Minas
                          Geraes

KARTEN
von
SÜD_AMERIKA.
Mst. 1: 31.000.000.

NORD_AMERIKA
EUROPA   ASIEN

ATLANTISCHER OCEAN
AFRIKA

INDISCHER
OCEAN

GROSSER

OCEAN

AUSTRALIEN

KARTEN vo   ERDKARTEN